U0626887

我出生在北京（根）成长在北京

我是中国人。

我的归属就是我的国家。

我必须把最好的年华贡献

给北京（祖国）

我生活必须和祖国（北京）

融洽。

李桓英

2022 6月27日

1940年，李桓英（二排右一）大学期间，
全家在重庆合影

1954年，在世卫组织工作的李桓英（左一），
于缅甸伊洛瓦底江畔与缅甸技术人员合影

1983年春节期间（正月初一），
李桓英（前排左三）在云南省勐腊县开展短程联合化疗试点，
与工作人员合影

1988年1月,李桓英(前)和
云南勐腊县地区皮防所同志一起步行前往麻风村

20世纪80年代中期,
在云南省怒江傈僳族自治州泸水县,
为看望病人,
李桓英使用当地村民自制的
溜索越过汹涌的怒江

1986年11月,李桓英(右)乘独木舟前往云南省勐腊县麻风村

1990年4月,李桓英参加云南省勐腊县麻风村摘帽更名大会

2012年,李桓英访问美国卡维尔麻风中心

2016年12月，在北京友谊医院，
李桓英（前）终于完成了她的多年心愿——成为一名光荣的中共党员

2021年8月，李桓英荣获中宣部"时代楷模"荣誉称号

2022年6月，李桓英与本书作者合影

北京宣传文化引导基金
BEIJING CULTURE GUIDING FUND
北京宣传文化引导基金资助项目

苍生大医

李琭璐 著

北 京 出 版 集 团
北京十月文艺出版社

目 录 Contents

引　言

这一次，麻风病遇到了它的对手。

与人类纠缠三千余年的麻风病，遇到了57岁的李桓英。

它，麻风分枝杆菌，感染易感个体后如不加控制，将令人变得"面目可憎"：全身布满红色斑块、毛发脱落、肢体残疾……病人常需终身隔离，苟且偷生。

她，毕业于上海同济大学医学院，1946年前往美国约翰斯·霍普金斯大学攻读细菌学和公共卫生学硕士学位，毕业后留校任微生物学系助理研究员。1950年，世界卫生组织成立，她被学校推荐为世卫组织首批官员。7年后，世卫组织提出续签5年合同的聘请，她选择回国。1970年，在中国医学科学院皮肤病研究所工作的她，被下放到江苏省泰州市麻风村。1978年，她调到北京友谊医院，在北京热带医学研究所任研究员，自此将全部精力奉献给麻风病的防治和研究工作。

2022年8月，李桓英101岁了。与44年前相比，她苍老了不少，但思维依然敏捷。

在病房，她与年轻同事谈麻风学术热点前沿问题，与医生、护士谈在麻风村的种种见闻，就连领导前去病房给她颁"时代楷模"奖，她也会津津有味地讲起麻风村的往事。

社会歧视比麻风病本身可怕得多。在医疗水平低下的年代，人们往往恶意揣测，认为生病的人是"魔鬼"，要受到惩罚和贬责。他们被单独隔离，被迫与家人断绝联系，从此自生自灭。

李桓英是麻风病人的摆渡人。

这是张仲民第一次与李桓英一起出差。

出发前，有同事提醒他："李教授性格怪得很，脾气不好，不给人面子。你要小心啊。"那时，张仲民还是个年轻小伙，没把话放心上。在基层的七日，他发现李桓英并没那么夸张。

戴着金丝眼镜，颈间常围有精致小丝巾，李桓英和病人说起话来和和气气。但若是地方上某位领导麻风防控政策落实不到位，她必定会拍着桌子跟对方叫板。

她是麻风村的常客，也是贵客。看到车停下，村民们簇拥上来，他们穿着只有过节时才穿的傣族特色服饰。不一会儿，大家又自发向后退了几步，生怕碰到远道而来的李桓英。

按照老规矩，午饭依然在病人家里解决。1998年，村里不富裕，但贵客来了，大家都想用最好的食材招待她。鸡是当天早上现杀的，还有不知道从哪儿弄来的鱼、竹筒米饭。这些饭菜经肢残严重的病人亲手端上桌——张仲民从没见过真正的麻风病人，这一次，他着实被吓到了。

午休，李桓英避开人群，找僻静的亭子躺下小憩，几位傣族姑娘循迹而来，她们悄悄走到李桓英身旁，分工明确，屈膝在地上帮李桓英按摩起来。

下午照例是出诊时间。病人的手脚有残疾，李桓英先看看手，再把病人的鞋脱下来，又看看脚，最后检查鞋里是否有异物。这时，相熟的村民从桌上的盖帘下拿出芒果，在衣服上蹭了又蹭，递给李桓英，操着不熟练的汉语说："李大夫，吃一个吧。"

这样的场景让张仲民感到惊讶，刚检查完，总要洗洗手吧？李教授拿过来就吃，边吃边说好吃。那次出差，张仲民像是参加了一场热闹的朋友聚会，直到结束一天的入村调查和回访，这些老病人还聚在李桓英身边聊了很久。

李桓英调入北京友谊医院北京热带医学研究所工作时已57岁，别人55岁都退休了，她才刚来，专门从事麻风防治工作，所以她觉得自己还年轻着呢。

李桓英说："我这一辈子什么事儿都没干，只有工作。"

"您要退休了怎么办？"

"我这儿没有退休，如果不能工作，活着就没意义了。"

后来，张仲民担任北京友谊医院党委副书记兼纪委书记，和李桓英的交往渐渐多了起来。每周至少去李桓英那里一次，转一圈跟她聊聊天。有时，聊着聊着，李桓英也会忍不住抱怨起来："很多工作我们还是空白的。"她又喃喃自语："怎么现在的年轻人不太敢跟我说话呢？"

张学刚不这么认为，他觉得李桓英不像大专家，更像母亲。

如果不是北京友谊医院北京热带医学研究所原所长甘绍伯提醒，张学刚可能永远也不会关注到那个头发花白、身材胖胖的老太太。

北京友谊医院家属楼下，有一家开了19年的超市。老板张学刚和爱人勤勤恳恳，生意一直不错。有一天，甘绍伯看到李桓英来店里买水果，才告诉这个小伙子："你看，那个就是热研所著名的李桓英教授，研究麻风病的大专家。"

张学刚记得，李桓英最爱买苹果，时令水果，到什么季节吃什么，橙子、草莓、樱桃，老太太会养生。

耄耋之年，李桓英有时会忘了店家还要找钱，常常付完款拎着东西就走。后来，张学刚干脆把零钱找好放到李桓英的口袋里，拍拍她，"李教授，钱收好喽！"当然，李桓英是贵客，"价格上是最优惠的。"李桓英信任小伙子，从来不数找的钱，常常留下一句："我走啦，小张。"

偶尔，李桓英会在店里驻足一会儿。"我跟你说说，我在云南是怎么治麻风病的。"话匣子是李桓英打开的，张学刚愿意听。"她不闲聊，聊完治病，再说说生活。"说到自己的老本行，这位年逾九十、微微驼背的老者，眼里露出摄人心魄的光芒。从云南西双版纳热带雨林讲起，收尾于不久前她光荣加入了中国共产党。她自豪地告诉张学刚："我现在是一名党员。"

从李桓英一人来超市购物，到拄着拐杖拉着小车儿，再到由助手袁联潮搀着、坐着轮椅来，从最开始能独自拎牛奶和水果，到东西买多了，张学刚需要帮忙装车，送到家门口，张学刚也从那个血气方刚的小伙子，到如今的鬓角花白。

如果不是眼花了，腿脚不利索了，李桓英肯定不会让别人代劳。超市刚开张那两年，水果摊摆在外面，李桓英笑眯眯地走过来，也不用人特意招呼，很快，她拎着装满水果的布袋结账了：一种时令水果加七个苹果。

那几日，李桓英刚过完她的100岁生日。张学刚心生感慨："嘿，李教授可真棒，她还一天一个苹果吗？"李桓英曾表示，自己期望的寿命是100岁。"活到100岁就OK，那时候，我想做的工作也差不多完成了。"

101岁的李桓英虽然被困在病房里，但还是舍不得放下手中的文献，舍不得身边的报纸。她拿起放大镜，在橘黄色灯光下认真阅读的样子，打动了照护她的医护人员。

"李桓英教授是我们成千上万的医务人员当中的优秀代表。"在很多场合，首都医科大学附属北京友谊医院党委书记、理事长辛有清都向年轻人讲起李桓英的故事，他希望他们懂得，年轻一代重任在身，前辈身上的大无畏精神和科学家情怀，在他们这里，不能丢。

李桓英的麻风病防治实践，堪称中国医工结合的典范。它从基础研究中延伸开来，既有临床医学上的可行性，又有公共卫生学的整体思路。辛有清说："麻风病的防治，从临床医生角度看是个体问题，从公共卫生学看则涉及群体策略。科学家、科技工作者、做学问的人应当有李桓英这种淡泊名利的精神，是否以功名利益为导向，这是真科学家、假科学家的试金石。"

做了一辈子的贡献，荣誉来了，李桓英拿着证书和奖金，反而有些不好意思："如果知道给我这个奖，当时是不是应该做得更好？"

李桓英一辈子没有行政职务，从不把名利看在眼里。

这些年，李桓英的心愿只有一个，早日加入中国共产党，成为一名党员。

实现愿望这天，是2016年12月26日，毛泽东同志诞辰123年。李桓英一生的理想、信仰，在对着党旗宣誓的那一刻，被再次点燃，照亮了更多的人。

第一部分　彩云之南梦伊始

第一章　美丽的西双版纳

作为土生土长的云南人，对麻风病人的悲惨故事，刀建新实在是太熟悉了。麻风病人那些让人不寒而栗的恐怖经历此时纷纷涌入刀建新的脑海，让他辗转反侧，夜不能寐。

我们的祖国幅员辽阔，边疆地区胜景无穷，西双版纳就是其中之一。

20世纪80年代初，李秀明、唐国强主演的电影《孔雀公主》，让许多人对神秘的西双版纳心生向往；80年代末，由阿城同名小说改编的电影《棋王》，讲述了北京知青在西双版纳的传奇故事；90年代，展现上海知青云南往事的电视剧《孽债》热播，让"美丽的西双版纳"火了，至今很多人还能哼唱片尾曲《哪里有我的家》；小学语文课本上的《美丽的西双版纳》，更是勾起许多人对那片土地的神往。

西双版纳不仅风景优美，还是植物王国、动物天堂。然而，许多人不知道，曾经，西双版纳明丽、热情、生机的背后，却是热带病丛生的尴尬、扭曲、痛苦。

勐腊县位于云南省西双版纳傣族自治州最南端。勐腊，傣语意为茶之国。史书记载，这里也是"瘴疠之气"盛行的地方。

20世纪60年代初的一天，勐腊县的县委大院发生了一件蹊跷事，县委副书记刀建新消失了。

很快，这个消息传遍了勐腊县乃至整个云南省。在群众眼中，刀建新是前途不可限量的青年才俊。三十出头的他，是当地一颗冉冉升起的政坛新星。他的突然消失，并不是因为在政治上犯了错，而是因为一件可怕的事降临在他身上。原来，他被一种流行了三千年的疾病缠上了。

这种病极为特殊。其他疾病的患者，往往能够得到人们足够的同情。带病工作的领导干部，甚至还能受到人们格外的敬佩。比如"县委书记的榜样"焦裕禄。他身患肝癌，仍带领兰考人民治理内涝、风沙、盐碱。病痛难忍时，焦书记就用硬东西顶在藤椅和肝部之间，久而久之，他将藤椅顶出一个大窟窿。这个场景久久留在人们脑海中。

但得了麻风病的人，往往只能换来人们的憎恶和鄙夷，甚至连至爱亲朋都会与之一刀两断。即使亲朋不忍，他们自己也会主动离开，与周围人自觉"划清界限"。

算起来，刀建新与焦裕禄几乎是同一时期担任县级领导干部的。

一在地处中原的河南省开封地区兰考县，一在边陲之地的云南省西双版纳州勐腊县。1962年至1964年，当焦裕禄燃烧生命的最后三年，带领当地干部群众，在中原大地上书写人生中最为流光溢彩的篇章时，远在云南的刀建新，则因为一种难以言说的疾病，政治生命戛然而止，同时也宣告了自己的社会性死亡。

今天的人们，几乎已经淡忘了这种曾经骇人听闻的疾病。尤其是许多年轻人，似乎只在网络或影视作品中听到过这个词。而老一辈人提到它，则往往条件反射似的露出一种厌恶惊惧的神情。

麻风，是一种能够使人致残的慢性传染病。神秘莫测的病源，无药可医的煎熬，患者"凶神恶煞"的容貌……歧视经过千百年发酵，让这两个字背负上太多负面意义。

记不清从什么时候开始，刀建新的后背上长了很多红斑，有时感觉像无数蚂蚁在身上爬，洗澡时那块皮肤感觉不到水温。他起初没太在意，以为过几天就会好，但过了一阵，症状没有减轻，红斑甚至越长越大。一种不祥的预感开始笼罩在他心头。

诚然，在刀建新那个年代，麻风病患者的处境比之前已经好了不少。1940年，治疗麻风的氨苯砜被发明出来，通过数年到数十年的治疗，患者有了回归正常生活的机会。但在刀建新所在的勐腊县，给麻风病人服用氨苯砜，则要到70年代之后了。

作为土生土长的云南人，对麻风病人的悲惨故事，刀建新实在是太熟悉了。麻风病人那些让人不寒而栗的恐怖经历此时纷纷涌入刀建新的脑海，让他辗转反侧，夜不能寐。

历史上，云贵两广等地，被人们视作充满瘴疠之气的地方。据考证，"瘴"字大概出现在魏晋南北朝之际，但南方卑湿暑毒，容易致病的观念早已深入人心。

《左传》中就认为南方"土薄水浅，其恶易觏"。《史记·南越列传》记载高后吕雉派遣隆虑侯周灶征讨南越，"会暑湿，士卒大疫，兵不能逾岭"。《史记·西南夷列传》记载汉军在西南地区"罢饿离湿，死者甚众"。《汉书·王莽传》则提到对南方用兵时，"吏士离毒气死者什七"。《后汉书》中更有"南方暑湿，障毒互生""下潦上雾，毒气重蒸"之类说法。

唐代诗人白居易有诗云"闻道云南有泸水，椒花落时瘴烟起。大军徒涉水如汤，未过十人二三死"，描写了天宝年间唐军征伐南诏时为疟疾所困的景象。唐军三次征讨南诏均以失败告终。史学家认为，这与传染病暴发有极大关系。云南疟疾流行且造成重大损失的记录，屡见于史籍。

清代檀萃的《滇海虞衡志》写道："瘴形，说之千汇万状，不能悉记。"认为"瘴疠"是云南省多种急、慢性传染病的总称。在古代，因为被中原视作瘴气流行之地，云南也是人们闻之色变的"充军流放"之地。明代状元杨慎就被放逐滇南30余年。

麻风病在云南有着漫长的历史。民国时，云南省政府将铲除麻风病列为四大要政之一，与"修路""足兵""禁烟"同等重视。麻风与疟疾、甲状腺肿并列云南省三大地方病。

当时主要采用"隔离居住之法"来防止麻风传染。政府还颁布了种种防止传染的章程、办法，但由于连年战争、经济疲敝和缺乏有效治疗手段等，各种措施收效甚微。麻风病人和家属往往被人们驱赶，或躲入深山老林，或到处流浪乞讨。病人遭火烧、活埋、枪杀等惨剧时有发生。

1941年，云南某地发生"非人道而耻辱之麻风病患者遭惨杀案"，地方当局将麻风病患者运送到荒山之中，不给任何给养，"意欲待其自行饿毙于彼处也"。被当地传教士发现时，许多麻风病患者已经饿死。

1947年，某地一次性枪杀麻风病患者30人。

1949年初的一天，云南省巧家县崇溪乡的一位民间医生钱开明，在光天化日之下，被乡亲们架到了三米高的柴火堆上。在众目睽睽之下，钱开明被大火吞噬。妈妈一边哭，一边告诉不满五岁的儿子钱智昌，爸爸没空着肚子走，村里人凑钱给他买了一头猪，让他足吃了五天。而这样的酷刑，也是他自己的选择。身为医生，他深知，得了麻风病，只有死路一条，为了不传染给别人，他毅然选择了这种死法。

新中国成立前夕，某地先后火烧麻风病患者36人、活埋30人。

这些骇人听闻的惨剧，都是刀建新青少年时期耳闻目睹的。如今，这个恶魔竟然降临到自己身上。

起初，他怎么也不敢相信，总怀疑是不是搞错了。县里的医院他不能信任，决定去省里的医院看看，这是他最后的希望。

一次，趁去昆明开会的间隙，他到医院做了病理。仍然是麻风。那是1959年7月，酷热难耐，他永远忘不了那一天，他刚过完30周岁生日不久。而立之年，多么美好的年纪，本应有无比值得期待的未来、无比辉煌的事业。

但他仍希冀奇迹出现在自己身上，希望能够治愈。他有妻子儿女，不能轻言放弃。在家人的支持下，他积极配合医生，在昆明的医院进行规范化疗。经过几个月治疗，刀建新的症状有所缓解，医生说，已经不具备传染性。于是他回到勐腊县，一边工作，一边服药治疗。

当时只有一种有效药物，起效时间长，可能需要终身服药，还可能因耐药而导致治疗失败。一段时间后，刀建新便不幸耐药了。麻风菌在他体内卷土重来，吞噬着他的皮肤和肌体。

刀建新崩溃了。正值建功立业的大好年华，他身上寄托着的是整个家族，乃至全县百姓的希望和信任。经过几个晚上暴风骤雨般的思想斗争，他还是下定决心，自行辞职，与妻子离婚，前往麻风村进行隔离。

离婚前，他倾尽积蓄，为妻子儿女建了一座竹楼，然后独自一人来到偏僻荒凉的麻风村——南醒村，这里虽然也属于勐腊县，但距离县城足有90公里。

这是一个由麻风病人和家属过河垦荒，在原始森林中硬生生开辟出来的村寨。村民对外实行自我隔离。

离开单位之前，刀建新还有一件事要做。

他想起两个关于党费的故事。在长征途中，一名被大雪掩埋的红军战士，手中依然拿着党证和党费；一名在周恩来总理身边工作的警卫员，看总理日理万机实在辛苦，就代总理交了五分钱党费，被总理发现后受到严厉批评，"军政大事重要，交党费也很重要"。

此去麻风村，不知何时还能再回来了。缴纳党费，也许是刀建新向组织表达忠心的最后机会，也是他体面地离开这里的一个仪式。

但是，当他将双手无比虔诚地伸出去时，发现始终没有人接。他猛然醒悟：自己现在已是"魔鬼"附体的人了。同志们虽然非常同情自己，但自己显然已经不是"同志"了。

终于，在暮色苍茫中，他落寞、决然地走进了麻风村。

第二章　斯人斯疾

久病成医的刀建新，开始摸索用当地草药给自己治病。他将各种偏方试了个遍，然而实验做了十多年，一次也没有成功。眼睁睁看着自己的手指、脚趾一点点烂掉，残疾越来越重，一点办法没有，他心如死灰，陷入深深的绝望。

20世纪50年代，随着药物治疗取得进展，国际医学界对麻风病的认识进入了新阶段。

1953年，在西班牙马德里召开的第六届国际麻风大会提出："化学治疗的进展，为重新审视本地预防隔离方法提供了前提。"五年后，在日本东京召开的第七届国际麻风大会明确指出，将患者强制隔离入院，是不合时代的错误，应予制止。

然而，直到20世纪80年代前，中国对国际医学界的最新成果了解甚少，仍然将强制隔离作为麻风病防治的主要措施。

1956年1月23日，中共中央通过《1956年到1967年全国农业发展纲要（草案）》，提出积极防治麻风病。同年，云南省人民委员会（即后来的云南省人民政府）发布《关于麻风病患者隔离管理工作的规定》（〔1956〕会民办字第26号，以下简称《规定》），对云南省麻风病防治由民政部门负责全部移交给卫生部门负责做出规定。

《规定》指出：目前云南省麻风病患者估计有1万多人，在反动统治时期，经常发生烧死、活埋麻风病患者的惨剧，造成患者与群众的严重对立情绪。为解决这一问题，1951年曾收容约3000人，试行隔离、集中管理的办法，但管理和治疗比较混乱。为此，今后将麻风病患者的隔离、治疗和管理工作，统一到卫生部门负责。

1957年6月，卫生部在济南召开第一次全国麻风防治专业会议，制定了对麻风病要"积极防治，控制传染"的防治原则。10月，卫生部发布了第一个《全国麻风防治规划》。核心就是将麻风病患者集中起来，隔离治疗，并提出了"边调查，边隔离，边治疗"的步骤和方法。

新中国成立后，云南是全国发现麻风病患者超过5万例的四个省份之一（其他三省为广东、江苏、山东）。

一段时间内，云南省出现了大办麻风村的热潮。

据统计，1958年，云南全省麻风隔离机构发展到265所。1959年2月，卫生部副部长贺彪在全国防治性病、麻风、头癣现场会议的报告中说，云南省已建立麻风村272个，收容隔离麻风病患者10708

人，占当时已报告患者数的58%。

孑然一身的刀建新走进了1/272的南醒麻风村。他不知道前面等待他的是什么。

新中国成立初期，全国文盲率高达80%，这一数字在云南边陲只会更高。刀建新是当地少有的文化人，到麻风村后不久，他就成了村长。当时，麻风村有一个赤脚医生，在河对面独居，经常过河来给麻风病人发一点氨苯砜，但刀建新的病始终没有得到控制，身体开始出现畸残。

久病成医的刀建新，开始摸索用当地草药给自己治病。他将各种偏方试了个遍，然而实验做了十多年，一次也没有成功。眼睁睁看着自己的手指、脚趾一点点烂掉，残疾越来越重，一点办法没有，他心如死灰，陷入深深的绝望。

刀建新不像之前在县委工作时那么忙了。闲着的时候，他会通过书籍和广播等媒介对麻风病进行了解。

他发现，自己并不是第一个得麻风病的"官儿"。在两千多年前，就有一位中都宰（春秋时期鲁国主管中等都城的行政长官）疑似得了麻风病。这个人的官位大小，与刀建新此前担任的县委副书记相仿。这人叫冉耕，字伯牛，是孔子弟子，有学者认为，他是我国历史上第一位有名有姓的麻风病患者。据考证，他比孔子小七岁，不仅是孔门七十二贤人之一，还在孔门四科的德行科中排第三。（《史记·仲尼弟子列传》："德行：颜渊、闵子骞、冉伯牛、仲弓。"）

然而，就是这样一位与颜渊比肩的孔子最得意的弟子之一，《论语》中却着墨甚少。关于他的事，只有这么一条，还与疾病有关。

"伯牛有疾，子问之，自牖执其手，曰：'亡之，命矣夫！斯人也而有斯疾也，斯人也而有斯疾也！'"（《论语·雍也》）

"斯疾"到底是什么病？《论语》中没说，司马迁在《史记·仲尼弟子列传》中说，"伯牛有恶疾"。《淮南子·精神训》谓"伯牛为厉"，清代学者蒋建侯以为"厉"即"癞"，今所谓麻风。这就是学界主流看法。

这种与我们隔了两千多年的疾病，究竟是不是麻风，难说。不过，即使不是麻风，也应该是一种比较严重的病，很可能对人的容貌产生影响，并具有一定的传染性。

孔子来看望生命即将走到终点的爱徒。他没有走进屋内，而是隔着窗户，拉着爱徒的手，发出喟叹。《集解》引包氏曰："牛有恶疾，不欲见人，孔子从牖执其手。"前人认为，冉伯牛患了难治之症，或许就是麻风。如果真是如此，此时的冉伯牛必然面容丑陋，他不愿见人，自然在情理中。此外，因为患了具有传染性的麻风，他也许已经远离人群很长一段时间了。冉伯牛在生命最后的时刻，他最敬爱的老师，冲破世俗的禁忌，拉着他的手，感叹命运的不公。"这么好的人，竟然也会得这种病！"

从60年代到80年代，从30岁到50岁，一个人生命中最好的年华，刀建新是在麻风村度过的。他时常发呆，不知道自己还能否和正常人握手。到自己生命的终点时，会有人来送行吗？

70 年代末，远在穷乡僻壤的刀建新也有过喜事。他与同在麻风村里的咪香结合了。这让他的生活有了一点亮色。

麻风村的每个人都有辛酸往事。咪香以前是勐腊县象明彝族乡龙谷村的新妇。那时，她还年轻。不知从何时起，脸上、身上、手上突然冒出很多结节、红斑，皮肤上像有蚂蚁爬。人们说她得了麻风病。咪香很害怕，白天黑夜都在想怎么办，人家说麻风病是治不好的。朋友、亲人渐渐远离了她，丈夫跟她离婚了。他们把咪香送到一百公里外的南醒麻风村。从此，再没有一个人来看过她。

咪香遇到了刀建新，两个伤心的人，自然而然地走到了一起。但他们的结合没有任何手续，因为麻风病人当时不被允许结婚。后来，他们有了爱情的结晶——刀岩糯。

第三章　大摩雅

在老马的引领下，李桓英等人挤进了一个昏暗的茅草屋。一个有些呆滞的男子正坐在里面，似乎在思考着什么。他身体瘦削，一道道皱纹刻在脸上，似乎每一条褶皱里都藏满悲哀和无奈。

初夏，澜沧江风光旖旎。一江澄碧如练，两岸芦花随风摇动。平静的江面下，不时有硕大的鱼儿曳尾而过。

罗梭江是澜沧江的主要支流，勐醒河则是罗梭江一条不太起眼的支流。勐醒，傣语意为过夜坝，传说佛祖释迦牟尼巡游西双版纳途中曾在此过夜，故名。

柔美的勐醒河在勐腊县还有一个特殊作用，它是隔离麻风村的天然屏障。要到勐仑镇的南醒麻风村，必须渡过勐醒河。

在茂密的橡树树林中，58岁的李桓英稍稍整理了一下被雨水濡湿的鬓发。半年前，她刚调到北京热带医学研究所。这次与她同到西双版纳调研麻风情况的，是中国医学科学院皮肤病研究所郑逊生、云南省皮肤病防治研究所所长苗宇培、云南省卫生防疫站刘广勤和西双版纳州人民医院赵剑波等人。李桓英是此行唯一的女士。

这是她第一次踏上美丽的孔雀之乡——西双版纳。奔涌的澜沧江，神秘的热带雨林，清幽的竹楼，美丽的傣家服饰，让曾经走南闯北的李桓英目不暇接。

但她此时无心赏景。置身青山绿水间，她感到的是隐隐的沉重和苦涩。

光是从勐腊县城到这里，就要坐六七个小时汽车，一路上，不是弯弯曲曲的山路，就是水流湍急的浅滩。下了车，还要走好几公里山路。这些路是由牛马踩出的羊肠小道，仅容一人。旁边往往是陡峭的山崖。时不时，还要跳过一个个小沟壑。

雨季，青苔肆意生长在蜿蜒的泥路上，走起来湿湿滑滑，要有很好的平衡能力才能走稳。再往前，一座独木桥，长约50米，两边用绳索围起来，几块木板拼接成一座桥。不要说老年人，就是年轻人走上去也心惊胆战，必须屏住呼吸才能走完。独木桥又窄又晃，只能小心翼翼往前蹭。要不是有人扶着，李桓英差点就掉到水里去了。

可面前的勐醒河，连独木桥都没有，怎么过去呢？

当地工作人员老马说："我们坐独木舟过河。过了河，再走两里路，就到地方了。"

顺着老马手指的方向，李桓英抬头望去，一条小船正向这边摇过来。远远地，像一条蛇在蠕动。这是雨季，河水涨上来，水流很急。

独木舟是用山上的原木做的，把两头削得尖尖的，中间挖个槽。李桓英转过身，对大家笑笑："我年轻的时候在世界卫生组织工作，满世界跑，什么交通工具都坐过，就是没坐过这独木舟。"

刚上船，船身一阵晃动，李桓英一个趔趄，一屁股坐了下去。还好，船没翻，自己也没落水。她睁开双眼，紧张得脸色煞白，双手紧握船的两舷。同行的人都捏了把汗。

总算是有惊无险地到了对岸。看到老马充满歉意的微笑，李桓英反倒安慰起他来："我知道麻风村都特别远，路不好走。这点苦不算什么，我要是怕苦，也就不做医生，不治麻风病了。"

过了河，大家像商量好了似的，开始装备起来，穿上厚厚的防护服。李桓英有点不悦，责备他们：怎么还没有看到病人，就先把自己包裹起来了？太夸张了！

"没办法，我们也怕传染啊！一传染就得和病人一样被隔离了！"一位当地医生捂得严严实实，有点不好意思地对李桓英说。另一位地方官员立即附和："是啊，60年代，我们县的一位副书记就是因为患上这种病，辞了官、离了婚，孤身一人来到麻风村。"

李桓英没再说什么。她知道，人们对麻风病的恐惧由来已久，不是靠一两句话就能够祛除的。她决心用自己的行动逐渐打消人们的顾虑。

勐腊县的麻风村地处景洪公社东南方的一条狭长的峡谷中，由三个村子组成：勐腊乡回箐村、勐捧镇纳所村和勐仑镇南醒村。

据记载，1912年有3户麻风病病人家庭定居南醒村，截至1978年4月，南醒麻风村已发展到100户，总人口424人，其中男215人，女209人，全村男劳动力156人，女劳动力57人，7岁至15岁儿童60余人。

近三年来（1976—1978），先后有十余户报入麻风村，经调查，麻风村居民绝大多数是一人患病全家迁入。据不完全统计，麻风村真正患有麻风病症的共计94人，其中十余人完全丧失劳动能力，对于丧失劳动能力的病人，国家每年救济口粮4000斤，并发给棉毯、棉布等。麻风村有60多个儿童，还有近100个幼儿，到1978年时，他们仍然没有受教育的机会。

在来到麻风村之前，李桓英做了一些功课。她一边走，一边与西双版纳州人民医院赵剑波等人交谈，了解当地情况。

赵剑波比李桓英小两岁，算是同龄人。他曾是国民党部队的少校军医，后来加入革命队伍，1952年参与创建了西双版纳州人民医院。1957年，他到山东青岛参加了全国皮肤性病培训班学习，受到皮肤性病防治专家尤家骏的亲自点拨。

多年来，赵剑波经常背着干粮走村串寨，开展医疗工作。在茅棚中没有电灯，赵剑波点着马灯为不少人做了手术。他还时常深入边远村寨，到麻风病人家中做工作，与病人吃住在一起。因此，他和李桓英有很多共同语言。赵剑波称李桓英为"老庚"，这是云南、四川等地的方言，是同龄人之间一种亲近的称呼。

还没走到村口，几个正在玩耍的孩子看到有陌生人来，立刻四散跑开了。

李桓英等人知道，这些孩子不是怕被生人欺负，而是怕把自己的麻风病传染给别人。他们早已习惯了躲避人群、自我隔离。

竹篱笆、茅草屋，这是个典型的傣族原始村落。村里的麻风病人带着惊异的眼神，远远望着李桓英等人，三三两两窃窃私语。

在老马的引领下，李桓英等人挤进了一个昏暗的茅草屋。一个有些呆滞的男子正坐在里面，似乎在思考着什么。他身体瘦削，一道道皱纹刻在脸上，似乎每一条褶皱里都藏满悲哀和无奈。

老马赶紧介绍："老刀，这都是从北京和区里来的大专家，专程来看咱们的。"

"你就是刀建新吧。"李桓英满面笑容地伸出手。刀建新下意识往后退了一步，他不知已经多久没有和村子外的人握过手了。他的双手已经残缺不全。不仅别人看了害怕，他自己也感到羞耻。

难道这位从北京来的女大夫不怕麻风病吗？一瞬间，他甚至想到了两千年前，孔子隔着窗户与患了恶疾的弟子握手的场景。看着李桓英自信的微笑和鼓励的目光，刀建新迟疑地伸出了自己的右手。李桓英紧紧握住那只黝黑枯瘦的手，还拥抱了手的主人。这让村子里的人惊呆了，也让同行的所有官员和医生都感到震惊。

刀建新是整个麻风村里极少的会说汉语的人之一，那一刻他竟说不出话来。整个村子几乎立刻沸腾了："天哪，北京来的大摩雅（摩雅，傣族人对医生的尊称）不怕麻风病！"

下午，李桓英等人在村内走门串户搞调查。看到前面有两位姑娘，想向她们问路。看背影，两位姑娘身材窈窕迷人，令身材偏胖的李桓英很羡慕。可当她们回过头来时，李桓英发现，一位姑娘脸上长着一大块斑，另一位姑娘手指是弯曲的。掀起其中一位姑娘的长裙，李桓英看到她腿上大片的麻风斑。一抬起头，刚好撞上姑娘无奈和乞求的目光。

还有一个八岁的男孩，牵着双目失明的母亲来到李桓英面前。母亲的手伸向她，马上又缩了回去，如此三遍。李桓英一把拉过母亲的手："我是医生，是来给你治病的，我不怕。"激动的泪水顿时从母亲失明的双眼中流淌出来："大摩雅，我就一个心愿，想看看孩子长什么样。"

这次考察对李桓英震动很大，她暗暗发誓：一定要带着药回来，带着最好的医生回来，一定要把乡亲们的病治好。

第四章　一生襟抱

"流光容易把人抛"，一晃20多年过去了，眼看就要退休了，李桓英焦虑，依然没有找到与自己的雄心壮志相匹配的事业。

时间回到半年前，李桓英58岁。如果是在平常年月，她该为退休生活做打算了。不过那是1979年，改革开放伊始，一部波澜壮阔的史诗正待如椽大笔书写。

科学的春天，早已在1978年到来。3月，全国科学大会在北京人民大会堂举行。这是"文革"结束后，全国科学工作者的一次盛大集会，是中国社会解放思想、拨乱反正的重要突破口。重视科学研究、尊重知识分子即将重新成为时代的潮流。

一篇描写数学家陈景润的文章《哥德巴赫猜想》竟然成为爆款。激情燃烧的文字，不仅鼓动着无数青年学子向科学高峰进军，也让许多老科学家、老知识分子重新焕发青春。

"老牛亦解韶光贵，不待扬鞭自奋蹄。"诗人臧克家的诗句，道出了老专家们的心声。一大批老知识分子，正奋力追回失去的时光。这里面，自然少不了新中国卫生事业先驱们的身影。

1979年，中国消化病学奠基人、81岁的张孝骞出任中国医学科学院副院长；78岁的"万婴之母"林巧稚奋笔疾书，将毕生经验融进50万字的巨著《妇科肿瘤学》；同样78岁的皮肤性病学先驱胡传揆，再次投入消灭头癣病的战斗中；77岁的内科学家、热带病学家钟惠澜，创立了中国第一所热带病科研机构——北京热带医学研究所并任所长；此时，新中国第一个加入中国籍的外国人，率队消灭性病的马海德已经69岁，再次出山担任卫生部顾问，吹响了消灭麻风病的冲锋号；曾组织领导消灭血吸虫病和克山病防治工作的钱信忠，已经68岁，重新出任卫生部部长；中国现代普通外科主要开拓者裘法祖65岁，带领器官移植考察组赴联邦德国考察，开启了中国与德国医学界中断已久的"破冰之旅"……

与这些人相比，58岁的李桓英还是小字辈，可谓"风华正茂"。

"风华正茂"的李桓英，有相当长一段时间都是个"北漂"。

1970年8月，49岁的李桓英随中国医学科学院皮肤病研究所下放到江苏省泰州市，工作单位改名为江苏省皮肤病防治研究所。

1973年初，李桓英被皮研所所长胡传揆调回北京。此时，胡传揆除了是中国医学科学院皮研所所长，还是北京医学院（原北京大学医学院，1952年全国高等学校院系调整，北京大学医学院脱离北京大学，独立建院并更名为北京医学院，直属中央卫生部领导）院长。

李桓英来到了北医系统的阜外医院皮肤科。因为出身和海外背景，在当时的政治运动中，李桓英自然经常受到冲击。来到阜外医院不久，医院就开会决定不再留她。无处可去的李桓英，搬到了马海德家中暂住，同时协助马海德在阜外医院皮肤科进行红斑狼疮荧光抗体试验。

唐山大地震后，李桓英又在中央皮研所党委书记戴正启家住了一段时间。1973年至1978年，六年间，李桓英在北京无单位，无户口，无住所。

在生活上，李桓英素来要求极低。借住在部级领导家中，听上去还挺风光，但她精神上却时常感到苦闷。

想当年，不到30岁，从美国霍普金斯大学毕业后，李桓英就进入初创的世界卫生组织担任官员。后来，出乎所有人意料，她离开定居美国的父母、弟弟，来到百废待兴的新中国，就是为在这片热土上施展抱负。"流光容易把人抛"，一晃20多年过去了，眼看就要退休了，李桓英焦虑，依然没有找到与自己的雄心壮志相匹配的事业。

"虚负凌云万丈才，一生襟抱未曾开。"难道我李桓英要吟哦唐人的这两句诗自怨自艾吗？

她能够忍受寂寞，但不愿孤芳自赏；她甘于默默无闻，但不忍碌碌无为。她自忖，及笄以来，一天也未虚度：抗战时辗转求知，青年时赴美学医，中年时成为世卫组织首批官员之一，在东南亚各国治病救人。回国后，配合国家彻底消灭性病规划，做"梅毒螺旋体制动试验"（TPI），还自力更生开展麻风抗原检测，在自己身上做实验……她出色完成了组织交给的每项任务。

但李桓英还是若有所失。当年，她是受钱学森的感召回到祖国的。后来，钱学森献身国防，成就了"两弹一星"伟业，是中国载人航天奠基人。李桓英还有机会救济天下苍生吗？

第二部分　无问西东求学路

第一章　肇锡余以嘉名

　　鸦片战争后的半个多世纪，中国逐步沦为半殖民地半封建社会，国家蒙辱，人民蒙难，文明蒙尘。救亡图存成为有识之士的共识。李桓英的祖父李庆芳便是其中卓有成绩的一位。

　　"初秋的北京分外美丽。胡同里不像平日那样尘土飞扬。街上开张的店铺生动如画，来回兜售的小贩和乞丐的叫喊，听起来也很和谐。出殡队伍和迎亲队伍展示着其铺陈庞大的设计。透过明净的空气，远处的西山山色如黛，近处的景山则点缀着玲珑小亭。还有皇城那巨大的城门，金色屋顶的紫禁城。与这些相比毫不逊色的，是绿色琉璃瓦屋顶的豫王府，那是我们的新医学院和医院。"

　　这段优美的文字出自2017年出版的《协和医事》，描述的是100多年前北京协和医学院启用典礼的场景。隔着百年光阴，透过文字，我们依然能感受到作者澎湃的心情。1921年9月19日，北京协和医学院正式启用，中国现代医学史上一块里程碑悄然树立。

时间再往前推一个多月，8月17日，农历辛酉年七月十四，立秋后几天，在与协和医学院仅一街之隔的灯草胡同4号院东院东房内诞下一名女婴，她就是日后享誉海内外医学界的李桓英。

那是一个风起云涌的大时代。

鸦片战争后的半个多世纪，中国逐步沦为半殖民地半封建社会，国家蒙辱，人民蒙难，文明蒙尘。救亡图存成为有识之士的共识。李桓英的祖父李庆芳便是其中卓有成绩的一位。

李庆芳生于清光绪四年（1878）4月30日，是光绪三十一年（1905）清朝官派赴日留学生。

宣统元年（1909），李庆芳学成归国，应留学生试，获法政科举人，授七品京官。回到山西后，他因为声望日隆，被推为全省教育总会副会长，会长是留日学长梁善济。

当年10月14日，作为清政府实施预备立宪重要机构的咨议局在全国各地成立。

梁善济当选为山西省咨议局议长，李庆芳任参议员；张謇当选为江苏省咨议局议长；汤化龙当选为湖北省咨议局议长；蒲殿俊当选为四川省咨议局议长；谭延闿当选为湖南省咨议局议长……一时间，英才荟萃，海内震动。

宣统三年（1911）5月8日，清政府设立"皇族内阁"，却暴露了其假立宪真专制的骗局。同年，武昌起义爆发。山西同盟会会员响应起义成立山西军政府，善于左右逢源的阎锡山出任都督。不久咨议局取消，李庆芳离省回乡，到潞安中学任教。

太原反清起义的消息传至潞安府，知府逃走。潞安中学教员发起组织八县参议会，代行知府职权，李庆芳被选为议长，主政上党。他积极响应孙中山革命号召，倡导各县革新政事，虽然主事时间很短，但对稳定当地局势起到了重要作用。

在代行知府职权期间，一天，李庆芳乘马车回家探母，到襄垣县夏店镇附近，下车徒步回家。路遇童年时好友李二孩。李庆芳连忙打招呼："二孩哥，你好！"李二孩见是做了大官的李庆芳，回避不及，想叫"李老爷"又叫不出口，叫小名"富全"又不敢，犹豫半天，躬身叫了声"李先生"。李庆芳拍着他的肩膀说："二孩哥，你怎么叫我'先生'？我是你富全弟呀！小时候的话你忘了吗？"

原来，地主家庭出身的李庆芳，小时候常和穷人家孩子一起玩。他喜欢把书包戴在头上当官帽，扮演清官，还将玉荄（山西人称玉米为玉荄）须子挂在嘴上当胡须，折枝柳条当马鞭。当有孩子喊冤"告状"时，他都能像模像样地把案子断得一清二楚。

若干年后，李庆芳果然学了法律专业，还是在当时人们羡慕的东洋大学。不过，他也明白了，靠几个清官是拯救不了积贫积弱的国家的。

1913年，李庆芳在上党区被选为众议员和宪法起草委员，随即赴京参与《中华民国宪法》起草工作。他参与拟定的《宪法草案》，为后来《天坛宪法草案》奠定了基础。后李庆芳兼任参议院秘书厅厅长，被袁世凯总统府秘书长梁士诒看重。同年9月，公民党组建，李庆芳被推选为主席。国会成立后，李庆芳在京主办《民宪日报》《宪法新闻》，宣传立宪主张，在国会中颇有影响。

1914年，山西督军阎锡山让同乡李庆芳任山西驻京代表，与各方接洽。1916年6月袁世凯死后，黎元洪继任总统，段祺瑞任国务总理，在是否参加第一次世界大战对德参战问题上，"府院之争"矛盾激化。张勋率"辫子军"进京，上演复辟丑剧。阎锡山一面派田应璜在天津征询段祺瑞意见，一面让李庆芳去探听江苏都督冯国璋态度。

李庆芳不惧危险奔赴南京，密电阎锡山："张勋复辟，冯国璋极不赞成，愿与段合作讨伐，希助段讨张。"于是阎锡山出兵北京助段祺瑞讨张。张勋复辟失败，黎元洪引咎下野，冯国璋代理总统，段祺瑞仍任国务总理。李庆芳回京任职。

1927年，国民政府再度北伐，张作霖把持北京政府。占据山西的阎锡山，一时间举足轻重，成为南北争取的重要力量。善于见风使舵的阎锡山，先是向张作霖示好，然后根据时局变化拥南反北。张作霖一怒之下，下令逮捕曾代表阎锡山向他示好的李庆芳。李庆芳有苦难言，急赴天津，经日本再到沪苏杭等地避难。

1928年，蒋介石、冯玉祥、阎锡山、李宗仁联合北伐，逼退奉系军阀张作霖。5月，蒋介石委任阎锡山为平津卫戍总司令。阎锡山命李庆芳接办《晨报》，改称《新晨报》，又委任他为总部司法处处长、山西总司令外交代表，兼交通处处长。一身数职的李庆芳，将千头万绪的事情打理得井井有条，深得阎锡山信任。李庆芳久居北平，结识文士颇多，组织了"听涛诗社"，自任社长。

1935年，丧权辱国的《何梅协定》签订，华北局势日渐恶化。李庆芳不得不辗转于平晋两地，有时还远赴宁沪。1936年秋，他"旅居故都，日夜与书报为邻。暇复访各图书馆，及国际学者之门，随遇积累，得十万余言，名以'世界大势一席话'，亦取诸古人'不出户知天下'之遗教"。1936年12月，为国人介绍世界各国政治经济概况的《世界大势一席话》由怀幼学校出版。

因华北局势日趋紧张，李庆芳深感居留北平不利，遂带家人返回太原。其间，李庆芳数次力劝阎锡山抗日，但阎锡山置之不理，继续奉行蒋介石消极抗日、积极反共的政策。作为阎锡山的高级参议官，李庆芳对跟随了近30年的阎锡山十分懊恼，对他所供职的国民政府彻底失去信心，毅然辞职。

1937年七七事变后，日军进攻山西，轰炸太原。李庆芳感到朝不保夕，于是携家眷回到家乡襄垣避难。

很快他们就发现，这里也经常有日军来犯。因为这里是游击区，离八路军总部武乡不远。不久，李庆芳又带家人到晋中的董家岭避难，这里山峦起伏，树林茂密，景色宜人。李庆芳经常带着孩子在山中漫步。

但不久山里也不太平了。日寇大扫荡，实行"烧光、杀光、抢光"的"三光"政策，让人无处可藏。为躲避日军，村中每天都有人放哨。一旦有日寇来犯，马上通知人们往山洞里躲藏。日军走后，家中的东西被翻得一片狼藉。李庆芳的小女儿在那一年10月出生，经常被日军飞机大炮吓得哇哇大哭。李庆芳深感国破家亡的危机，为小女儿起名"守唐"，意为"保卫中国"。

后来，李庆芳将家人安顿到更偏僻的山里，他则带一个叫张云旺的亲戚在当地与日军周旋。

山西部分官兵誓死不当亡国奴，违反阎锡山命令，奔赴绥北抗日，还击毙了日军中将头目。李庆芳闻讯喜不自禁，同时也深恨自己没有留在部队抗敌。他站在街上，大骂日本天皇是军国主义头子、战争罪犯；大骂阎锡山祸国殃民，对不起山西父老。一怒之下，李庆芳把自己写的《世界大势一席话》付之一炬，大哭道："迷惑数十年，倭贼蒙吾目。阎贼非友窃国盗，八路才是擎天柱！"又赋诗曰："英雄颈血溅绥北，飞向红花处处香。三百问题空有答，愧无一死到沙场。""萤窗夜湿青衫汗，马革冬僵紫塞诗。十万字成双落泪，因风漂泊赠梅枝。"

1938年，日军九路围攻上党，李庆芳避难山村。次年，日军又攻上党，在夏店驻扎下来，李庆芳寄居阳泽河老友家。

1939年2月5日，日军突然包围阳泽河，38名八路军与民兵被捕。日军抓住了李庆芳，误以为他是村长，要殴打他。李庆芳以日语痛斥日军，日军方知他与上党日军司令官板垣征四郎相识，立即躬身赔罪，盛宴招待，意欲诱降。李庆芳巧为应付，并提出释放被捕之八路军与民兵的要求。

次日，板垣从长治亲至夏店与李庆芳晤谈，准予释放八路军与民兵。不久，日军要他任维持会会长，他说："我是中国人，若任斯职，将遭人民唾骂，如何使得。"

随后伪省长苏体仁写信请李庆芳到太原任职，李庆芳坚拒。日军出于"长期感化"考虑，准许李庆芳居住家中，李庆芳利用其特殊身份，多次为被逮捕群众说情，均得释放。

有一次，夏店镇庙会演戏，有一场剧目是《忠烈杨家将》，李庆芳便用日语翻译给日本人听，当日本人听到"忠烈"两字时很不满，但因为上级有令，他们对李庆芳也不敢怎样。

李庆芳虽与家人共同居住在夏店老宅，但日军把他单独扣押在一处院落里。虽然近在咫尺，他也很难与家人见面。

李庆芳甚为苦闷，一病不起，在病榻上，他向族弟李庆馨说，深悔未渡河赴陕，追随共产党，以致落入日军手中，蒙受羞辱。并希望将来他的两个儿子要堂堂正正做人。

李庆芳侄儿李法颞回忆，在日军占据夏店初期，李庆芳本可以凭借他的名气转移到陕西或重庆，那里不少著名爱国民主人士都与他相识；他也可与日军或伪政府商量，携妻女回到北平居住。但他不舍故土，更不屑与侵略者或伪政府讨价还价。他宁可在原籍做一个老百姓。

1940年3月17日，在遭到日军软禁40余天后，李庆芳终因病逝世，终年62岁。

临终前，日方通知家属探视。妻子带着长女——6岁的李元太去看望李庆芳。当时，李庆芳两个儿子均在外地工作。李元太看见父亲仰面直挺挺躺着，头朝门窗方向。看到妻子女儿，他眼含泪水，眼珠一动不动，也发不出声音。

在办丧事时，作为长女，李元太来到棺木前看了父亲最后一眼。只见李庆芳两眼睁得大大的，看着头顶上方，似乎有什么放不下的心事。随后，人们把李庆芳的眼皮抹下来，让他安详地离开这个世界。后来，李元太上学后学到"死不瞑目"这个成语，立刻想到了父亲去世时的情形。

当时，李庆芳长子李法端在国民政府铁道部任职，随政府迁到重庆。而长孙女李桓英正在迁到昆明的同济大学医学院（昆明翠湖附近八省会馆）就读一年级，学习生物化学、解剖学。

1940年4月27日，中国共产党机关报《新华日报》以"晋名宿李庆芳被掳至死不屈"为题，报道了李庆芳被日寇"数百人搜掳以去，威逼凌辱，近四十日，无所不至"，"终不附逆，因受刺激过深，不幸逝世"的消息，高度赞扬了他坚贞的民族气节、高尚的爱国情怀。

李桓英是李庆芳的长孙女，出生那年，李庆芳43岁。他为这个心爱的孙女取名"桓英",桓者,本字为"亘",甲骨文字形是漩涡状。远古时,人们已经知道,船行至河中漩涡有翻船危险,需在附近加上警示标志,"桓"因此有警示意。警示标志如果太小,就很难起到警示作用,所以往往要做得很大,"桓"又引申为大。古代许多辟疆服远的国君,都以"桓"作谥号,如齐桓公、宋桓公、鲁桓公。"英"是形声字,小篆从艸,央声。隶变后楷书写作"英"。《说文·艸部》:"英,草荣而不实者。一曰:黄英。从艸,央声。""英"本义是花,陶渊明《桃花源记》:"芳草鲜美,落英缤纷。"花是美好的,所以引申为美好、杰出。生前做出伟大事业的逝者,被尊为"英魂""英灵"。又引申为精华,韩愈《进学解》:"沉浸醲郁,含英咀华。"

可以说,"桓"与"英"都是汉字中最美好的字。将这个"嘉名"赋予长孙女,足见李庆芳对李桓英的喜爱,在她身上寄托了不同寻常的希望。

李桓英出生的北京东四灯草胡同,明朝属黄华坊,清朝属镶白旗。此地接近灯市,因售卖灯草(油灯的灯芯)而得名。

灯草胡同4号是一个典型的四合院。门前两个石狮子,红漆木门,迈进大门,可见太湖石影壁,影壁后是四四方方的四合院。

在李家大宅中共同生活着三代人:祖父李庆芳、父亲李法端、母亲杨淑温、叔叔李法公,还有哥哥李双十等。

李庆芳与当时的政界要人多有交际,与不少文化教育界名流还有较好的私交,比如梁士诒、蔡元培、俞诚之、叶恭绰、朱启钤等。

童年时李桓英的家中可谓"谈笑有鸿儒"。

20世纪20年代，李庆芳利用自己的声望募资，创设了怀幼学校四所、怀幼女子学校一所。

怀幼女子学校前身是祭祀清代蒙古亲王僧格林沁的专祠显忠祠，是坐北朝南的二进四合院式建筑。李庆芳继室吕贞先曾任教务主任，长子李法端、儿媳杨淑温都曾在怀幼学校任教。李法端是在册的英文教员，杨淑温可能只是代课老师，所以名字在教师名册中阙如。

一天，李桓英看到一位大姐姐来到家中。她比李桓英大十岁左右，叫白启华。家里人让李桓英叫她阿姨。白启华与家中女眷住在一处。李庆芳要求子女与白启华姐妹相待。大家其乐融融。后来，家里陆续又来了闫艾芝、郭燕平等女孩。稍大一点，李桓英才明白，这些女孩都是无家可归的孩子，在祖父创办的怀幼女子学校上学，被祖父收养，并视如己出。后来，这几位女孩出嫁时，李桓英还参加了她们的婚礼。白启华结婚时，李桓英刚到上学的年纪。

在李桓英印象里，李庆芳既是开明的家长，又有传统的一面。母亲想给李桓英穿耳洞，被李庆芳知道，立即禁止了。李桓英庆幸逃过一劫。祖父不仅不让穿耳洞，全家的女孩都不让裹小脚。

在家族管理上，李庆芳也有比较专制的一面。他一进屋，大家都要立刻站起来。每年除夕守岁，也必然要给祖宗牌位供奉食品、烧香，恭敬地磕头。李桓英的叔叔李法公很有艺术天赋，胡琴拉得很好，在20世纪30年代还曾为在北平红极一时的新艳秋伴奏。但李庆芳担心他玩物丧志，曾几次体罚他。

李庆芳家教很严，家风很正。虽然当了官，也比较有钱，但家里从来没有姨太太，一共有三任妻子，后两任都是前妻去世后续弦。虽然李庆芳交际很广，但他反对打牌、赌博，反对吸烟饮酒，自己更是以身作则，没有当时社会上一些纨绔子弟的恶习。

李桓英的父母都出生于庚子年（1900），算是青梅竹马。9岁时由长辈定了娃娃亲，17岁就办了婚事。1917年10月10日，杨淑温为李家生下长孙李双十。在李庆芳的不少诗中，都能看到李双十的身影。

1919年元旦第二天，李庆芳在马相胡同的住宅写下："小孙才周岁，我弄含饴蜜。孙小甘饴蜜，哑哑欣坐膝。"（《养趣轩即事》）还有："犹子学诗呼弟弟，小孙贪蜜唤爷爷。"《春日家居杂感二首》（其一）"儿抱孙，绕床儿，还笑景儿痴。"（《元日歌》）

可惜好景不长。1923年，六岁的李双十因患白喉不治身亡。两岁的李桓英一时间成了家中独苗。

痛失长孙的李庆芳，把老家两个哥哥的孩子接到北京读书。此时，李庆芳已经从灯草胡同的宅子搬到西直门内马相胡同，这处房产比较大，完全能满足大家族的居住生活。

第二章　立志求学

　　那时，我便下定决心，立志要去解救他们！现在想来，我在事业上多少能有所成就，许多都还是受祖父的影响的。

　　1926年9月，五岁的李桓英开始了自己的求学生涯，就读于祖父担任校董的怀幼女子学校。这时，李庆芳开始教李桓英学习古文，练毛笔字。

　　留学时，日本人对教育的重视，让李庆芳颇为震撼，"家无失学之童，户无无识之妇"，他们还把女子教育提升到与男子教育同等的高度。由此，李庆芳坚定了教育救国的信念。他痛恨"女子无才便是德"的封建传统，回国后，李庆芳就在家乡创办了女子学校。他对李桓英的要求与期望，丝毫不低于男孩。

　　在马相胡同的家里，李庆芳的客厅兼书斋里摆放着钢琴，还有放鸡毛掸子和书画的大掸瓶。他将自己的书斋命名为"养趣轩"，自称养趣轩主人。虽然大学学的是法律专业，但李庆芳身上有极强的传统文人趣味。

李庆芳酷爱书法，常在书房挥毫泼墨，为了让更多的人学习书法，他还编著了一本《平民行草书字帖》。在北京多年，李庆芳也是琉璃厂等地的常客，搜集了不少古籍和文物，家中有两间屋子专门存放文物。

李桓英读小学二年级时，在德国求学的父亲李法端终于完成学业，回到北京。

这么多年，都是杨淑温带着李桓英，跟祖父一起生活。李法端九岁时母亲连氏就去世了，后来李庆芳续弦曾氏（山西襄垣人，未生育，因肺病离世）。在后婆婆面前，杨淑温日子很不好过，常常受气。有一次，不知何故，杨淑温被曾氏罚跪，默默流泪。这让懵懂的李桓英领悟了母亲常常对她说的话："女孩子要自立，才不会受欺负。"

李桓英特立独行的个性就是儿时形成的。为躲避后婆婆，杨淑温常带李桓英坐黄包车到怀幼女校教书。李法端从德国留学归来后，心疼妻子，便带母女搬出来独立生活，与祖父和继祖母分开过，大家族式的生活宣告结束。

在父亲回来前一年左右，李桓英得了一种俗称丹毒的病，脚部感染溃烂。母亲带她去东单一家日本人管理的医院看病。这种病可以用青霉素治疗，但当时还没有这种药。治了很长时间都不见效果，最后用了一种抗菌血清才痊愈。因为没有特效药，所以李桓英住了

90多天的院。

后来，李桓英的身体一直很好。她自认为是得益于童年时使用了抗菌血清。而母亲则说，是大病后精心调养的缘故：出院后，家里用大麦片加牛奶等营养品给她调养。

当时，西医的诊疗及药费均极昂贵。十几年后发明的青霉素，一支的价格相当于1亩丰田全年的收成。天花流行时注射1支天花疫苗，需400斤小麦，约合20块银圆。住院三个月的花销是非常巨大的。但李家为给长孙女治病是不惜本钱的，几年前李双十夭折的阴影还蒙在所有人心头，无论是李庆芳，还是杨淑温，都不能再让孩子有任何闪失。否则，无法向远在德国读书的李法端交代。

出院后，母亲带李桓英去照相馆拍照留念。几个月后，李桓英和父母去德国。在父亲的寓所，她惊讶地发现，那张照片，早已先于她漂洋过海，挂到了父亲的房间里。

李庆芳是赴日本留学，长子李法端为何选择去德国留学？第一次世界大战时中国加入协约国阵营，与德国是敌国。几年间两国都无从派遣留学生。大战结束后，本是战胜国的中国在巴黎和会上备受欺辱，引发了著名的五四爱国运动，中国代表拒绝在不平等协议上签字，向世界宣告了中国的立场。后来，经过几年的拉锯战，于1921年5月20日，中国与德国签订了《中德协约》。中德之间的各种交流，包括派遣留学生，也从1921年开始恢复正常。

这时，刚从北京汇文中学毕业的李法端正在发愁，因为北京的学生运动，大学还没有开始正常招生，他于是萌生了出国留学的想法。

20世纪20年代初，中国留德人数迅速增长，1924年仅柏林地区就有近千名中国留学生，原因一是两国于1921年签订《中德协约》，德国政府积极支持中国选派留学生；二是战后德国通货膨胀、马克贬值，留学成本大为降低。

李法端后来在《欧行杂录》中记录了选择德国留学的缘由："因出洋过促，官费不易立时办到，暂作自费计划。经济问题，当然是哪国最合算是要考究的。忽听友人来告说'马克街市便宜'，才惹起我去德国的念头。"于是，当年李法端就来到了德国柏林工业大学，学习电气专业。

李桓英后来经常自豪地说起，祖父李庆芳是清朝公派留日学生，父亲则是一战后第一批赴德留学生。

1928年李法端学成回国时，李桓英已经7岁。李法端带妻女从大家庭中搬出来，在现中国美术馆后面的一个公寓暂住了三个月。

同年冬，李法端为完成在西门子公司实习两年的合约，携家眷再赴德国。

出国前，李桓英还随父母回了一趟山西襄垣县老家。他们先乘坐窄轨火车从北平到太原，又坐了一个星期的"架窝子"（前后各有一匹骡子架着走的交通工具）。

从山西回平后，李桓英随父母乘火车，经西伯利亚远赴德国柏林。这是李桓英第一次乘坐长途洲际列车。

因为德国医学发达，李庆芳希望李桓英学医自立。李桓英回忆，自己的人生目标在初中时就确立了。

"我是一名医学工作者，每当我在报刊上看到非洲女性遭到蹂躏，看到那些贫穷妇女遭到不平等待遇，看到印尼'雅司'患者躯体溃烂时的悲惨，看到苏北头癣患儿'头盔'的痛楚，看到云南麻风病人病魔缠身时那绝望的眼神，我内心便许久不能平静，一种强烈的责任感也油然而生。那时，我便下定决心，立志要去解救他们！现在想来，我在事业上多少能有所成就，许多都还是受祖父的影响的。"

2018年，97岁的李桓英回乡参加祖父诞辰140周年纪念会时，如此动情地回忆祖父对她的影响。

第三章　在柏林

在德国生活期间，我亲眼看到了西方医学的迅猛发展，对医学领域产生了浓厚的兴趣。

五分之四个世纪后的一天，北京热带医学研究所办公室，和煦的阳光透过窗户，照在一张泛黄的老照片上，也照亮了一段往事。

满头白发的李桓英，兴致勃勃地向年轻的同事讲起过去的故事。照片上年富力强的父亲西装礼帽，端庄秀丽的母亲呢子大衣，中间的小姑娘圆圆的头，七八岁光景。那是李桓英一家到达柏林后拍摄的第一张全家福。

这张照片一直摆在李桓英的案头。她用有点神秘的语气对同事陈小华说，"其实是一家四口，妈妈肚子里还有妹妹呢"。说这话时，李桓英眉眼间仿佛又变成了照片里的小姑娘。

时间回到1929年初，李桓英坐在开往异国的火车上。无边的森林、壮阔的戈壁、无垠的原野，各种前所未见的景色让她目不暇接。新奇的事物总能让小孩子忘却疲惫，在横跨欧亚大陆的西伯利亚大铁路上，李桓英一路上都很兴奋。

其实，这是一条沾满了中国劳工血泪的铁路。19世纪末，无数的中国劳工被所谓高额工资的骗局骗到异国他乡。他们吃的是冷玉米和黑面包，在零下50摄氏度的极寒中缺衣少食，领着比别人少一半的工资，还要交伙食费。铁路修成时，不知有多少华人埋骨他乡，活在家乡亲人的梦中和余生无尽的等待中。

1904年7月，西伯利亚大铁路竣工时，俄国与日本在中国东北激战正酣。铁路通车后，困于俄国腹地的大量士兵和物资被源源不断输往远东，逐渐扭转了俄军在远东战场的颓势。

历史总是在不经意间交汇。那一年，一个山西青年站在驶向日本的轮船甲板上，为国家民族的前途命运扼腕叹息。他就是李桓英的祖父李庆芳。

在北京，祖父经常给李桓英讲起中国近代屈辱的历史。懵懂的李桓英并不能完全领会祖父的意图。但一颗爱国的种子在她幼小的心中早已埋下。

经过数天跋涉，李桓英与父母终于来到了欧洲大陆的心脏——德国。他们在首都柏林西部的夏洛滕堡区的一个寓所住下。

这里也是八年前李法端第一次来到柏林时落脚的地方。夏洛滕堡区因普鲁士王国时建造的模仿凡尔赛宫的夏洛滕堡宫而得名。这里有世界一流的理工大学柏林工业大学；有著名的柏林动物园；20世纪20年代，在以哲学家康德命名的康德大街上，周恩来、朱德等中国革命者留下过红色的青春印记。

20世纪20年代的德国处于魏玛共和国时期。一战战败，德国受到空前打压，国内政局动荡，经济萧条，通货膨胀严重。为防止德国经济崩溃还不上战争赔款，英美等国采取一系列措施，促使德国经济复苏。

1921年至1928年留学于此的李法端，完整经历了德国经济跌入低谷到再次起飞的过程。

李桓英和父母租住在夏洛滕堡区的里尔大街，这里离李法端求学的柏林工业大学很近。

柏林工业大学历史悠久，理工科水平很高，中国现代测绘事业开拓者夏坚白、"中国的居里夫人"何泽慧等，都是20世纪30年代就读于该校的中国知名校友。李法端所就读的电气专业，在世界各大学中名列前茅。

"德人自大战之后，生计难舍，自是卧薪尝胆，发愤整顿。我们国家，这样糟法，国民也当去学他一点，再想自己改造的法子。"谈起留德初衷，李法端在后来撰写的《欧行杂录》中如是说。

在柏林的第一年，李法端并没有直接进入大学学习。他先在友人处学习德文、电气等知识，为第二年进大学做准备。经友人介绍，他进入了当时就负盛名的西门子电机厂实习。

实习期间，李法端特别希望深入了解当地工人的情况。他"到铁匠房，整天用18斤重的大锤大打特打，德国练习生都以为奇"。虽然干得"汗流满面，手足疼痛"，但李法端认为这样"自能增力，将来再干什么活，都不怕了"。李法端一心要当工人，可是他的手还是那样柔软，连德国工人都说他的手是资本家的手，于是他便"要在铁匠房多做工"。(李法端《欧行杂录》)

在电机厂实习时，李法端还十分注意了解德国工人的思想状况。他发现，当地工人极力反对资本家剥削压迫，很注重维护自身权益。李法端还将德国的教育情况与中国进行比较。一年后，他将欧行见闻思考撰写成一本两万多字的书《欧行杂录》，刊布坊间，在亲友中传阅颇广，让一些后来留德留欧者获益不少。

到了1929年，当学成归国的李法端挈妇将雏再次来到德国，在老牌电气公司西门子实习时，柏林的气氛开始变得异样。激进的纳粹分子蠢蠢欲动，一场前所未有的世界经济危机即将爆发。

从1929年10月开始，发端于美国的这场资本主义经济危机逐渐波及全世界，德国成为遭受影响最大的欧洲国家之一，失业率高达43%。1933年，在民怨沸腾中，魏玛政府下台，希特勒纳粹党取而代之。

经济危机，物价起飞，也让李桓英一家在德国的生活变得异常艰难。

初到德国的李桓英不会说德语。爸爸将她送到私立小学，同时请人给她补习德文。没过多久，李桓英就融入了新的语言环境中，德语说得比较流畅了。

在德国的两年多时间，李桓英也没有忘记学习中文。她用稚嫩的笔触给祖父写信，抬头是文言味道的"祖父大人膝下"。她还把在柏林的有趣见闻写下来，随信寄给祖父。李桓英在柏林写的两篇文章，发表在李庆芳负责的《新晨报》上。

借了祖父的光，在《新晨报》副刊上，李桓英的名字共出现过三次。她也许是副刊上年纪最小的作者。

李桓英到德国不久，她的照片就登上了北平《新晨报》副刊第二十七期。照片上书"李木园（木园是李法端的字）女公子桓英之影，桓英现年九岁，性聪慧能诗歌文算，此影七岁所摄"。照片上，圆脸蛋、西瓜头的李桓英站在花丛中。

1929年《新晨报》第五十九期，刊载了署名李桓英的《游柏林野兽公园记》。文中写道："德国的公园，多半不买门票，可是我国的公园，没有钱的人就进不去，我很希望管事的人，多发点大慈爱心，让穷人也能享受点天然美景良辰的福。"题目中的柏林野兽公园，应该指的就是柏林动物园。

在北京时，李庆芳常带李桓英去中山公园和北京动物园等地游玩。当时这两地分别叫中央公园和京师万牲园。李桓英看到柏林的动物园和公园，自然会想起在北京去过的同类地方。她认为柏林的"皇后维廉的牡丹园""比北京中央公园大好几倍。他们的布置也比中央公园布置得好，我们应该参考外国的方法，布置我们的公园"。

李桓英对民生疾苦和公共事务的关心，似乎和她的祖父与父亲一脉相承。

关于李庆芳的事迹，前面已多有叙述，这里不妨从李法端的《欧行杂录》中摘录两段，看看他青年时是如何关心民生疾苦的。

这是1921年李法端从北京出发去上海路上的见闻：

"车到泊镇的地方，我见站下的乡民呼爷爷、叫奶奶，要钱讨吃，那般可怜的状态，真是触目伤心。赶车到山东的地界，站台的贫民还是照样很多。想起去年秋天灾区的景象，更叫人难受，不知坐头等车的阔佬，也有所动心否？"

"听说富翁大族，多半住城里，虽然到了秋收，也不往田间一走，怕失了体面，像这样的资本家，处于现今的潮流，也该自省。"

1930年8月18日，杨淑温在柏林为李桓英生下妹妹李林英。在异国他乡，李桓英缺少真正的玩伴，所以一直期待着妹妹的到来。

生妹妹时，母亲难产，医院让李法端到产房陪伴。这在当时的中国是难以想象的。最终李林英得以顺利出生。德国先进的医疗技术和医疗理念，让童年的李桓英印象深刻，让她对医学产生了最初的兴趣。"在德国生活期间，我亲眼看到了西方医学的迅猛发展，对医学领域产生了浓厚的兴趣。"李桓英后来回忆。

李桓英非常喜爱长得像洋娃娃的妹妹，成天哄着她玩。多年以后，在平辈中她也跟妹妹的感情最深。

李法端一家开始租的房子是与房东合住的两居室单元房。他们一家三口住大间，约十平方米，房东住另一间。房东是一名孀妇，丈夫在一战中死了，她未再嫁人。李桓英家与房东共用厨房浴室。生下妹妹后，他们的房间住不下了，房东也不允许婴儿居住。李法端只好另租房子。

在西门子实习时，李法端薪水不多，有了李林英以后，花销就更大了。杨淑温没有奶水，每天还需购买婴儿食品。没过多久，母亲又怀孕了。这让本不宽裕的家庭雪上加霜。

1931年春天，母亲带着桓英和不满一岁的林英踏上回国的旅程。为了省钱，她们依然乘坐穿越西伯利亚的火车。去时是三个人，回来时也是三个人。李法端因为实习还没到期，准备晚些再独自回国。如果算上母亲肚子里尚未出生的弟弟李际英，那么就是四个人回国。

挺着肚子、抱着婴孩，不懂外语的母亲把万里归程的一切都安排得妥帖，让人感到踏实。李桓英对母亲大为佩服。

父亲李法端读书多，见识广，经常揶揄地对李桓英说："你妈妈杨淑温，有书也不温。"但李桓英不以为然。

小时候她对母亲更亲近。父亲在德国读书实习的八年，是母亲把她拉扯大的。直到成年出国读书前，李桓英的学习和生活，基本都是母亲一手安排的。李桓英到哪里读书，跟谁在一起，都得听母亲的。

回国的路上，李桓英已经没有出国时的新奇和激动。两年的异国生活，让她迅速长大。生活的不易和家庭的负担，还有国家的危机，无不在加速她的成长。作为长女的李桓英，自然要帮助母亲分担家庭的重任。

德国之旅，成了李桓英开眼看世界的起点。若干年后，李桓英在世卫组织工作，她回国时取道德国，又看到了当年在柏林上小学时走过的马路。二战中，柏林很多地方被轰炸得不成样子，但她所居住的那条大街保存得还比较完好。

第四章　一路向南

香港是李桓英青年漂泊的终点站。在香港，她度过了青少年时代的最后一段时光，打下了良好的英文基础，自主意识也开始萌芽。

终于回到了熟悉的北平。

李桓英被安排在东交民巷的德国小学读了一年书。回来后不久，大弟弟李际英就在北平道济医院（现北京市第六医院）出生了。

1931年9月18日，日本驻中国东北地区的关东军突然袭击驻守的沈阳东北军，制造了震惊中外的九一八事变，揭开了第二次世界大战东方战场的序幕。

在灯草胡同，李桓英从大人口中得知了日军侵略中国的消息。那一年，李法端完成了在西门子的实习，回国后到杭州电机厂工作。

李桓英随母亲搬到了上海，从此开始了四处奔波的求学之路。在奔波中，李桓英逐渐尝到了"国破山河在"的滋味。在上海的德国学校，李桓英读了半年书，住在国立音乐院（现上海音乐学院）一位德籍女教师家中。

1933 年，李桓英又随家迁至杭州。到杭州后，母亲对李桓英说，你不能再念德文了，第一供不起，第二你在中国，念德文有什么用处？你应该适应环境，学好国文。

李桓英进入杭州弘道女子中学初中一年级。她一边学英文，一边着重补习中文。为了学好中文，李桓英暗自掉过眼泪。

弘道女中是教会女校，宗教气氛浓厚。教师对学生英语的日常会话抓得很紧。李桓英有德文底子，再学英文感觉很容易，因此深受外教喜欢。外教还给她起了一个英文名字"Cecilia"，但李法端知道后坚决反对，她就不再用了。

有一段时间，李桓英住在父亲的一位朋友家里。他家有一个大花园，花园里只有一间房子和一张床，供李桓英一个人住。朋友家的厨师爱烧香敬神，他知道李桓英自己住，便经常讲狐仙之类的故事来吓唬她。但李桓英从没害怕过。

后来，李桓英搬到了弘道女中寄宿。在寄宿期间，她接受了教会洗礼，被杨淑温发现，训斥了一顿，从此不再信教。

李桓英一家在南方期间，祖父李庆芳来看望他们。他见李桓英德文好，非常高兴。李庆芳见多识广，知道德语对学医很重要，便嘱咐李桓英以后要学医。后来，李桓英进入同济大学医学院，完全遵照了祖父的意见。

李桓英在弘道女中只读了初一就转学了。1934年，李法端调到国民政府铁道部任职，全家随之搬到南京。

9月，李桓英独自一人乘火车从杭州来到南京，转入南京私立中华女子中学（现南京大学附属中学）读初二。他们家在南京住了三年。这段时间母亲为李桓英找了一位老师补习中学语文。对文言文李桓英并不恐惧。李桓英最怕历史课，感觉太难记了，还有三民主义等时事政治课，让她感到枯燥。

李法端从德国给李桓英买的一些儿童书籍，如《鲁滨孙漂流记》《一千零一夜》《格林童话集》《希腊神话故事》等，稍能慰疗李桓英的孤寂。

从小学二年级到国外开始，李桓英就把主要精力放在德语上，中文底子不好，回国后中文比同龄人差一大截。抗战时期她转读南京、上海、香港多所学校，中文一直是弱项。后来能够考上同济大学，李桓英说："还是几句德文救了我。"

1937年七七事变，全面抗日战争爆发。李法端随国民政府西迁到汉口，随之又转移到重庆。杨淑温带着几个孩子投奔上海一个朋友。10月，李桓英转入上海务本女中读高一。务本女中是上海第一所由中国人创办的女子中学，创始人为上海人吴馨。

在淞沪抗战中，务本女中校舍被炸毁，只得迁往租界内上课。当时战火连天，人心惶惶。为避战祸，一家人随母亲南下坐船到香港。

在香港他们住了将近两年。

12年间，李桓英换了9所学校。先后在北京、德国柏林、上海、杭州、南京、上海和香港求学。每到一个陌生的地方，环境还不熟悉，同学还没认全，李桓英就又转学了。但李桓英在国内上的所有学校都是名牌学校，足以看出父母培养李桓英的良苦用心。

在辗转迁移中出生的弟弟妹妹们，名字中多带有出生地的信息。除了大弟际英在北平出生，名字似与妹妹林英保持一致，看不出出生地信息外，其他几个人的名字都与地名有关。妹妹林英在柏林出生；二弟际康在南京出生，南京旧称建康；小弟际申在上海出生，申则是上海旧称。

1938年春节，李桓英随母亲乘邮轮到香港。一家住在香港九龙尖沙咀附近的北京行，李桓英在玛利诺修院学校就读一年。玛利诺修院学校由天主教玛利诺女修会创办，是香港著名的女子学校，只准用英语教学。在这里，李桓英的英语水平大增。李桓英后来说，她的英语底子之所以比较好，就是得益于香港的这所教会学校。

为什么选这所学校，李桓英其实并不清楚。念什么学校依然是母亲决定的。李桓英与几个同学商量，总不能老在香港待着，将来还要考内地的大学。为了考大学，李桓英又上了一所学校，三个月得了一张中学文凭。有这张文凭，就能参加全国统一的招生考试了。

1939年7月，李桓英参加了全国大学统一招生考试。

香港是李桓英青年漂泊的终点站。在香港，她度过了青少年时代的最后一段时光，打下了良好的英文基础，自主意识也开始萌芽。

李桓英报考了香港大学的生物专业。生物是她从小就感兴趣的科目。这是李桓英生平第一次自作主张。但母亲坚决不同意，她认为李桓英应考同济大学医学院，当然，这也是李桓英祖父的主张。

杨淑温认为，女孩子为了不受压迫，应该学一门能使自己独立的职业。她想让李桓英今后能够有一个自由职业，不在家里受气。李桓英听从了母亲的劝告，报考了上海同济大学医学院。

同济大学对德语和英语要求很高，恰好这两门科目都是李桓英的强项。各种机遇加在一起，没费什么周折，李桓英就以全国十几名的成绩考进了同济大学。

第五章　同舟共济

　　同济给的我不仅仅是一纸文凭，还有"独立思考、不依靠别人"的信念。

　　医学院是同济大学开设最早的专业学院。1907年，德国医生埃里希·宝隆在上海创办了德文医学堂，即同济大学前身。翌年改名同济德文医学堂。

　　"同济"是从"德语"（Deutsch）这个德文单词在上海话里的发音谐音而来。中文里的"同济"一词最早出自《孙子·九地》："夫吴人与越人相恶也，当其同舟而济，遇风，其相救也如左右手。""同济"这个校名融合中西，意为和衷共济，包含着创立者希望用现代医学造福人类的愿望。

　　1912年，同济德文医学堂与创办不久的同济德文工学堂合并，更名为同济德文医工学堂。1927年定名为国立同济大学。

抗战爆发后，美丽的同济校园在日本侵略者的轰炸中仅剩断壁残垣。为求"一张平静的书桌"，学校于1937年被迫内迁。经江苏、浙江、江西、湖南、广西和越南同登、谅山、河内、老街至河口，进入云南，迁至昆明。三年流离、六次搬迁。1940年，又迁到四川南溪李庄（今宜宾市翠屏区辖）古镇。

抗战期间，师生们弦歌不辍。在李庄五年，毕业生共计189人。1945年时，医学院学生有304人，教师45人（其中教授13人，副教授1人）。这一时期，医学院除史图博一人是德国教授外，其余都是中国教师，他们多数是同济培养出来的。在艰苦的条件下，老师们克服各种困难，奔走于宜宾、李庄之间进行教学，坚持严谨务实的教学传统。

李桓英被同济大学医学院录取是在1939年，那一年，她18岁。

录取通知是在报纸上登的告示。杨淑温从报纸的公示名单上看到了李桓英的名字，又开始张罗起来。毕竟这是女儿长这么大头一次单独出远门，她难免放心不下。

杨淑温为李桓英找了一个同路的女士做伴。她们坐船从香港到越南海防，换乘火车到越南河内，再转窄轨火车。李桓英坐在行李上到了昆明。

1939年10月，李桓英与同学们相聚在昆明五华山畔、翠湖之滨的八省会馆。会馆前院住着工学院的同学，后院是医科的宿舍，教室是后院大堂。

同学们过着严格的军训生活。那时国立大学不收学费，每月有25元的公费，每年发250元的制服费。同学们吃饭虽不用花钱，但当时昆明物价飞涨，八省会馆住了144人，吃的是当地的八宝饭，下饭的菜是牛皮菜，没有肉。这么多人吃饭，只有一斤猪油浇在菜上。

虽然李桓英从小就跟着父母东奔西跑，过着颠沛流离的生活，但在父母的庇护下，总归是衣食无忧的。骤然间过起集体生活来，难免会有些不适应。

趁到昆明出差的机会，李法端特地安排李桓英住到自己的朋友家里。他还为李桓英请了法文老师，让她学习法文。但李桓英并不领情，只上了两次课就不学了。"学什么法文呀，在学校学解剖，念拉丁字母就够苦的了。等于另外学一门外语。"而且法语与医学课程也没有直接关系。

在昆明，李桓英第一次学会了放弃，根据自身实际情况拒绝了家长在学业上的安排。

抗战初期，昆明是大后方，沦陷区的机关、工厂、学校大量撤到昆明。抗战中后期，昆明又成为中国和盟军的战略基地。昆明是否能保得住，关系着中国抗战的成败和二战局势的走向。昆明也因此成为日寇的眼中钉，必欲取之而后快。

日寇对昆明进行了大密度的轰炸。昆明与重庆不同，市内没有防空洞等保护设施。随着日军的多次轰炸，昆明的空袭警报时常响起。每当听到警报，学生们就拿着书本往郊外跑，躲警报已是家常便饭。

1940年夏天，同济大学的一对情侣在一次躲警报的时候遇上了炸弹，没有被炸死，但是却被炸起来的土掩埋了。男同学爬出来后立即用手挖土，等他挖出同伴的时候，女同学早就闷死了。学校第一次有同学因为战争牺牲了，因此同学们强烈要求迁校——不能在昆明待了，不能上课，不能学习，还有生命危险。

当年，学院找了好几个地方，都说难以安置。消息传到李庄后，李庄的开明士绅向同济大学发出电报："同大迁川，李庄欢迎。一切需要，地方供应。"

1940年9月，同济大学开始从昆明搬迁。1940年10月，同济大学医学院的学生每人发150元路费，各想办法，自行前往李庄。经过近半年周折，1941年春，同济学子全部迁到李庄。此后，中央博物院、中国营造学社、中央研究院人类体质学研究所、中国大地测量所、金陵大学文科研究所等齐聚李庄，不到4000人口的李庄小镇，竟接纳了12000多名外来文化学者。

一时间，这个小小的古镇声名显赫，与重庆、昆明和成都并称四大抗战文化中心。在国际上李庄也名声大震，从国外寄来的邮件，只要写上"中国李庄，某某收"，就能准确无误地投递到收信人手里。

李庄时期的同济会集了很多著名学者。外籍教授就有德国的史图博、韦特，波兰的魏特，美国的鲍克兰、史梯瓦特、陈一荻等。中方资深教授更多，著名生物学家童第周也在同济工作。

在李庄民众的支持下，同济大学师生全部被安置进了镇上的几间寺庙和大量民居里。

同济大学医学院设在祖师殿。祖师殿又名真武宫，清道光十三年（1833）由民间帮会组织天灯会集资兴建。浸泡尸体的福尔马林池就在男生宿舍楼下，解剖实习室在小楼梯旁。生者与死者相安无事。

学医入门要学习解剖、生理、生化等基础课程。许多老师为督促学生打好基础，要求格外严格。比如，教解剖的方召老师，态度严肃，不苟言笑，同学要背得烂熟，才能考试过关。

最令人害怕的是"秋后算账"的前期考试，有同学风趣地说："只要前期不考试，坐三年牢也愿意。"学校规定补考不及格，须重读一年再考。每个月考一门，考完及格，如释重负，李桓英会买一碗鱼香肉丝来犒劳自己。

就怕老师当面告诉"durchfallen"（不及格）。不少同学患有"前期考试综合征"，主要症状为考前失眠、食欲减退、体重下降、心跳过速、血压增高等。口试是当场见分晓，谁也不能作弊。考前既无范围，又无提纲，有的同学考前要先向菩萨磕头。

前期考试，最难过的是德籍教授史图博这一关。他的口试交谈，天南地北，随意提问，不知从何答起。同学们都很挠头，但李桓英不怵，因从小跟随李法端到德国读过小学，德文底子好，与她同住一室的同学常常请教她。

生理课是李桓英最喜爱的课程，授课老师是梁之彦教授。大家亲切地称他"梁博士"，是同学们最尊敬的老师。他是同济大学留德回国的第一位中国教授，口头语是："你好比……Zum Beispiel……"令同学们记忆犹新。

那时李庄没有电灯，学生们都是在煤油灯下念书。为了通过前期考试，学生们通常挑灯夜战。酷暑难挨，他们以"冷敷法"保持头脑清醒。

1940年，李桓英家里发生了一件大事。祖父李庆芳在家乡被日寇虏获，软禁40余日。1940年3月17日，这位年过花甲的民族志士，在悲愤中逝世于山西襄垣县夏店镇家中。

6月，李桓英向校方请假回到重庆家中，参加了祖父李庆芳的追悼会，留下了唯一的全家照。

在李庄的日子艰苦而充实。七八个人住一间屋，早上起来吃稀饭都是站着吃，没有什么菜。买菜的时候，学校要求同学自己监工，跟着大师傅去市场。想改善伙食，只能周末到李庄的低档饭馆，买一个带肉的菜。

李桓英的生活比其他同学要好一点。在宜宾、李庄的时候，很多同学的家都在沦陷区，没钱接济，即使有钱也无法接济。但李桓英的父母在重庆，经常给她汇些零花钱。

但父母无微不至的呵护，有时也让她感到头疼。因为父母和弟弟妹妹住在重庆。一到学校放假，他们就托人买票寄钱过来。火车票、船票都给李桓英准备好了，一上火车就能回家。李桓英苦恼的是，假期不能有自己的计划，父母的电报一直催着她回家。

1943年夏天，李桓英与室友陈秋玮、陈智等几位同班同学计划暑假去峨眉山旅游。但杨淑温的一个电报就把李桓英催回了重庆。

原来，李桓英的二弟在家里调皮，爬树的时候，从树上摔了下来，左臂骨折。父母认为在医学院的李桓英能解决问题，就给她发了电报。

李桓英找到同济大学一位骨科医生，给二弟的胳膊接上了。在这次意外事件中，李桓英立了大功，但失去了唯一一次大学期间与同学旅游的机会。这让她很懊恼。

1946年4月，在李庄学习了5年的同济大学师生才依依不舍地告别第二故乡，迁回上海。

虽然大学几年的日子过得很苦，但是同学之间的关系却很好，李桓英与许多同学都保持着很好的友谊。

1945年，李桓英从同济大学毕业后，1946年到美国约翰斯·霍普金斯大学公共卫生学院公共卫生和细菌学专业学习。在此后的几年中，每当李桓英回忆起在同济求学的这段经历，都会非常怀念。"同济给的我不仅仅是一纸文凭，还有'独立思考、不依靠别人'的信念。"

第六章　实习生涯

　　李桓英就坐在行李上头，一路颠簸。从重庆到贵阳走了四天。到山顶上休息时，只有红色的辣椒面儿和灰色的盐巴就着饭吃，没有青菜，也没有肉。

　　在毕业之后，去美国之前，李桓英还有一段难忘的实习经历。顺利通过前期考试后，李桓英和同学们眉开眼笑地坐车去宜宾实习。经过南街，转到女学街，通过石牌坊走进医院的门诊部，他们开始了实习生涯。

　　在那里，食堂有桌子、无板凳，吃饭自由组合。饭是公家发助学金供给，菜是自己轮流去买，买菜的同学要去洗菜。

　　同济医学院驻学宜宾，实行战前学制六年，不分系。其公共课程与专业教学为适应战时环境和需要，做出适当调整。但有一条不变的规定，即以德语为第一外语，要求学生具有扎实的德语水平，能直接阅读原著和解答考题，尤重独立施诊能力。

医学院后期的专业课有老师就上，无老师就"暂缺"。主要学习内、外、妇、儿、五官、皮肤、精神、药物、病理等专科。偶有兼课老师讲中耳炎、疖疮等，讲多少听多少。听课凭自己兴趣，谁也不点名。没有教学大纲，一门专科有时只讲一两个章节。这种教学方法培养了李桓英等同济学子的"自学能力"。

临床课的老师也各显神通。内科李化民教授用精准的德语，滔滔不绝地讲授心脏病，学院将他的讲稿印发给同学，尽管讲义上的字模糊不清，仍被同学视为至宝。蒋起昆老师讲课内容紧凑，简明易懂。外科章元瑾教授上课生动，通俗易懂，示范清晰。妇产科胡志远老师讲课不离骨盆模型，将胎儿的分娩机制讲得绘声绘色。药理学的林兆瑛教授讲课声音洪亮，语调高昂，实验示教催吐，一针当场见效。精神病学蒋以模教授讲的精神分裂症和狂躁症症状十分生动，让人过耳难忘。病理学的谷镜涵教授从重庆专程来宜宾讲课，这位老校友还携带了许多病理切片供学生实习，他"突击"讲课，条理清楚，为以后的专科学习奠定了基础。后来，这批学生中的武忠弼、江明性成为病理学、药理学全国教材的主编者，与谷镜涵老师的启发有直接关系。

同学们的实习医院在宜宾西郊花园，有40余张床位，内科占一半。邵丙扬老师是当时的内科总住院医师。花园环境秀丽，只可惜医疗设备少得可怜，只有一台红十字会捐赠的30毫安的原始X光机，没有胶片，只能透视。理疗仪器也只有一台热透机。在西郊花园的示教实习中，同学们看过的病种有肛瘘、痔疮和下肢静脉曲张；看过的手术有顺产接生和肠切除吻合。

1944年，同济大学医学院后期考试后，全体师生在宜宾毕业纪念合影，共有老师15人，同学45人，其中男生29人、女生16人。

同济医学院迁到宜宾后，学子们不仅专心致学，抗战爱国之心也溢于言表。部分学生积极参与校内外民主运动，以自己所学之长报效国家，服务于民众，坚持文化抗战。

毕业后，学校不能容纳这么多的同学实习，逼大家自找门路，投亲靠友，远走高飞。当时重庆、昆明、成都是同学们心目中的天堂。

李桓英在班上的学习成绩不是最拔尖的，大概在第五名。虽然和同学相比，她并不是最用功的，但成绩还不错。李桓英觉得要归功于母亲，为她提供了好的学习条件，并且逼着她自立。

李庄承载了李桓英年轻时的梦，为她日后能适应各种艰苦环境奠定了基础，也决定了她一生要为祖国服务的志向。

1945年1月，李桓英到已搬迁到重庆歌乐山的上海医学院内科报到，准备实习半年。但好景不长，实习仅4个月，就收到"征调令"。国民政府要求毕业生都要参加军训。多数同学先后在重庆大坪、相国寺，贵阳图云关穿上军装，当了军医。以后征调期满，又各奔东西了。

李桓英也不例外，被征调至重庆江北陆军医院，在外科、眼科实习。江北陆军医院坐落在歌乐山下的高滩岩，两山夹峙，江水回绕，环境优美。

在重庆，李桓英一开始从医的时候很怕见血，在手术中看见血就感觉头晕。在陆军医院她跟一个有名的外科大夫实习。李桓英跟他做了两个大的外科手术，一个是主动脉瘤手术，一个是开胸手术。后来李桓英想学外科，但杨淑温不同意，说女孩子学外科不合适。

那时重庆也经常遭受日军轰炸。1945年10月至1946年1月，李桓英又被征调至贵州贵阳图云关陆军医院，在外科和妇产科实习。

去图云关李桓英坐的是木炭公共汽车，车体是木质的，在汽车尾部有一个煤气发生炉，因为煤气发生炉里主要燃料是木炭，所以被称为木炭公共汽车。

李桓英就坐在行李上头，一路颠簸。从重庆到贵阳走了四天。到山顶上休息时，只有红色的辣椒面儿和灰色的盐巴就着饭吃，没有青菜，也没有肉。

李桓英看到，在泥泞的公路旁站着大大小小的孩子，天气那么冷，他们连衣服都没有，冻得哆哆嗦嗦，眼看着公共汽车路过。景象十分凄凉。

1939年，18岁的李桓英来到昆明；1946年，25岁的李桓英被母亲叫回重庆。7年间，她随同济大学辗转于云贵川渝，在异常艰苦的环境中，她倍加珍惜学习机会。在云贵川山区行走的经历，让她见识了真正的贫困生活。

日后，她以世卫组织官员身份，在东南亚等地进行医疗救助时，脑海里时常浮现的是祖国边远地区穷苦人的身影。

第三部分 世卫组织露峥嵘

第一章　在霍普金斯大学

长兄如父，长姐如母，在中国传统社会中，这是深入人心的观念。作为大姐，李桓英享受着一些"特权"和"优先权"，同时也肩负着类似"半个母亲"的职责。

"根据美国约翰斯·霍普金斯大学统计数据，截至北京时间5月18日5时20分，美国新冠肺炎累计感染病例达到82706184例，因新冠病毒感染相关累计死亡人数超一百万，达到1000091人。"

这是2022年5月18日的一则新闻。自新冠疫情发生以来，大家习惯了每天看到或听到这样的新闻。人们不禁好奇，一所美国大学统计的疫情数据，为什么被全世界的新闻机构采纳？约翰斯·霍普金斯大学，到底是一所什么样的大学，它为什么能统计美国和全球的疫情数据？

新冠肺炎疫情发生以来，李桓英几乎没有走出过北京友谊医院的病房楼，她称这是"画地为牢"。因为身体和年龄原因，她像大熊猫一样被医院重点保护起来。在病房里，她依然保持着每天关注新闻的习惯。与人交流时，常常会不加掩饰地说出自己的想法。新冠疫情与李桓英的研究生专业方向公共卫生密切相关，她自然更加关注。更何况，那个每天统计全球新冠肺炎疫情数据的约翰斯·霍普金斯大学，还是她的母校。

1939年，18岁的李桓英考入上海同济大学医学院。只是此时的同济大学，早已因战事转移到千里之外的云南昆明。

那是李桓英第一次到云南，那时她并没有想到，若干年后，她还会与这片红土地结下甚深的缘分。

从入学到实习，6年时间，李桓英就没有去过上海。一直在西南大后方，随战事变化，跟着学校辗转各地。

1945年8月15日，日本宣布无条件投降，第二次世界大战结束。李桓英当时正在重庆江北陆军医院外科实习。

实习时，有一个医生想看她的笑话。他安排刚大学毕业的李桓英主刀做包皮手术。但李桓英没有表现出大姑娘的羞涩，而是很麻利地把手术做完了，表现了一名外科医生所应具备的专业素养，让人刮目相看。

虽然后来因为母亲极力反对，她没有操起手术刀当一名外科医生，但是雷厉风行、大胆泼辣的行事风格，一直伴随着李桓英。这样的作风，无疑也帮助她在日后中国麻风病防治领域开辟出一片新天地。

坚持要李桓英去美国留学，还是母亲的主意。多年来，都是母亲操心着李桓英等几个子女的教育。当然，像出国留学这种事，已经超出了她的能力，她只能拿大方向，具体操作还得靠李法端去办。

李法端正好有机会代表国民政府交通部去美国考察。临行前，杨淑温不断嘱咐他，务必要给女儿联系一所好大学。领下"军令状"的李法端不敢怠慢。他联系了两所大学，一个是大名鼎鼎的霍普金斯大学，另一个是西奈山医院。

经美国铁路公司高层介绍，李法端与李桓英到了位于巴尔的摩的约翰斯·霍普金斯大学公共卫生学院，见到了托马斯·B.特纳教授。特纳教授看了李桓英带去的同济大学医学院毕业成绩蓝皮报告册，上面有李桓英各门学科的成绩。特纳教授很欣赏这位中国学生，当即接受李桓英到细菌学系做特别研究生。

约翰斯·霍普金斯大学的公共卫生学院，由洛克菲勒基金会于1916年创建，是世界上公共卫生与健康科学、政策和管理领域规模最大、历史最悠久的高等学府，在美国政府和世界卫生组织都有很大的影响力。父亲联系的另一所学校西奈山医院，李桓英则并未去看。虽然那里有个教授原来在我国西南联合大学教过书，当过协和医院内科主任，并已经答应收李桓英做实习医生。但李桓英觉得在宜宾实习时内科都没过关，还是前期学的细菌学和生理病理和她个性相近一些。

在这个问题上，李桓英与母亲产生了分歧。母亲希望她学内科，以后当内科大夫。李桓英虽然之前也主攻过内科，但在国内没有多少实习经验，听诊、叩诊都没学好。她在上大学期间就对内科有抵触，因为内科主要凭经验，不直观，学了书本知识仍然不知道是什么病。此外，李桓英性子比较急，没耐心听人家诉苦抱怨，厌烦病人主诉太多，太啰唆。在家里，李桓英就对母亲的唠叨很厌烦，所以她坚决不学内科。

李桓英想学外科，但母亲不同意。妇产科，李桓英觉得心理承受不了。因为李桓英受不了孩子哇哇大哭，所以儿科也不考虑。但学外科母亲这关又过不了，思来想去，她干脆放弃学临床，毅然选择了细菌学专业。20世纪40年代，细菌学还是很前卫的，那时正是分子生物学大发展的时期。

思来想去，李桓英最终选了霍普金斯大学公共卫生学院。

正是这第一次独立做主的正确选择，为李桓英今后事业的辉煌奠定了扎实的学业基础。她后来同细菌打了一辈子交道，而这一辈子奋斗征程的第一步，就是从霍普金斯迈出的。

李桓英与母亲的隔阂，随着时间在潜滋暗长。母亲对李桓英有很高的期望，希望她能够独当一面。她对李桓英的严格要求，为李桓英在学业和事业上的成就打下了基础，但也为家庭关系尤其是母女关系埋下了嫌隙。

长兄如父，长姐如母，在中国传统社会中，这是深入人心的观念。作为大姐，李桓英享受着一些"特权"和"优先权"，同时也肩负着类似"半个母亲"的职责。

杨淑温对李桓英有着同样的期待。她希望李桓英帮忙养家。但李桓英有自己的目标。只为自己的小家服务，这远不是李桓英所向往的生活。在去美国之前，李桓英并没有和母亲说破自己的想法，但杨淑温对李桓英的心思也知道个大概。毕竟，知女莫若母。杨淑温对李桓英不想过多承担家庭责任很不满意。

1950年，李桓英全家都搬到了美国。这仍是母亲杨淑温的主意。虽然李桓英比全家人早到美国4年左右，但在很多事情上，李桓英左右不了母亲。

在约翰斯·霍普金斯大学公共卫生学院，李桓英在知识的海洋中自在遨游。细菌学、寄生虫学、昆虫学、流行病学、生化学等各个门类的课程的课堂上，都能看见一个中国人的身影。1948年，李桓英还与我国昆虫学专家姚永正共同参与了多次变生虫-疟蚊蚊虫分类实习。

在霍普金斯大学，学分修够就能毕业。但李桓英不是为了拿文凭，有些课不是必修课，没有学分，她还是尽量去听，目的是博采众长，扩大自己的知识面。李桓英说："积学分能毕业，积知识出成绩。"

有的时候，特纳教授会对李桓英进行突击考试。有一个考题李桓英记得很清楚。特纳让李桓英在一个视野底下，算一个螺旋体的密度是多少。什么参照也没有。李桓英想起在中学里学的圆周率，一下子就知道怎么算了。第二天她告诉特纳教授算出来了，特纳教授看了非常满意。

入学后不久，李桓英就任助理研究员，学校每月发100美元，后来又增加到200美元。所以没有多久，李桓英在经济上就自立了，这也让杨淑温对她的未来充满信心。

1948年7月至1950年6月，李桓英做特纳教授的助理研究员。特纳教授在二战时是做性病预防工作的。当时美国大兵得性病的很多。据英国《星期日泰晤士报》公布的解密档案显示，二战的最后3年，驻扎在英国的美军官兵上演了荒唐的性闹剧。他们在这里花钱买春，勾引良家妇女，一度把伦敦搞得乌烟瘴气。1943年前3个月，驻英美军士兵染上性病的比例为6%，是平时的6倍。当时驻扎在英国的美军有150万人之多，得性病者多达9万人。一些士兵甚至错误地以为，将性病传给别人可以使自己痊愈。美英政府不得不把这个问题拿到桌面上认真讨论，担心它影响军队士气和两国间的同盟关系。驻日美军的性病问题更严重，资料显示驻日美军有1/4因嫖娼而染上性病。性病造成大量的非战斗减员，严重影响了美军的战斗力。

特纳教授是去军队做志愿工作的。20世纪40年代末期，青霉素刚研制出来，特纳教授做的就是青霉素治疗性病研究。李桓英跟着特纳教授，从此与性病研究结下不解之缘。

在特纳教授指导下，李桓英用梅毒螺旋体感染的实验兔研究四种青霉素的疗效。他们通过实验证明了青霉素 G 的疗效。李桓英撰写的论文发表在专业杂志上。这篇文章对有效治疗梅毒和控制梅毒传播具有重要意义。特纳教授对这位中国学生越来越认可。

在导师和技术员的帮助下，李桓英还开展了巴尔的摩市挪威鼠钩端螺旋体流行情况研究。那时巴尔的摩市有专业人员从地沟里捕捉老鼠，每天下午把老鼠送到李桓英的实验室。他们当天取出挪威鼠的肾脏，从经过血液培养基培养出的钩端螺旋体中提取抗原。

1949年，李桓英的第二篇论文发表在专业杂志上。文章对美国巴尔的摩的挪威鼠进行了钩端螺旋体和副伤寒菌的带菌率调查，表明鼠尿和粪便传播两种病菌的情况相当普遍，而带菌并不影响鼠的稠密度。

在霍普金斯的4年，李桓英过得很充实，但家人并不了解她具体做了什么工作，这已经超出了他们的知识范畴。父亲对她非常宠爱，在生活上有求必应，但对学业没有什么要求，只让她要自重。母亲只安排生活上的事情，今天做这些，明天做那些，与学业更是没有什么关系。

李桓英学医，在家族中是头一个，在学业上，完全是凭自己闯。毕业时，她连毕业证书都不知道要。直到1952年，霍普金斯的毕业证书才送到李桓英手上。那时李桓英已在世界卫生组织工作两年多，出了名，也为母校争了光。母校联系到她，给她颁发了迟到的毕业证书。不过，这张证书对李桓英来说，也就是证明她曾在此学习过的一张纸。所有的知识和能力，早已融入她的血肉之中。

第二章　走向世卫组织

　　李桓英嘴上说要想一想，其实她的心早就飞了。那么一个遥远的热带岛国，肯定有许多新鲜事物在等待着她，这是多么令人向往的事情呀！所以，没等两天李桓英就同意了。

　　1948年4月7日，《世界卫生组织组织法》得到26个联合国会员国批准，世界卫生组织宣告成立。每年的4月7日也成了全球性的"世界卫生日"。同年6月24日，世界卫生组织在日内瓦召开的第一届世界卫生大会上正式成立，总部设在瑞士的日内瓦。

　　20世纪50年代，螺旋体疾病很猖獗，在非洲、印度尼西亚、泰国等热带地区流行尤甚。

　　1950年6月初，联合国世界卫生组织（WHO）在联合国儿童基金会（UNICEF）赞助下，计划开展在热带流行的、由螺旋体导致的雅司病防治。世卫组织请霍普金斯公共卫生学院推荐专家进行现场工作。

由于李桓英的导师特纳教授在这方面知名度很高，世界卫生组织点名要他推荐人才。特纳立刻想到品学兼优的李桓英堪当此任。大学期间，李桓英跟随特纳做过两个大的实验项目：一个是检验青霉素疗效的实验；另一个是挪威鼠中的钩端螺旋体的流行情况研究。两个实验都是李桓英在导师指导下进行的，但基本都是李桓英单独完成。导师只是偶尔看看实验进度，提供一些方法上的帮助。李桓英用扎实的实验提供了有效可靠的数据。根据实验得出的数据，李桓英的导师发表了极有影响力的论文。他们的研究成果对性病防治起到了重要作用，引起世界卫生组织重视。成绩虽然主要归于导师，但李桓英的功劳也被导师看在眼里。

他对李桓英说："WHO需要一名血清检验专家，参加印尼的雅司病防治工作，你愿意去吗？"李桓英很惊讶，虽说她在巴尔的摩学习工作四年了，也取得了一定的成绩。但冷不丁听到这个邀请，还是感到突然。于是含糊地回答说考虑考虑。李桓英嘴上说要想一想，其实她的心早就飞了。那么一个遥远的热带岛国，肯定有许多新鲜事物在等待着她，这是多么令人向往的事情呀！所以，没等两天李桓英就同意了。

于是特纳派李桓英到学校马路对面的约翰斯·霍普金斯医院性病科检验室学习。这是一所享誉国际的著名医院，李桓英用两周时间学习了康氏沉淀和瓦氏补体结合试验。

同时学校为李桓英办理了去日内瓦的手续。从接到通知，到强化补课，再到打点行装出发，仅一个月时间。李桓英匆匆走马上任。出发前，特纳特地叮嘱她："完成WHO任务后，还可以回校继续学习嘛！"当时，李桓英尚不懂得学历的重要，以后也再没考虑拿更高的学位。年仅29岁的李桓英进入世界卫生组织工作，成为联合国工作人员中最早和最年轻的中国女性之一。就这样，李桓英结束了她在霍普金斯的四年读研历程，迈入一个更广阔的天地。

1949年初，在上海解放前夕，李桓英的父母举家离开上海，绕道香港，于1950年1月抵达美国，居住在加利福尼亚州洛杉矶。李桓英刚刚与父母弟妹在美国相聚，又匆匆离别了。

李桓英虽然在同济大学就开始接触医学，但只是泛泛学到一些医学基础知识。后来她选择了细菌学，专业范围便具体了一些，但还是略显宽泛。直到特纳将李桓英引入性病领域，才使得她将主要精力用于皮肤病防治工作上。李桓英对导师颇怀感激之情，多年来，持续向母校捐钱。当然，这也为她所在的北京友谊医院北京热带医学研究所与这所世界顶尖院校建立了密切联系。

李桓英不止一次对助手袁联潮说："要不是搞性病，也搞不到麻风。"

第三章　他乡遇故知

他告诉李桓英，新中国的基础真正建立在人民身上，人民是国家的主人。他还说，卫生事业是有国际性的，我们在国际上可以获得更多的经验和帮助。但医生是有祖国的。

1950年7月1日，李桓英来到位于日内瓦湖畔的世卫组织报到。站在日内瓦湖畔，李桓英看见远处苍山负雪，那是阿尔卑斯山最高峰——勃朗峰。眼前的日内瓦湖蓄满高山雪水，烟波浩渺，澄澈如镜。

置身如画胜景，李桓英心情大好。一则，她终于来到了世卫组织，这个舞台，对全世界公共卫生从业者来说，都是最广阔的。在这里，她可以尽情施展才华。二则，她暂时离开了父母的小家庭，小家庭虽然温暖，但也有不自由之处，即将30岁的李桓英已到了谈婚论嫁的年龄，但她很不情愿被婚姻束缚，也不想只为自己的小家而奔波余生。在母亲举家搬到美国后，成家的催促和对家庭主妇未来生活的想象，压在李桓英的心头，让她很不适应。

这时，世卫组织的邀请无异于一根橄榄枝，正可将李桓英暂时从柴米油盐的琐碎生活中解脱出来。

新中国成立初期，美国从中作梗，通过北约组织孤立新中国，甚至还专门照会欧洲的中立国和拉美国家，不得先于华盛顿承认新中国，并竭力阻挠中华人民共和国重返联合国，因此，与新中国建交的西方国家很少。但早在1950年1月14日，瑞典政府便承认了新中国。仅隔3天，瑞士联邦政府也宣布承认新中国。

在瑞士，李桓英欣喜地发现了老熟人：当年在同济大学医学院挑灯夜读的两位同学，竟然也在这里。后来成为知名人体解剖学教授的项士孝，是李桓英的同班同学，1948年至1950年，正在瑞士巴塞尔大学医学院跟随著名神经解剖学家欧根·路德维希教授学习，著有《人第二对脊神经根的纤维数目与粗细》及《人脊神经纤维粗细的统计分析》等论文。

比李桓英高一届的同学冯增瑞也正在瑞士药业名城巴塞尔工作。巴塞尔的汽巴嘉基（CIBA-GEIGE）药厂，也是20世纪80年代世卫组织抗麻风病联合化疗（MDT）药物（Dapsone，Rifampicin，Clofazimine）的供应厂家。此药厂还为麻风出了临床和病理两本单行手册，图文并茂，在麻风界大范围免费供应。

雅司病防控负责人接待了李桓英，向她介绍了在印尼的工作。

在瑞士停留的这一周，她拜会了两位老友，畅游了旅游胜地因特拉肯和阿尔卑斯山第二高峰少女峰。

在碧草如茵的日内瓦，李桓英遇到了世卫组织卫生行政组主任朱章赓。朱章赓曾在国民政府卫生部担任常务次长和代理部长。新中国成立后，他曾短暂居住香港，联系时任卫生部副部长傅连暲，表示想回到祖国工作。不久前，朱章赓接到联合国邀请，请他担任世卫组织行政组主任。傅连暲将此事报告给周恩来总理。周总理考虑到新中国成立不久，与联合国等国际组织尚无联系，去世卫组织工作，比回国工作对祖国贡献更大。就这样，肩负着国家的使命，朱章赓来到了世卫组织。

朱章赓与李桓英的父亲李法端同庚。李法端曾在国民政府交通部做过次长，算是朱章赓的同僚，虽然彼此并不认识，但在万里之外的异国他乡，提起来，有种他乡遇故知的感觉。

朱章赓兴奋地对李桓英说："今日新中国生气蓬勃，凡是有为的健全青年，都挺身而出为国家社会服务。前国民党政府轻视人力的伟大作用，一味迷信机器和金钱的魔力，以致把中国四万万五千万人民都摒弃了。"

他告诉李桓英，新中国的基础真正建立在人民身上，人民是国家的主人。他还说，卫生事业是有国际性的，我们在国际上可以获得更多的经验和帮助。但医生是有祖国的。以后如果有机会回到祖国，希望她能为祖国多做贡献。

听了朱章赓的话，李桓英心中一热。在母校同济大学时立下的志向再次滚烫起来。《孙子·九地》中写道："夫吴人与越人相恶也，当其同舟而济，遇风，其相救也，如左右手。"此后，"同舟共济"成了协力同心、共渡难关的经典成语，也是所有同济人的座右铭。新中国百废待兴，正处于同舟共济的关键时期，无数的青年正在为祖国而挥洒汗水，李桓英也想成为其中一员。

这次李桓英去的印度尼西亚，也是一个发展中国家，她要对付的，是困扰着广大热带、亚热带地区人民的一种疾病——雅司病。

雅司病是由雅司螺旋体引起的慢性接触性传染病。病原雅司螺旋体形态似梅毒螺旋体，但雅司螺旋体是由外伤处侵入人体而感染，并非通过性交传播，不是性病。中国原本没有雅司病。二战后期，雅司病由侵华日军带到江苏淮阴一带，在苏北普遍流行。

20世纪上半叶，卫生专家在围绕赤道的90个国家记录到了惊人的病例数——据估测，1952年全球约出现5000万例。幸运的是，科学家在1948年发现，单独注射盘尼西林便能治愈雅司病。因此，1950年，刚刚成立不久的世界卫生组织发起了一项清除雅司病的大胆计划。

第四章　闪亮的镁光灯

　　他还曾批评中国老式木椅不如沙发舒适，李桓英针锋相对，不客气地回敬说："中国的木椅使人的腰杆直。"

　　去印度尼西亚前，李桓英先去了印度首都新德里，世卫组织东南亚地区总部所在地。前来接待李桓英的工作人员叫荣格瓦拉。他是李桓英在霍普金斯公共卫生研究院的同学，在此负责螺旋体疾病防治。他向李桓英简略介绍了工作任务，还携其夫人带李桓英参观了印度的天文古迹和红堡。

　　李桓英说自己缺少实际经验，要去现场体验生活。荣格瓦拉推荐她去位于德里北部的西姆拉血清学实验室见习一周。

　　西姆拉位于喜马拉雅山区，本是避暑胜地。李桓英在德里时，正值盛夏，气温高达40摄氏度，动不动就大汗淋漓。而在喜马拉雅山区腹地的西姆拉，则被层层雪峰所围绕，凉风不时吹来。李桓英的心境逐渐平和下来。

这里到处都是猴子，顽皮的猴子会趁人们不注意之际溜入室内大闹，把房间翻得一塌糊涂。李桓英听从了本地人的警告，注意关好门窗。

在西姆拉血清学实验室见习一周，李桓英完全熟悉了血清检验工作操作流程。同时，她也看到了印度同行因陋就简适应各种困难环境的敬业精神。当时，印度的医疗设备和工作条件都很差，但印度同行坚持不懈的奋斗精神打动了李桓英。

印度经历了英国300年的殖民统治，刚成立共和国不久。此次印度之行，让李桓英切身体验了印度普通百姓的生活，对殖民地的遗存有较为深刻的体会。

下一站是印尼首都雅加达。李桓英下飞机时是当地时间下午三四点钟，负责接站的人把李桓英接到印尼大饭店的联合国儿童基金会（UNICEF）办公室。说是大饭店，其实就是一排平房，是荷兰殖民者为适应热带居住，分散建造的平房式单元。

联合国儿童基金会（UNICEF）是印尼雅司项目的出资方，WHO提供技术援助，办公室就是其中一栋平房，前厅是办公室，后面是接待客人的卧室，李桓英就在雅加达的这栋平房中住了一夜。

在到达雅加达的当天下午，把行李放下之后，接站的人带着李桓英游览了雅加达市区。给李桓英留下较深印象的是一规模较大的民用设施。她看见马路的中间有一条长长的、10米来宽的人造水流，据说这是荷兰殖民时期的一项市政工程，它是利用潮水既能引进又能排出的原理建造的，是既能排水，又能洗涮的民用水系。李桓英目睹老百姓在忙碌了一整天后，在夕阳西下前，很多人聚集在这条河流中，男女老少洗涮的洗涮，沐浴的沐浴，嬉戏的嬉戏，真是一个万民同乐的好地方。

这里热带水果很丰富，有的李桓英从未品尝过，就趁游览之际买了一个大榴莲，准备当场品尝。但是太大了，无从下口，只好放在办公室里。不料这种水果有一股像发酵了的大蒜的味道。第二天上班时，大家面面相觑，李桓英十分尴尬，这也成了李桓英在印尼时同事们经常打趣她的一件事。

李桓英长达7年的世卫组织职业生涯，在此拉开了大幕。

联合国儿童基金会工作人员把李桓英送到中爪哇的日惹。日惹也是印尼的历史名城，这里是伊斯兰苏丹王宫所在地，李桓英是印尼独立日（8月17日）前去报到的，感受到了印尼人豪迈、快乐的心情。

日惹是印尼雅司合作项目的中心。这里人口密集，雅司病猖獗。当时印尼的雅司病人很多，疫情面积大，发病率高，病情也很严重，伤残度很高。

在这里，李桓英进行雅司病防治和血清诊断检验工作，与其工作相关的血清学组有五六人。他们工作认真，合作得很好，因此出了好成果。

印尼雅司专家科迪亚特教授，20世纪40年代已有雅司专著。他把这种广为流行的热带传染性皮肤病的分布和皮损状态分为30种形态。李桓英在调查中，根据印尼专家意见，把这30种皮损形态划分为4种：早期的接触传染型、随后的掌趾角化型、溃疡型、骨骼关节型。她还根据患者的体征、年龄、体重和血清学反应，确定其传染程度，进而厘定长效油剂青霉素的剂量和疗效。有临床经验的印尼医生根据李桓英的研究进行临床鉴别。

印尼的医生和技术员普遍具有中等以上教育水平，年龄稍长者均能听懂英语、荷兰语。

李桓英还为雅司病防治提出了具体建议。在流行率达10%的地区，应对全民采用青霉素治疗；流行率达5%的地区，应对患者和密切接触者进行治疗。对青霉素过敏者，可采用四环素，8岁以下儿童可用红霉素，其剂量与治疗梅毒的剂量相同。

在印度尼西亚中爪哇日惹，李桓英从病人皮损处取材，检查雅司螺旋体。1952年，李桓英将雅司螺旋体接种给猴子，实验取得成功。

1952年11月21日至22日，世界卫生组织在印度新德里召开了血清学会议，李桓英参加会议并做学术报告《实验试剂标准化和实验报告统一化是国家实验室的职责》，发表在印尼的《科学研究杂志》上。

报告建议世卫组织在雅司发病率较高的地区建立中心实验室，这样有助于促成各种生物制剂和血清学化验结果的标准化。

通过临床、血清学和流行病学调查，李桓英计算出临床不同人群中潜在的感染率。建议根据不同的患病率规定预防治疗的范围。她的研究为有效利用长效油剂青霉素提出了经济可行的方案，为在赤道地区全面消灭雅司病起到推动作用。

在印尼专家的配合下，李桓英还为美国厄普约翰（Upjohn）公司的药物进行实验，在日惹的群众中进行了结核菌素和组织胞浆菌素的敏感性研究。

李桓英的一系列工作效果显著，获得了当地专家和世卫组织官员的高度认可。

由于重症雅司病人的肌肤损害严重，会给不知情的人造成强烈的视觉冲击。初见病人时医生往往会有恶心和不适感，一般人更是看都不敢多看一眼。

而李桓英则泰然自若。在印尼，她经常到田间地头给病人看病。当地人很惊异，这么年轻的世卫组织官员，还是位女士，却从不摆架子，也没有娇小姐的拈轻怕重。印尼人对李桓英的工作非常满意，执意要和李桓英续约。

在日惹工作时，来了一位德国专家。李桓英感觉，这个人有点专横跋扈，对病人很不负责。印尼的雅思病人很多，都需要打青霉素。有的一个星期去一次，有的就只打一次。剂量都不一样。而这个德国人在农村带队示教时，每次给印尼病人打针，都用10~20cc的注射器为患者肌肉注射油剂青霉素，一名接一名给患者注射，其间从不更换针头，也不消毒。同事给他指出，他也不听。

李桓英本来就对他很反感，见他这样不拿病人当回事，就直接写信给世卫组织反映此事。不久她就接到日内瓦负责此项工作的克拉格先生的回信。他说李桓英的信像照相时的镁光灯一样闪亮，一下子轰动了世卫组织。

李桓英在霍普金斯学习注射预防接种时，就知道换人时必须换针头，否则可引起传染性肝炎传播，这一制度必须严格遵守，不容半点马虎。而这个专家连这一起码的常识都不顾，况且他专横霸道，很不受印尼人的欢迎，不久就被撤职了。他还曾批评中国老式木椅不如沙发舒适，李桓英针锋相对，不客气地回敬说："中国的木椅使人的腰杆直。"李桓英在印尼连续工作了3年，那个德国人在印尼只工作了1年就走了。

在印尼，李桓英养成了良好的工作习惯。她本着对病人负责的态度，凡事严格按照科学规范和操作规程进行，绝不允许丝毫的马虎大意和糊弄。不论在哪里，不论病人的国籍、地位和身份是什么，她都一视同仁，没有例外。

虽有助手帮李桓英整理成千上万名患者的病历和血清结果，但具体的分析总结都是李桓英一个人做的。

夜深人静的时候，李桓英坐在旅馆的阳台上，在虫鸣声中，一边摇动一部手摇式计算机计算结果，一边用格纸、尺子画图。就这样，3个月左右，李桓英用这部联合国儿童基金会提供的手摇式计算机，完成了统计报告。

李桓英的邻居当时是一位和蔼的澳大利亚护士，名叫赫加蒂，临别时，她送给李桓英一个印尼巴厘岛乐队的木雕礼物，李桓英很珍惜，回国后，一直将它摆设在家中玻璃柜里。

在印尼的几年，李桓英过得充实而快乐。日惹有一条繁华的街道，有很多华人开的饭馆、杂货铺和文具店。商家见李桓英是中国人，都很热情。

新中国成立，是全世界华人的一件大事。中国人从此站起来了，在海外的华人腰杆也更直了。李桓英颇有感慨。

每天早上，李桓英六七点在宾馆餐厅用餐，有木瓜、香蕉等热带水果，加上一杯咖啡，很对她胃口。

午饭要等到下午两点多，一般是米饭。因天气炎热，早上7时至下午14时上班，中午再喝一杯咖啡。印尼一年仅雨季、旱季两季，一年到头没有严寒天气。

晚上，李桓英总爱光顾宾馆对面的一家中国餐馆，餐馆老板给李桓英做一盘炒菜，有时还陪她聊天。

在日惹工作时，李桓英经常接待联合国儿童基金会和世卫组织的专家，除了向他们介绍雅司病防治工作，有时还要做导游，带他们到当地景点游览。

日惹西北30公里处有莫拉比火山，是世界上最活跃的火山之一。山脚下有婆罗浮屠，大约建于公元8世纪，相当于中国唐朝，是当时世界上最伟大的佛教建筑。直到现在，它与中国的长城、柬埔寨的吴哥窟和印度的泰姬陵一起，被称为古代东方的四大奇迹。

婆罗浮屠是由火山石叠集起来的、由小佛塔包围的大佛塔。据说已有上千年历史，曾被火山灰包盖，1991年被列入《世界遗产名目》。

李桓英在日惹期间，赶上一次火山爆发。她回到住处，房顶、马路到处都是火山灰，犹如下了一场小雪。这也是爪哇土壤特别肥沃、人口密集的原因。

李桓英的工作受到世卫组织和印尼卫生部门的认可，最后她合约期满要离开的时候，印尼的卫生部部长还专门为她在雅加达召开了欢送会。李桓英很后悔没有拍一些工作照，以便在欢送会上进行展示。她保存的相片大多是风景照。

李桓英在印尼工作了3年，1953年乘调动工作之际，回洛杉矶探亲，绕地球一圈。在美国休假的时候，李桓英从广播里听到斯大林去世的消息。

李桓英本来只有两个月休假，可是她一走就半年，也没有请假，世卫组织后来询问："李桓英人到哪里去了？"李桓英则回答："这半年就是等待，要等到血清学下降变化数据出来，在印尼也是等。"这就是李桓英，她很少受清规戒律的约束。

在印尼工作的3年，是李桓英毕生难忘的一段经历。当她晚年回头再看这段经历，她认为对回国工作非常有帮助。当时李桓英虽然年轻，但是因为她是世界卫生组织的人，很受当地人尊重。在那里，她学习积累了经验，开阔了视野，为日后在国内防治麻风病打下了坚实基础。

1954年秋，在完成印尼的雅司病防治任务后，世卫组织致函李桓英，希望与她续订5年的工作合同。李桓英觉得雅司病防治工作太单调了，未同意续签。于是世卫组织就给李桓英换了一个国家，到缅甸从事性病防治。

几乎是在接到世卫组织信函的同时，李桓英的父亲也来信，要李桓英去台湾。

李桓英的妹妹李林英到美国后，经父亲的友人介绍，去了美国麻省一家高等贵族学校学习，由于语言不过关，压力很大，患了抑郁症。那时李桓英一家的生活并不富裕，还要拉扯三个正在成长中的儿子。供子女上学就要很大一笔钱，李林英患病，让他们一家雪上加霜。

和三个十来岁的弟弟住在一起，男孩的顽皮、嬉闹让李林英的病情更加严重。因此，李桓英建议父亲李法端趁去台湾的机会，给她在台湾物色一个合适的对象。

父亲李法端留学德国时有一个好友杨清在台湾生活，他将自己的侄子杨宝华介绍给李家做女婿。父亲便约李桓英顺便到台湾走一遭，见个面，看是否同意这门亲事。

20世纪50年代初期，台湾刚脱离日本殖民没几年，还有许多日本殖民者的痕迹。李法端住在台北中山中路的一栋房子，就是日式榻榻米平房。李桓英在台湾停留了大约两周，与介绍人杨清和杨宝华见了面。那时妹妹已随父亲一同到了台湾，经妹妹认可，李桓英同意，确定了这门亲事。

大家顺便到台北市北投区和日月潭转了一圈。不久李林英就与杨宝华在台湾结了婚。婚后他们生了三个女儿、一个儿子。

第五章　老师，朋友，一个完美的主人

做工作一定要因地制宜。但因地制宜不是迎合地方的不合理要求，而是要适应老百姓的合理要求，然后你的工作才能立于不败之地。

在缅甸，李桓英的助手吴杉孟医生是仰光市医院的性病负责人。他是一位虔诚的佛教学者，友善和蔼。

在这里，有来自世界各地的医生、护士，大家相处得都很融洽。

李桓英的任务是把在印尼的那一套血清学方法和理论应用在检测梅毒中。李桓英在仰光并没有出过门诊，但有时会有病人直接穿过马路，到医院对面的李桓英办公室来。

李桓英也应缅甸方面要求，去南部的毛淡棉和北部的密支那，随缅甸专家进行访问、调查，并给基层医护人员讲课，对他们进行培训。培训内容关乎血清学诊断技术、实验室诊断性病等。

李桓英到缅甸后，为缅甸向世卫组织申请了五套血清学检验室的设备。一年后李桓英所要的设备全部到货。但是在缅甸与印尼不同，总结工作总是开展不起来。

李桓英自感在缅甸的工作虽然没有成就感，但是与她共事的工作人员都和蔼可亲。尤其是公共卫生护士英国人琼·罗伯茨，与李桓英关系尤为密切。她在20世纪90年代随旅游团来北京旅游时，还与李桓英在前门饭店会面，并到李桓英在台基厂的家中做客。

李桓英于1997年趁到日内瓦开会之机，也曾应邀到伦敦一周，专程拜会琼·罗伯茨。琼·罗伯茨于1998年去世，享年98岁。卧病时她想寄给李桓英一张她98岁的照片，但没等寄出就去世了。她的朋友在她去世后将照片寄给了李桓英。

1954年至1956年在缅甸工作期间，李桓英参与建立了公共卫生实验室，经大量的临床实践和现场防治的研究，总结出长效青霉素无论是对雅司病，还是梅毒，均疗效极佳。

1955年11月5日，李桓英参加美国第四届热带医学会议并做论文报告。报告主要内容为在中爪哇对500名常见的结核病和少见的组织胞浆病患者进行了皮肤试验和流行病学调查的研究情况。

缅甸的一位老性病专家告诉李桓英："做工作一定要因地制宜。但因地制宜不是迎合地方的不合理要求，而是要适应老百姓的合理要求，然后你的工作才能立于不败之地。"这句话李桓英一直记在心中。

第四部分 回国献礼展身手

第一章　归去来兮

漂泊异乡的李桓英越来越感到自己就像无根的浮萍，虽然偶尔也能获得一点成绩，但是"为谁辛苦为谁甜"呢？在那里，无非是过客，无非是旅人。

1955年10月8日，正午时分，深圳罗湖桥头的大门缓缓打开。一队被港英当局"押解过境"的中国人，夹杂在熙熙攘攘的旅客中，从南侧踏上大桥。

桥的北侧，一个叫朱兆祥的男人，一面拿着照片不时瞄上一眼，一面注视着对面的行人。突然，他的手被一只大手紧紧握住。他转过身，发现对方眼里噙着热泪。

34岁的朱兆祥与李桓英同龄，但他是中国本土培养的力学家，没有喝过洋墨水，当时是中国科学院力学研究所筹建负责人。此时，站在祖国内地与香港唯一通道处的朱兆祥身负重任：代表中国科学院前来迎接被美国非法扣押的一批中国科学家。这批科学家中的代表，正是大名鼎鼎的钱学森。

听到钱学森回国的消息时，李桓英正在缅甸的伊洛瓦底江畔从事梅毒性病防治和血清诊断工作。

伊洛瓦底江是缅甸第一大河，也是中缅两国的界河，李桓英与祖国，只隔着一条河。夕阳西下，李桓英情不自禁望向北方，极目远眺，天边的那片云下，是否生长着故国乔木？

1950年起，李桓英一直在世卫组织工作，常年在印尼、缅甸等热带地区为当地穷人进行医疗救治。回国的念头一直在她心中萦绕，一日也没有忘记。

虽然没有钱学森那么大的名气，被美国政府重点监控起来，但李桓英有她的烦恼。父母和弟弟妹妹都入了美国籍，他们不可能同意李桓英一个人回到中国。所以在家里，李桓英闭口不提回国的事。

从1950年到1957年，在世卫组织工作8年，李桓英的年收入，从开始的6000美元增加到9000美元。在外人眼中，她的人生似乎很完美，兢兢业业的工作赢来了当地人的认可和喜爱，也得到了世卫组织的充分肯定，一条平步青云的道路仿佛就在前方铺开，等着李桓英一步步向上走。

但几年中，漂泊异乡的李桓英越来越感到自己就像无根的浮萍，虽然偶尔也能获得一点成绩，但是"为谁辛苦为谁甜"呢？在那里，无非是过客，无非是旅人。

日复一日的螺旋体防治工作让李桓英感到厌倦，热带的风景看得多了，也让她感到烦闷。她想起数学家华罗庚给留学生的公开信中说的"梁园虽好，非久居之乡"。

当时，美国奉行极端反共排外的麦卡锡主义。父母虽然带着年幼的弟妹在美国洛杉矶定居，但是因为种族歧视和极端排华的思潮盛行，他们很难找到体面的谋生工作。耿介的李桓英更是不甘心仰人鼻息，做二等公民。

李桓英想起两年前的一个晚上。

那是1950年10月1日，李桓英在印尼首都雅加达，参加当地华侨组织的庆祝新中国成立一周年晚会。大家互相说着关于新中国的消息。尽情唱呀跳呀，有的人还扭起大秧歌。李桓英被这种气氛深深感染了，她第一次感受到中国人"站起来"后的喜悦与骄傲。二十几天后，中国人民志愿军赴朝作战，轰轰烈烈的抗美援朝战争打响了。远在印尼，李桓英也总是为战场上的消息悬着一颗心。

出国时，李桓英拿的是国民党政府的"中华民国"护照。新中国成立后，李桓英一直受聘于世卫组织。因而，在海外十多年间，李桓英手中只有一本"民国"护照，但这是一本过了期的护照。一次，李桓英在旧金山过境签证时，机场管理员让其他乘客顺利过了，唯独要求李桓英必须按手印才放行。李桓英的心就像被刀扎了一下，猛然意识到，自己是一个没有国籍的人。

1957年6月，当世卫组织要与李桓英继续签订5年任用合同时，她思绪万千。这些年走过的亚非国家，无不传染病蔓延，性病肆虐，这些大都是贫穷和落后所致。自己的祖国刚获新生，一穷二白，各种传染疾病正在肆虐。作为医务人员，不回到祖国，哪里有生根、发芽的土壤呢？

她又想到抗战时期在同济大学的火热生活。当时，地处李庄的同济大学，在生物学家童第周倡导下，提出要学生做"万人之医"："不要做一人之医，要做万人之医。"所谓万人之医，"就是有所创造，有所发明，许多人照你的方法治好病人，就能一人顶万人的作为了"。李桓英所从事的工作正是一种"万人之医"。

经过深思熟虑，36岁的李桓英，做出了有生以来最为重要的一个决定：回到祖国！她婉言谢绝了世卫组织继续任用的好意，放弃了优厚的工资待遇和舒适的生活条件，要用自己在国外学到的科学知识，为国家和人民服务。

虽然有了回国的决心，但要付诸行动，还要费一番周折。当时美国仍持反华、排华立场，拒不承认中华人民共和国的合法地位，未与中国建立外交关系。李桓英手持"民国"护照，是不可能直接从美国回国的。同时，美国还在大肆阻止中国留学生回国。

但是，任何困难也挡不住李桓英回国的心。西方资本主义世界不是密不透风的一块铁板，老牌资本主义国家英国便是其中一个漏洞。

1950年，英国就正式承认了中华人民共和国，并于1954年互设了代办处，建立了半外交关系。

在世卫组织工作期间，李桓英暗地里做了大量工作：在缅甸，她做好了到伦敦深造的准备。英国是美国盟友，从美国到英国不用签证。同时英国又与新中国建立了邦交，在英国可以直接申请回中国。

1956年底，在缅甸，李桓英通过世卫组织申请前往伦敦大学伦敦卫生与热带医学院自费进修一年。这样既方便变更护照，办理回国手续，又可到欧洲各地转转。

1957年9月，李桓英如愿来到伦敦大学。一年后，她按时获得公共卫生证书。之后，她换领了中华人民共和国护照，申请了返回中华人民共和国的签证，3个月后获得批准。她开始准备回国事宜。

1958年，在李桓英准备回国的这年，英国是既与中华人民共和国有外交关系，又与台湾保持"外交"关系的国家，是铁幕下的一个缝隙。

赴英前，李桓英特地绕道洛杉矶去看父母和弟弟，算是道别。她没有向家人吐露任何消息，他们以为她只是去英国学习。

唯一的例外是弟弟李际申，李桓英对他说，回国后给他写信，如果写的是大晴天，天天有太阳，就说明她无恙。

对许多人而言，回国是一条坎坷之路。对李桓英而言，回国却有些浪漫。李法端在纽约送李桓英上船，3天后，轮船就到了伦敦。李桓英参加了漫游地中海诸岛的旅游团，开始了回国前的欧洲游历。她儿时读过希腊神话，对"特洛伊木马"印象深刻。这次置身其中，总算圆了儿时的梦想。

之后，她从希腊坐车到了捷克斯洛伐克的布拉格。在捷克斯洛伐克，李桓英专程参观了纳粹集中营。她看到一幕幕凄惨恐怖的景象：人皮灯罩，人牙纽扣，万人坑，瓦斯房。参观时李桓英一个人，没有向导。面对纳粹暴行，她回想起侵华日军的残暴行径，更坚定了回国报国的决心。

在爱尔兰，李桓英买了一件白色的羊毛衣。回国的最后一段旅程，李桓英是在火车上度过的。原来，她想重温儿时的经历：七八岁时，她与父母乘坐火车穿越西伯利亚，给她留下了难以磨灭的美好记忆。

这次坐火车同样给李桓英留下了深刻的印象。火车上，跪在地板上擦地的，都是二战时的苏联罪犯。他们在战争时背叛祖国，战争结束后，只能在绿皮火车上干擦地板等脏活累活来赎罪。

李桓英身披从爱尔兰买的白毛衣，手里拿着约翰·T.麦克库森的名著《在非洲》，神情恬淡。一周下来，李桓英并不觉得烦闷。

在伦敦，李桓英听到宣传，说国内大丰收，人都可以睡在麦子上。入境后，看到沿途村庄并非宣传的那种景象。到了二连浩特，李桓英的心凉了半截。看到的都是荒凉的景色，和出国前基本一样。但是不能再返回了：既然决定了回国工作，就不能走回头路，而且贫穷的祖国更需要她。

人的一生中总会面临各种各样的选择，每次重大的选择都将影响深远。李桓英的这次选择，注定了她的一生是奋斗的、有价值的。

从那时算起来，半个多世纪了，在漫长岁月中，无论是晴空万里，还是风雨交加，李桓英从不后悔自己当初的选择。这期间，她也曾遭受挫折，也听到过无数次亲人和亲情的召唤，但她从没有改变报效祖国的决心。

第二章　时隔二十年的共同选择

　　她独自一人跑到长城上，站在居庸关上，胸中涌动着"不到长城非好汉"的豪情。曾经熟读过的毛泽东诗词，《清平乐·六盘山》的豪迈词句涌上心头。

　　1933年，三个美国小伙子从在世界上享有盛誉的日内瓦大学医学院毕业了。体面光鲜的医生职业生涯正在前方招手。不过，当时世界风云变幻，正处于大变局之中。资本主义经济大萧条席卷全球，美国则处于风暴中心。在欧洲，发生在柏林的国会纵火案震惊世界，希特勒用一把火夺取了德国的至高权力，开始疯狂铲除异己，纳粹极端主义在欧洲甚嚣尘上。

　　三个年轻人不想留在黑云压城的欧洲，也不急于回到前途未卜的美国。他们把目光投向东方。

　　23岁的沙菲克·乔治·海德姆从报纸上看到，在遥远的中国正在流行一种热带病。带着医生的使命感和对这个东方古国的好奇，海德姆与同学乘船来到了被外国人称为"冒险家乐园"的上海。

"当当当……"外滩钟楼的钟声洪亮悠远。三个美国青年站在甲板上栏杆旁大呼小叫，好奇地张望这座亚洲最繁华的大都市。

此时，12岁的李桓英正坐在驶离上海的火车上。因为父亲工作调动，李桓英与家人即将奔赴杭州，前往她人生中的第五个学校。

火车上，少女李桓英望向窗外，心中几许惆怅。她并不喜欢这样的日子，犹如浮萍一样四处漂泊。不过在这动乱的时局中，每个人的命运都不是自己所能掌握的。

甲板上，青年海德姆意气风发，他对在这个东方古国即将开始的探索旅程充满期待。

就这样，李桓英与日后并肩作战的老领导错过了在同一时空交汇的机会。这个叫乔治·海德姆的青年，后来以马海德的名字而为中国人所熟知。

在日内瓦大学医学院，马海德学的是皮肤病学。在上海，他与同学开设了一家私人诊所。他们发现，大医院只有富人才能看得起病，穷人只能熬着等死。因此他们的诊所收费标准定得很低，只为让普通百姓能看得起病。马海德一边为穷人治病，一边进行热带病调查。他们的私人诊所很受欢迎。

转眼间一年过去了，到了之前约定的回国时间。马海德面临着李桓英在缅甸时同样的抉择。对李桓英来说，选择题是是继续留在世卫组织赚高薪，回到美国与家人享受小家庭的团圆之乐，还是克服重重困难，瞒着家人，回到积贫积弱的中国；对马海德来说，则是是回到富裕的美国与家人团聚，还是留在贫困的中国，从事一项无比艰苦的事业。

两个伙伴先后都回国了，"美国有我的家人、老师，甚至还有一份前途无量的工作……"对马海德来说，这是一眼就能望到头的平坦大道，另外一条路则是充满未知风险的荆棘之路。这个似乎很轻易便能做出的选择，马海德却迟迟难以抉择。

临行那天，同伴先后去了轮船渡口，可一直等到返程的轮船开动，他们也没看到马海德的身影。

他们得到了一个心照不宣的答案：马海德要留在中国。

不得不说，这又是一个大胆且疯狂的决定。

在中国的一年，让马海德对这个国家有了全新的认识——"当整个世界都在苦难之中的时候，我个人的问题微不足道。我对中国和中国人民争取解放的事业十分关注。现在，生命对我来说是如此的有意义。"这是马海德写给好友的信，很显然，他已经在异国他乡找到了信仰。

1958年隆冬，李桓英独自回到阔别20多年的北京。1932年随父母南下后，李桓英再也没有回到过这座生长于斯的城市。经过26年的漫长漂泊，她又回到了人生的原点。以前，每次离开北京，祖父都会亲自送站。这时，祖父去世快20年了。在美国的父母和弟弟，尚不清楚李桓英身在何处。

下了火车后，没人接站。作为普通归国华侨，不可能有热闹的欢迎场面。没人知道，李桓英回来了。

1958年12月28日，在北京前门大栅栏的一间小门脸，风尘未洗的李桓英找到了负责接待归国华侨的同志。按照指示，李桓英找到位于二里沟的国务院外国专家局。外专局热情接待了这位归国学子，安排她在国务院归国人员招待所住宿。在这里，李桓英进行了3个月集体学习，迅速了解国情。

学习之余，李桓英利用休息时间逛了逛熟悉而又陌生的北京城。新中国成立不到10年，首都一派欣欣向荣。虽然衣着朴素，颜色单调，但每个人脸上都朝气蓬勃，充满希望。

北京街头，"鼓足干劲，力争上游，多快好省地建设社会主义!"的标语分外醒目。供销社的柜台里，摆满了各种各样的商品。景山公园的墙壁上，拼贴着大大的老鼠、苍蝇等"四害"形象，吸引人们驻足观看。在中小学校园的墙上，刷着"扫除文盲，普及小学和中学教育"的标语。李桓英对一切都充满好奇。

她独自一人跑到长城上，站在居庸关上，胸中涌动着"不到长城非好汉"的豪情。曾经熟读过的毛泽东诗词，《清平乐·六盘山》的豪迈词句涌上心头。

回城后，李桓英直奔前门全聚德烤鸭店。吊炉烤鸭的香气吸引着她，让她打开了味蕾的记忆闸门。她一个人点了一只烤鸭，还吃了皮蛋，喝了啤酒。大快朵颐的归国女华侨，把周围的人都镇住了。这是李桓英回国后的第一顿大餐。

3个月时间转瞬即逝，到了填报工作意向的时候。一起学习的人劝她填留在北京，千万别填错了，不能改。

回国前，李桓英在世卫组织主要做雅司病和性病防治工作。回国后，她发现，早在两年前，抗战期间由日本侵略者从热带地区带到我国苏北传播的雅司病，就在胡传揆等皮肤病工作者的努力下，几乎绝迹了，但梅毒、淋病等旧社会遗留下来的性病患者还有不少。当时虽然已经有了青霉素等治疗性病的特效药，但有些人患了梅毒等性病，因为各种原因耽误治疗，落下非常严重的残疾，甚至比麻风病还可怕。

根据李桓英的经历，外国专家局分配她到中央皮肤性病研究所（现中国医学科学院皮肤病研究所）工作。

第三章　向"五一"献礼

　　第一次开会就遭到李桓英反对，几位老同志确实始料未及，但他们并不反感这个"刺头"。正当快人快语的李桓英觉得自己理由充足，几乎已经说服领导的时候，戴正启冷不丁说了一句："你会不会呀?!"

　　1954年5月15日，中央皮肤性病研究所在北京正式成立。第一任所长由北京医学院院长胡传揆兼任，书记戴正启兼任副所长，苏联专家耶古洛夫为顾问。特设立组织指导科，研究防治性病、麻风病的任务，马海德、叶干运分别为正、副负责人。1958年，组织指导科改为性病麻风病防治研究组，马海德为组长，叶干运为副组长。

　　1959年3月16日，李桓英来到中央皮研所报到。

　　在这里，李桓英遇到了三位对她影响至深的人：皮研所所长胡传揆、书记兼副所长戴正启和顾问马海德。

1934年，马海德没有和同学一起回到美国，毅然决定留在中国。后来，马海德阅读了许多进步书籍，对中国革命有了更加深刻的认识。经宋庆龄介绍，他与美国记者埃德加·斯诺一同前往陕北根据地考察。在延安、晋绥边区和晋察冀边区工作期间，马海德参与筹建了陕甘宁边区医院和白求恩国际和平医院，创立了新华社英文部并积极参与对外宣传和外事工作。

马海德成为西方国家人士中第一个参加中国工农红军和中国共产党的人，担任过中央军委总卫生部顾问。新中国成立后，马海德又成为第一个被批准加入中华人民共和国国籍的外国人。

新中国成立伊始，我国就把消灭性病放在十分紧迫的位置，新政府立志要消灭这种人类社会中长期存在的丑恶现象。

1949年11月的一天，马海德对妻子周苏菲说："今天晚上有任务，不用等我。"他参与的任务就是北京封闭妓院行动。午夜时分，干部、公安人员包围了妓院集中的八大胡同，突击进入妓院，随后进去的是医务人员。

面对哭闹的妓女，马海德告诉她们不必害怕："我们是医生，来给你们治病的。你们的病好了，就可以回家。"那些姑娘大多数还是孩子。经检查，1300多名妓女中，有98%的人患有性病。马海德和北京大学医学院院长胡传揆等专家反复研究，拟订了名为"盘尼西林十日疗法"的方案。医务人员加班加点，不辞辛劳，为性病患者体检、化验、诊断，经集中突击治疗，效果出奇地好。半年后，当集中收治结束时，这些妓女的性病全被治愈了，开始了新的人生。

北京市封闭妓院、消灭性病的经验很快推广到全国。从20世纪50年代初起，在卫生部部署下，马海德、胡传揆等人带领医疗队，走遍了内蒙古、青海、甘肃、新疆、云南、贵州等偏远地区，开展性病防治工作。邻居经常看到马海德手提行李箱，匆匆出门而去，多日后又风尘仆仆回到后海小院的家中。到60年代初，中国大陆基本消灭了性病。

把日历翻回1959年的春天，李桓英到皮研所不久，单位就专门开会讨论她的工作问题。

会议室里，胡传揆、戴正启、马海德等几大业内专家悉数出席。李桓英一身素色连衣裙，在几位老同志面前，显得很出挑。

"我们欢迎李桓英同志来到所里。"老红军医生出身的戴正启先开了口。他环顾四周，"今天，所里几位老同志都来了。胡所长、马顾问，包括我，大家都非常高兴。"他简单介绍了李桓英的经历，然后笑眯眯地看着她，"你知道的，我们现在已经基本消灭了性病。但是'编筐编篓，全在收口'。我们希望你能牵头做一个实验，帮助我们早诊断、早发现性病患者。"

他要求李桓英配合国家彻底消灭性病规划所做"梅毒螺旋体制动实验"。

"回到北京就是回到家了。我很感谢大家欢迎我回家。胡所长、戴书记、马顾问都是久闻大名了。在国外的时候，同行之间提到中国消灭性病的决心和工作，都竖起大拇指，觉得了不起。让我这个游子也倍感骄傲。今天我算是见到真佛了。"李桓英话锋一转，"不过，这个实验，恐怕没有太大必要吧。"

没承想，李桓英当场就提出反对意见。几位老同志你看看我，我看看你。

李桓英反对的理由显得很充分。自从有了青霉素，梅毒、淋病等性病已经能够得到有效治疗。去研究一个已经能够被有效杀灭的致病菌，有什么实际意义呢？另外，当时我国已经没有妓女，性病泛滥的根源已被拔除。根据国情，公共管理措施到位，做好宣传教育，性病就能得到有效预防。

而且，当时国家还很穷，每做一次实验，就要牺牲一只兔子，还要花很多钱做培养基，添置二氧化碳孵箱等价格昂贵的实验设备。李桓英在霍普金斯大学卫生研究院的实验室就做过类似的实验，每次实验成本约为100美元。在我们国家还很困难的情况下，花这么多钱做一个并没有多少实际意义的实验，值吗？

"不能只算经济账，这也是一个政治问题。"胡传揆突然发话。他说，我国已经基本消灭了性病产生的社会根源，梅毒患者已经日益减少，当时的患者几乎都是过去遗留下来的隐性梅毒患者。正因为如此，一个特异性更强的实验就成了性病扫尾工作中的迫切需要。社会主义国家的优越性，在这里就要体现出来。

这是有一定难度的实验。梅毒螺旋体不能在体外培养，这个实验可以检验所里的科研能力。

双方对这个项目发生了争执，虽然言辞激烈，但并没有剑拔弩张，而是各抒己见，和而不同。

在霍普金斯大学，在世卫组织，在东南亚，李桓英从来都是有话直说，从没有因为对方是导师或什么重要人物，而不敢发表自己的不同意见。"吾爱吾师，吾更爱真理"，是李桓英的座右铭。

但在当时的社会氛围中，敢于对领导直言不讳的人并不常见。如果遇到了度量不够大的领导，确实够李桓英喝一壶的。幸运的是，直率的李桓英遇到的都是有丰富阅历、识才、爱才的好领导。

第一次开会就遭到李桓英反对，几位老同志确实始料未及，但他们并不反感这个"刺头"。正当快人快语的李桓英觉得自己理由充足，几乎已经说服领导的时候，戴正启冷不丁说了一句："你会不会呀？！"

戴正启的眼睛盯着李桓英，让她一时语塞。他的眼睛仿佛在说，你要是不会，请直说，别拐弯抹角，怨到我们国家穷。此言一出，好面子的李桓英不能再坚持己见了。她硬着头皮接受了任务。领导顺带提出了向1960年"五一"献礼的要求。时间只有一年，任务很紧迫。

"组织上怀疑我不行，那我就硬着头皮做吧。"李桓英不服输的性格被激发出来。当然，所里把这么艰巨的任务交给李桓英，并不是想看她笑话，而是真心希望她能够成功，因此给予她很大支持。

开始时，辅助李桓英工作的只有三个女社工，是皮研所收留的从旧社会妓院中被解救出来的妇女。李桓英从小受祖父"泛爱众"的儒家思想熏陶，对曾经的"风尘女子"不但没有丝毫歧视，还很尊重她们。

但开展新项目还需要更多懂业务的人，组织上又给她配备了两名技术员马兆祥、曹正仁。需要看书查资料，戴正启还专门派一个姓高的年轻同志为李桓英跑图书馆。所里没有的书，就让小高到协和医科大学图书馆去借，每次都借回来一大摞。

李桓英做实验，每星期都要看一大堆书，然后再请小高送回去，换一堆新书。实验条件非常简陋，没有设备，他们就自己动手制作。操作间需要用紫外线消毒，但那时还没有紫外线消毒设备。李桓英因陋就简，用二氧化碳喷雾水来消毒。他们还自制了二氧化碳孵箱，自己饲养实验兔。大家干得热火朝天，有声有色。其他科室的同志看到他们经常加班加点工作，也受到感染。

参考尼尔森和梅尔的螺旋体制动实验（简称T.P.I.），李桓英在几个关键步骤上，根据我国当时的条件，在培养基组成上进行改进，大大降低了实验成本，实验大获成功。

为了证实实验的特异性，他们还做了对照实验，皮研所的门诊部当时有不少性病患者。他们找了梅毒患者104例，再找100个正常人做对照。结果，制动实验阳性率96%，柯氏85%，康氏76%，说明制动实验的特异性强，即使晚期梅毒，经过治疗，仍然可以显现阳性。充分证明了实验的成功。

李桓英完成了所里下的命令——向1960年"五一"献礼。

新中国成立后，在相当长一段时间里，人们把"五一"看成几乎和国庆同样重要的节日，除了没有阅兵式和国庆招待会，"五一"的庆祝规模一点不亚于国庆。这是因为，新中国是人民当家做主的国家，劳动者是国家的主人。劳动者的节日，自然应该受到特别重视。

1960年4月25日，中共中央、国务院发出《关于今年"五一"国际劳动节扩大庆祝办法的通知》，决定从当年5月1日开始，纪念"五一"的庆祝游行采取扩大分散举行的办法，即在每个城市中分别在几个、十几个或几十个场所举行集会游行。

当时"五一"在人们心中的分量，决定了向"五一"献礼的分量不能太轻。李桓英这个实验，与中国全面消除梅毒关系密切，无疑是一份厚礼。

李桓英根据实验撰写了《梅毒螺旋体制动实验的研究》一文，1963年发表在《中华医学杂志》上。研究建立了一个敏感性高、特异性强的梅毒血清学诊断方法，为我国梅毒扫尾工作中血清学化验标准化起到积极作用，卫生部和皮研所对这项实验都颇为满意。

1960年6月28日至11月15日，中国人民的老朋友斯诺重返中国，这是他第一次访问新中国，身份是美国作家。由于中美之间"处于半战争状态"，斯诺只能以作家身份才能获得美国"合法"批准。作为中美两国隔绝20多年间唯一一位获得签证访华的美国人，斯诺肩负着将中方的善意与诚意释放给美方的历史重任。

马海德见到斯诺十分高兴。当年，中共中央到达陕北后，收到鲁迅和茅盾对红军东征的贺电，即派冯雪峰前往上海开展工作。党中央要求冯物色有影响力的公正的记者和医生送进陕北，他到上海后，通过鲁迅联系上宋庆龄、史沫特莱，最终推荐人选便是斯诺和马海德。那是他们数十年友谊的开端。

这次，马海德特意把斯诺带到李桓英的实验室，自豪地让他看在暗视野下正常活动、扭曲的梅毒螺旋体，还有在梅毒患者血清作用下不活动的、与抗体结合的梅毒螺旋体。

见多识广的斯诺赞叹不已："在新中国，只要需要，就能做到！"斯诺明白李桓英所做实验的价值。他的赞赏是由衷的，绝不是礼节性的客套。

第四章 苦恼与闺蜜

有时，小孩会站在一个小凳子上，透过后窗向里看，边看边喊"大美妞儿""大美妞儿"。这让李桓英哭笑不得，还不能对小孩发火。

在皮研所，李桓英是领导关心爱护的重点对象。当时宿舍一般是两人间，戴正启给她安排了单人间。

但是李桓英有自己的苦恼。她所在的集体宿舍是一个旧式房子，没有多少隐私可言。因为她是从国外回来的，不论衣着如何朴素，总会和国内的人有点不一样。穿衣戴帽、言谈举止经常被人指指点点。小孩子看到李桓英，都感到新奇。甚至有好奇的孩子跑到家里来，上下打量她，让李桓英浑身不自在。有时，小孩会站在一个小凳子上，透过后窗向里看，边看边喊"大美妞儿""大美妞儿"。这让李桓英哭笑不得，还不能对小孩发火。

房屋也不隔音。隔壁的护士们经常大笑，很晚了，还有人拉琴唱歌。忍不住时，李桓英就敲墙壁。有时，李桓英在房间里放西洋古典唱片，又会引来年轻医生羡慕的眼神。

"你们可不要理她，人家是国外回来的。"

一双高跟鞋，一副金丝边眼镜，一件毛衣罩衫，腋下夹着小皮包，走起路来"嘎嗒"作响。这天，皮研所几个上岁数的人坐在一起窃窃私语，向旁边小年轻传授经验，看到李桓英远远走过来，大家都笑而不语。随后，有人给了大家上面的忠告。

一天，李桓英去病房查房，刚好碰到实习护士张文玲。那是她们第一次见面。刚开始，张文玲不敢跟李桓英聊天，因为她是从国外回来的，当时张文玲觉得出国是挺大的事儿，她与李桓英业务上没有交集，她们的交流只限于见面点个头而已。

后来，张文玲发现，李桓英就住在隔壁宿舍。"文革"期间，张文玲从护理工作转到办公室行政岗，与李桓英是同一个小组的组员，每天一起做"早请示晚汇报"，跳"忠字舞"。李桓英手脚动作不太协调，跳舞时很严肃，绷着脸，大家也不敢笑。就这样，张文玲和李桓英接触渐渐多了起来。

工作几年后，张文玲把母亲、妹妹都接到北京，住在她的集体宿舍。白天，有时张文玲上班了，李桓英倒班休息，逐渐与张文玲的母亲熟络起来。

晚上，张文玲回家，母亲告诉她："旁边那老太太挺不错的，就是人家说话我听不懂。"张文玲告诉母亲，人家是国外回来的大教授。母亲吃惊地说："那还真看不出来，我们聊什么都能聊到一起。"

张文玲记得特别清楚，李桓英对毛主席语录很熟悉，只要谁说得不对，她马上可以指出来。李桓英规则意识特别强，有一次，张文玲和她一起过马路。因为马路上没有什么车辆，张文玲要直接横穿过去，被李桓英一把拉了回来，一起走到人行横道才肯过马路。

第五章　第一个吃螃蟹

抗原的效果怎样？马海德和李桓英抢着要先在自己身上进行试验。当时治疗麻风还没有特效药，万一感染了，就真成麻风病人了，也就名副其实为麻风防治事业"献身"了。

2022年6月8日，"人格的力量——中国共产党人的家国情怀"展览在中国国家博物馆对公众展出。在中间展柜里，有一个纤细的玻璃瓶，与周围的大型物件形成反差。这是军事医学科学院陈薇院士注射疫苗的疫苗瓶。

2020年2月29日，第一批疫苗运到武汉，陈薇和团队中另外6名共产党员，在党旗下接种了他们研制的新冠病毒疫苗。

"除了胜利，别无选择！"从电视上得知陈薇的豪言壮举，住在医院里的李桓英非常感动，期颐之年的老人想起了半个多世纪前的那段往事。

李桓英关于梅毒螺旋体制动实验的成功，让皮研所各科室的同志都感到振奋。论文在《中华医学杂志》发表之后，皮研所搞麻风病研究的同志找到她，希望李桓英再做一个麻风菌的接种实验。

这是一个更为困难的任务。因为麻风菌只寄生在细胞内，至今尚不能在体外培养。鉴于此，马海德提议先开展麻风菌抗原实验。

李桓英又立下了军令状。她在参考文献中找到了从麻风组织中提取光田氏反应抗原的方法。恰好麻风病研究室的何达墈从河北望都皮肤病院回来了，他带回一个从麻风病患者尸体解剖取出的脾脏。李桓英尝试着从病人脾脏中提取麻风菌和可溶性抗原，用荧光染色法进行涂片和病理检查。还是在那个非常简陋的操作间里，李桓英做着国内从未有人做过的麻风抗原提取实验。

有条件干，条件简陋要干，没有条件创造条件也要干，这就是李桓英的风格。在那个小小的实验室，在极端简陋的条件下，李桓英戴上橡胶手套，在实验室的一个操作箱内，用石炭酸消毒，从被麻风菌充满的脾脏中提取麻风菌菌体外层脂质部分。就这样，麻风病菌被李桓英提取出来了。提取抗原和之后做抗体，这些都是从参考文献中查来的，李桓英以前并没有做过。

抗原的效果怎样？马海德和李桓英抢着要先在自己身上进行试验。当时治疗麻风还没有特效药，万一感染了，就真成麻风病人了，也就名副其实为麻风防治事业"献身"了。

李桓英表示自己更年轻，身体更好。马海德拗不过她，就在她的两个胳膊上分别注射了0.1毫升超声过的和没有超声的麻风菌素。

为什么要用超声波来扫描呢？当时正值全国大搞新技术超声波运动，什么东西都要先用超声波超一下。

一个月左右，李桓英注射部位出现了红肿、结节、溃疡，大家都为她捏了把汗。终于，注射的地方结疤了！实验成功了！这就是李桓英献身麻风科研留下的最早印记。

李桓英左臂上做过超声的这个疤还大一点。这也证明了，超声波对于麻风菌素一点用处也没有。

后来，李桓英经常感慨地对人说："我得不了麻风，我注射麻风菌几次阳性，有抗体。"

李桓英风趣地说，这两处疤痕是马老给她留下的宝贵纪念。此疤痕如做切片，就是上皮样细胞肉芽肿，是鉴别少菌型麻风（PB）和多菌型麻风（MB）的证据。

实验虽然成功了，可惜人们对麻风菌尚不十分了解。怕李桓英在实验室将麻风菌不慎扩散。在领导命令下，实验被迫停止了，当时提炼出来的抗原也未能保存下来。

李桓英回国初期所做的两个实验，当时都属于超前的。实验的成功使李桓英名声大噪，给领导和同事都留下了深刻的印象，也为她后来投身麻风防治事业埋下了伏笔。

第六章　再接再厉

就这样，李桓英在我国首先开展了荧光抗体实验，它是同位素、辣根酶标记抗体技术的先驱，使我国的免疫荧光技术达到了国际先进水平。

1965年4月，李桓英被皮研所派至北京雕漆厂和河北省赞皇县现场，对采漆工人和雕漆厂接触性皮炎进行调查。

为做好调查，李桓英前往雕漆厂与工人一同劳作，一共待了25天半。她在劳动中不怕脏、不怕累，丝毫不搞特殊，给工人留下了深刻印象。为了防止喷漆工人面部受伤，她还特意从家里拿来帽子给工人戴。星期日本来是休息时间，个别工人来上班，发现李桓英竟也在厂，没有休息。

据李桓英介绍，采漆与南方采橡胶原理相同，只是树种不同而已。其产品大漆是我国传统的耐久涂料，应用中有致敏脱敏过程。

李桓英等人应用大漆中的有效成分，在豚鼠身上做了过敏性皮炎的动物模型，从豚鼠—大漆接触性皮炎—皮试入手，研究清楚了大漆导致皮肤过敏的机制。

实践调查结束后，雕漆厂给中央皮研所写了一封热情洋溢的汇报材料，对李桓英吃苦耐劳的精神大加赞赏。

当年冬天，李桓英又来到辽宁省丹东市，调查冬季运煤工人发生过敏性皮肤病的情况。通过调查，她发现，运煤工人的皮肤病是煤渣粉尘结合劳动后热水沐浴导致的，是物理性刺激性皮炎，与大漆皮炎有本质不同。

此后，为了研究皮肤病的免疫，也为了探索梅毒特异性实验方法，李桓英在我国首先开展异硫氰酸荧光黄标记的循环抗体（抗人IgG）的抗体研制和免疫机制研究，计划用荧光抗体替代TPI。

早在1963年，曾在世卫组织任职的朱章赓得知李桓英在做研究，便把做荧光抗体的资料给了李桓英。之后，他回国任北京医学院副院长，还给李桓英带回一些异硫氰酸荧光黄染料。

李桓英用这些荧光染料，使用双层抗体染色法成功进行了荧光抗体染色。这是我国首次荧光抗体间接染色法。为了引进标记抗体技术，李桓英在当时设备条件极差的情况下，用放映机当荧光光源，自己动手用弧光灯配制成荧光显微镜。利用水银灯光源，用蓝色滤光片滤掉短波，用光色滤光镜片滤掉长波。这样，一个普通的光学显微镜就成功变成了荧光显微镜。

就这样，李桓英在我国首先开展了荧光抗体实验，它是同位素、辣根酶标记抗体技术的先驱，使我国的免疫荧光技术达到了国际先进水平。

李桓英名声在外，吸引内蒙古、新疆等地的性病防治单位派人到皮研所参观学习。凭借先进的理论知识和过硬的实验技术，李桓英为国内相关单位培养了一批专业干部，深受好评。1963年，越南也派学员到中央皮研所，跟李桓英学习抗体免疫和 γ 球蛋白凝胶电泳提纯技术。

第七章　短暂的相会

很多同事以为李桓英这一去就不会再回来了。没想到，两个月后，她又若无其事地出现在他们面前。

20世纪60年代初，我国遭受严重的自然灾害。早已在美国定居的李桓英父母放心不下在国内独自一人生活的女儿，专程从美国飞到香港，希望与女儿在香港见面。当时李桓英的父母并不富裕，坐飞机的钱是李桓英的三个弟弟靠半工半读的微薄收入积攒下来的。

香港的旅馆很贵。李桓英在同济大学的同班同学陈秋玮在马来西亚开妇产医院，比较富裕，听到消息后特地从马来西亚赶到香港，给她父母订了旅馆。

经皮研所批准后，李桓英赴香港探亲。孰料，一见面，父母便反复动员她返回美国，与家人团聚。

李桓英望着年迈的父母，少有地袒露了心迹："国内生活确实艰苦，但是，苦的不是我一个人，很多人缺吃少穿、体弱多病。作为医生，我这时候离去，还不如当初不回国。"

"我回到中国，比在美国心情舒畅。能为祖国人民服务，我感到自豪。"李桓英动情地说。

父母明白了，女儿已经下定了决心，他们不可能把她劝回美国了。他们满怀希望而来，只能带着遗憾离开。送别时，父亲李法端眼中噙满了泪水，母亲杨淑温扭头而去，再也没有回头看女儿一眼。

双方都没想到，这次会面竟成了永诀。

其实李桓英并不是绝情之人，她一直想把父母接回国来生活。只是后来发生的一系列事让她没有机会完成心愿。

很多同事以为李桓英这一去就不会再回来了。没想到，两个月后，她又若无其事地出现在他们面前。

李桓英还自费购买、带回了一些实验室急需的仪器和药品，背回了录音带和崭新的录音机。这些录音带全是由国外名家演奏的古典音乐，她经常和几个音乐学院的朋友一起听，朋友们感慨，哎呀，从没听过这么好听的音乐。

后来，李桓英还跟这些朋友去华山、北戴河等地旅游。但在皮研所的日子，并不总是那么好过：能真正跟李桓英聊到一起的人不多，她在工作上能与同事们密切合作，但在生活上，却几乎永远走不到一条辙里。

第五部分　身在基层治头癣

第一章　四海为家

没有在父母身前尽孝，成了李桓英一辈子难以消解的痛。

1969年6月16日，皮研所的食堂人头攒动、喜气洋洋，李桓英的好友张文玲和张中柱喜结连理。张文玲与新郎张中柱身穿精神的绿色军装，站在八仙桌前。"革命伉俪多奇志，不爱红妆爱绿装。"这是当时人们最时髦的装束。这对革命新人先向毛主席像鞠躬，再向革命群众鞠躬，最后夫妻对拜。

"我今天特别高兴，必须抽两根！"酒过三巡，菜过五味，云雾缭绕间，作为证婚人的李桓英醉眼乜斜，兴致很高。李桓英平时不沾烟酒，只爱喝咖啡，但到了真高兴的时候，则喝咖啡不尽兴就饮酒，饮酒还不尽兴就抽烟。今天好友结婚，她的喜悦已经到了必须连抽两支烟的程度。

多年来，李桓英与张文玲既是闺蜜，又像母女。在婚礼上，李桓英名为证婚人，实际的心情却有点像看出嫁的闺女，激动、复杂。婚前，张文玲曾带着未婚夫见过李桓英。李桓英仔细打量一番，聊了几句，等男士走了之后，李桓英告诉张文玲："这人行！"言简意赅，像闺蜜的把关，也像母亲的首肯。

但其实两人并不是从一开始就这么合拍，刚刚认识李桓英的时候，张文玲还被她吓到过。那次，张文玲实在没忍住好奇，问李桓英："你家里都有谁？"没承想，李桓英一下子急了："你干什么？你是警察啊，你查户口啊？"后来，张文玲听别人讲，李桓英刚在香港见了父母，父母想让她去美国，但她拒绝了。

张文玲与李桓英慢慢熟络起来后，李桓英向她详细讲述了自己的身世。实际上，因为误解和以讹传讹，不少认识李桓英的人都以为她与父母存在很大的矛盾，不得已才回国。李桓英对此也有所耳闻，但她性格倔强，自尊心又强，不屑于去澄清谣言，只有在三五知己间，酒酣耳热时，她才会偶尔吐露这段深藏心中的隐痛。

一个深秋的黄昏，张文玲正在家里收拾东西，忽然听见敲门声。"你有时间陪我走走吗？"李桓英站在门口，面露倦容。张文玲隐隐觉得出事了，但她没问，只是点点头，与李桓英并排走了出去。

走着走着，李桓英突然说："国外来电报，我妈妈去世了。"路灯很暗，李桓英把脸侧在一旁，声音颤抖，那是张文玲第一次看见李桓英悲伤的样子。天空淅淅沥沥飘起小雨。"你，要不要回去？"张文玲觉得，无论如何，血缘亲情无法割舍。李桓英摇了摇头："人已经走了，来不及了。回去费时太久，算了，算了。"

冷静、克制、隐忍，这样的李桓英让张文玲一时不知如何安慰。最后她说："节哀吧！没有办法。"张文玲轻轻拍拍李桓英的肩膀，然后两个人抱在一起。雨越下越密，天色越来越黑。

一年后，当李桓英随皮研所一起下放到江苏泰州时，又听到了一个噩耗：她的父亲李法端在美国去世了。少年夫妻老来伴，李桓英常听老一辈说，相伴多年的夫妻，如果其中一人离世，另一个也往往不久就将魂归尘土。没有在父母身前尽孝，成了李桓英一辈子难以消解的痛。上次与父母告别后，她一直想把他们接回国，但苦于没有合适的机会。没承想，香港一别，竟成永诀。

在泰州乡下的土路上，李桓英与张文玲进行过一次长谈。"我父母是双方家长在家乡给订的婚。父亲18岁时，母亲从山西老家来北京，与父亲完婚。母亲能干，脾气急，我有点像她。父亲老好人一个。我从没见过父亲对我们发过脾气。"李桓英叹了口气，"二老相守近60年，从未红过脸。母亲去世一年后，父亲在美国查出得了肺癌，不久也离开了人世。可以说，二老携手走完了一生。"张文玲知道李桓英的隐痛，久久无言。

那是1970年，张文玲在那一年喜得千金，皮研所全所下放到江苏省泰州市，单位改名为江苏省皮肤病防治研究所。当时，苏北三泰（泰州、泰兴、泰县）是中国麻风病的高流行区。

第二章　初识麻风

在这里，李桓英了解到"反应停"的化学结构及治疗麻风反应的效果，还了解到，国际上对麻风病人已经不主张实行隔离治疗了！

在泰州，李桓英还是与张文玲住隔壁。有时，张文玲宿舍里朋友来得多了，声音大了，李桓英不讲情面，板着脸问："能不能小点声？还在工作呢。"其实那是下班时间，但李桓英上班时间工作，下班时间还是工作。同事喊李桓英一块出去玩儿，她也很少去，而是选择留在宿舍读书、看文献。

李桓英素来万事不求人，只要自己能干的一定自己干，即使不会干的也要学着干。也许理发是少有的例外。在泰州，很少有理发师，李桓英请张文玲帮自己理发，也没要求，剪短就行。当时大家都很困难，有的人家里孩子多，经济上比较拮据，李桓英知道了，经常私下塞给对方钱物。有的人对她的看法有了不少改观。"这个从美国回来的李大夫，原来并不像有的知识分子那样高高在上，她还是很接地气的。"

泰州的冬天很冷。当时每个诊室都要生个炉子，等下班了，再把煤炉放宿舍里，暖和暖和。

李桓英爱吃饺子，周末她向大家提议："咱们今天吃饺子吧！茴香馅儿的！"张文玲跟着附和开玩笑："行！拿钱吧！"当年大家都没李桓英挣得多，李大夫请客是常事儿。

李桓英把游泳的习惯也带到了泰州。一晚，李桓英让张文玲陪她出去，不一会儿，她们来到河边。李桓英换上泳衣，让张文玲在岸上等着。游泳是李桓英在夏天最大的消遣，是她最放松的时刻。扑通一声，还没等张文玲反应，李桓英早已入水。

因为有海外经历，李桓英被组织上认为"受资产阶级思想熏陶多年，应当好好改造"。没有多久她就被分配到长江北岸的滨江医院工作，那是一家有三四百人的麻风病院。

对久居城市的女性知识分子来说，下放到农村已经够艰苦了，居然还要去人见人怕的麻风村。这次分配无疑带有惩罚的意味，但李桓英非但没有怨言，甚至早早抱定了在农村干一辈子的思想，高高兴兴前往。"长江边上，风景秀丽，既可以看书学习，又有机会给病人治疗，边学习边实践，多好。"李桓英想。

下放工作半年，让李桓英深切了解到了人们对麻风病的恐惧。她虽然早有心理准备，但还是经常被现实所震动。

一个小男孩，仅因为一只手指有一点轻微麻风症状就被送入麻风村，在那儿一住就是几十年，从此与世隔绝。

一个六七岁的小女孩拉着一位中年妇女，小心翼翼来到李桓英面前，嗫嚅道："医生阿姨，你快帮我妈看看吧，她不能为我们做饭了，我饿……"李桓英轻轻拍拍中年妇女的胳膊："抬起头来，让我看看怎么回事？"中年妇女犹豫好久，抬起了头。李桓英顿时一惊，那是怎样的面容啊！端庄的脸上，一只眼睛是瞎的，另一只闭不上，也可能会失明。一只脚已溃烂，流着脓水。当地医生说："她患上了麻风病，我们现在缺药啊！"

春节时，麻风病人给医生和军代表表演节目。一些病人戴着纸做的高帽子，用残疾的肢体撑着地，装作被打倒的走资派；另一些病人装作造反派，用有残疾的手不停地挥动着鞭子，喊着口号。

在滨江麻风病院，病人的信要消毒，钱要消毒。医生身穿隔离衣，脚套橡胶鞋，戴手套口罩，一米之外，双手拿着棍子，棍子那头放着药片，用露在外面的两只眼睛引导病人服药。

李桓英目睹了麻风患者鼻塌眼歪、手脚畸形的惨景。更令她心酸的是人们对这些病人的歧视与排斥。那些本应给予病人安慰的医生，参与治疗时总是把自己像防化兵一样封闭起来，只剩下两只眼睛露在外面，每次进村就像一群白色的幽灵。她既痛心缺乏良药擒服病魔，更痛心人们对麻风病的曲解竟然已经到了医务人员都对病人退避三舍的地步。"麻风病人也是人，他们有思想，有感情，更需要社会的关心！"从事公共卫生事业多年，李桓英心里的责任感再次涌起，暗暗下决心要尽自己的责任和能力帮助病人。

工作中，李桓英逐渐发现这个麻风病院存在不少问题。一是国家政策要求麻风病院只收治（隔离）多菌型麻风患者，但是这里把少菌型患者也隔离了，扩大了隔离范围；二是当时除氨苯砜外，并无其他特效药，而用氨苯砜单独治疗，不但疗程长，而且会造成耐药性复发；三是医疗工作不够彻底，麻风反应多、残疾多；最重要的是，被隔离的麻风患者不仅得不到帮助，还要自食其力，每天辛勤劳作，容易加重病情，导致畸残。当地麻风防治工作人员子女就学、户口等问题都未能妥善解决，使医护人员不能安心工作，产生了对麻风工作的厌恶心理和排斥情绪，加深了社会矛盾。这些都让李桓英看在眼里，急在心上。

也有一事让李桓英喜出望外——这个偏远的县城医院居然有外文期刊，可以查看到较新的英国出版的《麻风评论》期刊。在这里，李桓英了解到"反应停"的化学结构及治疗麻风反应的效果，还了解到，国际上对麻风病人已经不主张实行隔离治疗了！

但是，当时正在批判白专道路，批判反动学术权威，在这种形势下，李桓英的主张没有受到批判就属万幸了，更不要说被采纳。李桓英只好暗自琢磨，如何寻求有效疗法铲除麻风，如何改变人们对麻风病的误解。

李桓英只在滨江麻风病院待了两个月，就该轮转到其他地方了。她坚决要求继续待在这里，但没有人理会她的诉求。半年后，军代表宣布李桓英的新任务——去农村防治头癣。她焦急万分，却只能接受。

第三章　消灭头癣

"土法上马，用灰黄丸治疗头癣"一直是李桓英的得意之作。此项研究成果被选为落实毛主席"六二六指示"的典型范例，在1972年参加了北京"全国科学技术成就展览"。

1971年2月，李桓英被分配到江苏省泰县苏陈公社，接受了新的任务，进行头癣巡回医疗。

当时，苏北农村流行一种头癣病，许多小孩子都传染上了。症状就像戴了一顶头盔，俗称"瘌痢头"。李桓英和皮研所的大夫们十分心疼，他们决心治愈这些孩子。

头癣是一种慢性传染性头部癣菌病。直到1971年，头癣在苏北农村流行依然相当严重。全国其他省区亦有不同程度的流行。据估计，仅江西、安徽、新疆三省区就有病人100万人左右。李桓英等人在江苏泰县地区苏陈公社某大队调查了2181人，头癣患病率高达

7.8%（171人），其中黄癣占88%（149人）。

治疗头癣的特效药是灰黄霉素。在巡回医疗中，皮研所的同志得知，要治好头癣，每一名患者须付4元的治疗费，用于购买灰黄霉素。当时在北京，4元钱相当于一个二级工40元月工资的十分之一。苏北当时很贫穷，收入比城里人低很多，别说4元钱，就是1元也交不起。"怎么还向病人要钱？"李桓英心想，这不符合毛主席"为人民服务"的思想。但当时国家也有实际困难，没有财力替人数众多的患者支付医药费。这也是头癣病大面积流行的原因之一。既要不花钱就把孩子们的病治好，又不能增加国家的经济负担，这个矛盾怎么解决？李桓英动起了脑筋。

在农村巡回医疗时，李桓英看到一位赤脚医生在家里用土办法生产红曲霉素。这给李桓英和技术员曹正仁很大启发。何不也用土办法自制一些灰黄霉素呢？说干就干，李、曹二人立刻到江苏省皮研所开了证明，赶到上海第七制药厂，以皮研所的名义要了一管灰黄霉菌菌种。再到上海图书馆翻阅杂志和书籍，连续翻阅了两天，查看了大量资料，并记录了相关文献。回到苏陈公社，在公社赤脚医生家里，李、曹与赤脚医生三人一起，开始尝试自制灰黄霉素。

他们以米糠、麦麸、蔗糖为原料，加水调成糊状，拌入培养基和灰黄霉菌菌种，均匀铺在玻璃板上，在高温环境下培养2周，进行初级、二级扩大培养，再进行发酵。这样连续反复操作三次。待发酵成熟后，收集菌组织，进行高压消毒灭菌、晾干，最后将菌坯磨成粉，由老中药师筛成水丸，晾干备用。李、曹二人将制作好的丸药拿回泰兴，测定有效成分。李桓英按治疗头癣剂量，给实验感染的豚鼠喂药，过2至3天再拔毛看菌丝成长情况，成功了，菌丝往上顶，顶出头皮，剥掉了就行了，也未见毒副作用。李桓英他们有了自己配制出来的免费灰黄霉素。

在药品的名称上，李、曹二人也与赤脚医生费了好大的脑筋，起先想定为"辉煌丸"，名称响亮。但即使将头癣治好了，也只是好事一件，算不上辉煌业绩，后来还是比较切合实际地命名为"灰黄丸"。

为了测试自制"灰黄丸"的毒副作用，李桓英和曹正仁连续三天，各自吞服了30克药丸，没有什么肠胃反应，就大胆地实践起来。

首先筛选33例小学生中有头癣的，黄癣、黑癣、体癣分别治疗，尤以有黄癣者居多。农村患病学生每日上课之前，先来卫生站，按头癣治疗常规方法，先剪发、洗头、去痂皮，然后，上2%碘酒，再涂上复方苯甲石酸软膏，最后按体重服自制的"灰黄丸"，在服药7天后，菌丝随头发生长至头皮处，洗头去痂，剃头去病发，再涂碘酒，上水杨酸苯甲酸软膏，再长新发，即是正常的头发。

如是，李桓英与赤脚医生在苏陈公社开始全面治疗头癣患者，160余名小学生每天上学前先在赤脚医生的门口洗头，剪发上药，服用约30克灰黄丸，1个月就去除了压在他们头上的"头盔"，解除了他们的痛苦。

此外，李桓英等人还教家长晒被褥等消毒方法，方法虽简易，效果却很好。患儿和家长无不欢天喜地，公社窦书记心里更是乐开了花。苏陈公社还给他们送了锦旗。

泰州皮肤病研究所给李桓英、曹正仁二人在公社做了图片、标语，各公社纷纷参观。"土法上马，用灰黄丸治疗头癣"一直是李桓英的得意之作。此项研究成果被选为落实毛主席"六二六指示"的典型范例，在1972年参加了北京"全国科学技术成就展览"。

1972年，李桓英撰写的《灰黄霉素研究进展——药理及毒性作用》发表在《皮肤病防治研究通讯》，《灰黄丸治疗头癣》发表在《中华医学杂志》，《治疗头癣"灰黄丸"的土法生产介绍》发表在《赤脚医生杂志》。

中共江苏省委机关报《新华日报》还刊登了《江苏省皮肤病防治研究所人员深入农村积极开展群众性头癣防治研究》一文。文中提到："在积极为社员群众防病治病的过程中，科研人员的世界观也得到了很好的改造。助理研究员李桓英和技术员曹正仁，在深入群众的过程中增强了与劳动人民的思想感情，经常不怕苦，不怕累，顶风冒雨，起早摸黑，为患者送医送药，亲手为患头癣的孩子洗头、擦药，使社员群众很受感动。""这个所在开展头癣病的防治研究中，坚持走群众路线，实行专业队伍与群众运动相结合，加快了工作进度，提高了防治效果。他们每到一地，都深入基层，积极发挥赤脚医生和广大群众的作用。他们利用广播、夜校、黑板报和文娱等形式，广泛宣传防治头癣病的意义和有关知识，提高群众参加防治工作的自觉性。他们还通过举办讲座和学习班，培训了一批由公社防疫医生、卫生员和大队赤脚医生组成的骨干力量。由于他们充分发动群众，依靠群众，在一百余万人口的泰县，仅用了一个多月的时间就查清了全县的病情，接着用一年的时间就基本消灭了头癣。""随着防治工作的深入开展，研究人员发现少数患者在使用灰黄霉素后产生了耐药性。他们又进行了反复试验，采用在治疗过程中内服中药茵陈的方法，提高了治疗效果。""他们总结推广防治结合的先进经验，使群众养成人人讲卫生防感染的习惯，从根本上减少了头癣病的发生，提高了人民的健康水平。"

李桓英通过实践证明：灰黄丸与外用药相配合，在一个月至一个半月的时间里即可治愈大型黄癣，且生产条件简单。不用粮食，不需洋设备，容易掌握，适于农村头癣流行区推广使用，同时灰黄丸价格便宜，大大减轻了农民负担，利于巩固合作医疗。

在"土法上马，用灰黄丸治疗头癣"两年后，李、曹二人利用在泰州开全国头癣会议之际，专程到苏陈公社进行回访，竟无一人在采用灰黄丸治疗后复发。灰黄丸取得了巨大的成功。

第六部分　麻风旧寨换新颜

第一章　回到北京

也是在1972年，李桓英迎来了人生一大转机。分毫不差，就像事先算好了一样，51岁的她开启了百年人生的华丽下半场。

1972年，农历壬子年，一个堪称大变局的年份。

一年前，一架美国飞机兜兜转转，绕了大半个地球，最终降落在北京，从上面走下一位神秘人物。这个叫基辛格的博士的到来，即将打破中美两国长达22年相互隔绝的局面。

转年2月21日，正月初七，中国农历新年刚过，美国总统尼克松出现在北京中南海，中美两国元首握手言欢，举世瞩目。几天后，《联合公报》发表，标志着两国关系正常化进程开始。

这一年，中国外交获得大丰收。除美国外，中国还与日本、荷兰、希腊、联邦德国等18个国家建立外交关系或实现外交机构升格，这是新中国成立以来同外国建交最多的一年。扩大"朋友圈"，为逐步实行对外开放创造了重要条件。

同时，中国与西方的经贸之门也打开了，我国引进了制造化纤、化肥等的一批外国先进技术设备，吹响了对外开放的前奏曲。

一大批被打倒的党政军领导干部，在这一年重新走上重要领导岗位，加强了党内抵制和纠正"文革"错误的力量，为最终结束"文革"准备了条件。

也是在1972年，李桓英迎来了人生一大转机。分毫不差，就像事先算好了一样，51岁的她开启了百年人生的华丽下半场。

1972年底，正当李桓英在苏北推广头癣病防治经验时，胡传揆和王光超突然出现在她面前。这时，李桓英已经小有名气，她与同事防治头癣病的先进事迹，早已传到了北京。

胡传揆是北京医学院院长兼中国医学科学院皮肤病研究所所长，王光超则是北大医院皮肤科主任。

他们此行本是去上海修改医学教科书。不过，他们特意绕道，先来到江苏泰州。因为这里有下沉了两年半的皮研所同志。

李桓英是其中的明星。早在1962年，她就开展了荧光抗体在梅毒血清诊断中的应用研究工作。胡传揆对此印象颇深。他想借此机会，把李桓英"借"到北大医院皮肤科，继续研究荧光抗体。

这时，李桓英在泰州推进的头癣防治工作已基本完成。她也在摩拳擦掌、拔剑四顾，寻找下一个可以施展拳脚的课题。李桓英与老领导胡传揆一拍即合。就这样，1973年，李桓英雄心勃勃地来到了北大医院。

此时，马海德被下放到北京阜外医院，成了一名普通的皮肤科医生。见到李桓英，马海德有些激动。他兴奋地说起自己正在进行的红斑狼疮荧光抗核抗体诊断试验，十分希望李桓英加入其中。

然而人算不如天算，李桓英虽然回到北京，但"四人帮"仍在施展最后的猖獗。李桓英居无定所、不受待见，饱尝世态炎凉。到北大医院没多久，李桓英就被"请"走了。在马海德帮助下，她搬到了阜外医院的宿舍。但很快，她又被阜外医院赶走。仓皇中，李桓英搬到马海德家中。马海德夫人苏菲特地为她腾出一间房间。

不管怎样，经过几年在江苏泰州的历练，李桓英回来了，回到了她熟悉的实验室。白天，她就在阜外医院忙着搞荧光抗体制备，提取人球蛋白免疫抗体，提纯后再标记荧光染料。晚上回到马海德在后海附近的四合院中。李桓英工作完成得很出色，马海德非常满意。

李桓英建立的抗核抗体试验，还为类风湿性疾患提供了一个比较可靠的化验方法，推动了其他自身抗体的研究。

无处可住，困扰着50多岁的李桓英。马海德也急在心上。

70年代末，马海德两次回美国探亲，把家留给李桓英，让她帮助看家。其后，马海德多次患病，他的口述英文书信，均由李桓英记录打字。那段时间，马海德家就是李桓英家，李桓英给他"看家"，照顾孙子，同时兼做他的"秘书"。既不用付膳宿费，进出自由，还可以每日在后海游泳。

1976年唐山大地震，波及北京。为躲避地震灾害，有很长一段时间，李桓英住在戴正启家。戴家那时住在中国医学科学院医药生物技术研究所（戴曾经任药研所书记）院内的一幢2层小楼。晚上，戴正启与新婚的妻子住楼下大过道里的双人床，中间拉一个布帘，那边就是李桓英的单人床。

为解决李桓英的住房问题，马海德多方奔走，最后他以全国政协常委和卫生部顾问的名义，为李桓英在北京市前门东大街要了一套面积较小的单元房。这套住房的户主原是马海德，后变更为李桓英。就这样，李桓英这个老北京终于在北京安了家，有了北京户口。

1978年，李桓英在《北京日报》上看到北京热带医学研究所成立的消息，就毛遂自荐，进入了热研所。所长钟惠澜安排她从事麻风病实验研究。最终，根据实际需要，李桓英选择了麻风病现场防治研究。

李桓英事业心强，任劳任怨，工作积极主动，这些都被身边的人看在眼里。皮研所的档案还透露出李桓英的另一面：在当时那个高压的社会环境下，与众不同的李桓英经常语出惊人，把周围人吓一跳。她对组织说："你们在观察我，我也在观察你们。"对平时与她接触多的同志，李桓英怀疑说："是不是组织上叫你来的？"李桓英虽然能积极参加反修学习，但"认识较模糊"，认为"赫鲁晓夫发言幽默，有他的道理。社会主义国家中这么多都成了修正主义，有些想不通"。

李桓英还常常提问："资产阶级没有了，还有什么阶级斗争？和谁斗争呢?"政治学习会上,她联系实际大胆发言,但她厌倦开会,认为开会不如多干活。

她的这些话被一一记录在档案中,向后人证明,这个倔老太太,在40多岁的时候,就是这样直言快语、特立独行,即使在那个特殊年代,也没有丝毫的伪饰。

李桓英不时"语不惊人死不休",惹得某些领导对她颇为忌惮,但也不得不承认,李桓英业务学习抓得紧,能刻苦钻研,有单独从事研究工作的能力;有扎实的英文、德文基础;有比较全面的医学理论知识和实验研究的经验。

只不过,李桓英"在政治思想上,需要加强教育,逐步改造其资产阶级的世界观。本人历史和社会关系比较复杂",因此被"列为监督使用"。

在党总支评价的原件中,还有更为严厉的措辞,但是又被粗黑线划去了。据说是皮研所的书记戴正启下令划去的。

第二章　再次走向世界

这一次，她依然拒绝了亲人的挽留。在详细考察了美国和其他几国的医疗成果后，李桓英再次如期返回祖国。她挂念的，是云南大山里麻风村的病人；她心系的，是她和同事正在实施的科研项目。她很珍视亲情，但小家的团聚，还排不进她优先考虑的事情之列。

1980年8月4日，当飞机进入平流层，在万米高空上，已经步入老年的李桓英思绪起伏。此行的目的地是美国。那里有她日思夜想的父母和弟弟。不过，父母已化为一抔土。

20世纪20年代末，七八岁的李桓英第一次走出国门，来到发达的欧洲。在德国，她亲历母亲在医院里生妹妹的过程，被现代医学的力量所震撼，心里埋下学习医学的种子。

1946年，20多岁的李桓英第二次走出国门，远渡重洋来到美国求学。此时，世界医学中心已从欧洲转移到美国。年轻的李桓英信心满满，要把最先进的医学知识学到手，报效祖国。

后来，她放弃了在世界卫生组织的高薪工作和在美国的优渥生活，离开父母，回到积贫积弱的祖国。

在风雨飘摇的日子里，她没有实现自己将父母接回祖国的心愿，却等来了他们先后去世的消息。

如今，李桓英再次来到美国，父母已逝去多年。"君埋泉下泥销骨，我寄人间雪满头。"在位于美国洛杉矶的墓地前，李桓英神情索然，坐在地上，在她身旁，是一束怒放的红花。

在父母墓前，往日的点点滴滴涌上心头。1946年，与父亲初到美国；1950年，与来到美国定居的父母、弟妹短暂相聚；1958年，父亲送她赴英国学习；1964年，在香港与父母短暂相聚。

多年来，聚少离多，几成宿命。在墓前，她向父母念叨着这些年的所作所为。她坚信，对她独自回国的决定，父母一定会释怀。

大姐来了，弟弟们都很兴奋。俗话说，长姐如母。父母不在了，他们视多年不见的李桓英如同母亲。他们不断劝说："大姐，你都快60岁了，在国内又孑然一身，到美国来，全家人在一起，安享晚年吧。"同事知道她出国，为她感到高兴，觉得她年近花甲，在国内又没什么亲人，如果此去就留在美国，也是人之常情。

这一次，她依然拒绝了亲人的挽留。在详细考察了美国和其他几国的医疗成果后，李桓英再次如期返回祖国。她挂念的，是云南大山里麻风村的病人；她心系的，是她和同事正在实施的科研项目。她很珍视亲情，但小家的团聚，还排不进她优先考虑的事情之列。

1981年2月18日至27日，李桓英重返母校约翰斯·霍普金斯大学公共卫生学院，这是她此行最重要的一站。她见到了导师托马斯·B.特纳教授。在导师安排下，母校的微生物学家、免疫学家、病理学家、皮肤病学家轮番给李桓英"开小灶"。

十天的时间，李桓英学习了麻风感染皮肤的病理、鼠足垫培养麻风菌试验，镜下确定麻风杆菌方法，联合化疗的机理和毒副作用，了解了建立一个实验室的设备要求。满满一大本学习笔记，证实着李桓英不虚此行。

李桓英还用自己节约下来的外汇为热研所麻风室购买了很多设备。包括一台奥林巴斯双筒荧光显微镜和英文打字机、幻灯机等设备，还从美国的麻风中心带回了千余人份麻风菌素。后来，这些麻风菌素都用在山东潍坊地区的麻风病氨苯砜治疗后复发的预测上了。

李桓英重返母校的十天，导师特纳教授也印象深刻。在给中国友人的信中，他高度评价了李桓英的进步。当年，特纳教授推荐李桓英去刚成立的世卫组织任职，临行前叮嘱她，以后可以再回来读书。没想到，这个学生居然真回来了。李桓英并不是在世卫组织的任上回来的，而是在为她自己的祖国，为人民服务了几十年之后。她"睿智、幽默、机敏，有很强的判断力"，特纳为爱徒的成长感到欣慰。

除了美国的霍普金斯大学，李桓英还在英国伦敦大学伦敦医学研究院学习了麻风病实验研究：免疫抑制小鼠实验。在伦敦大学，李桓英请知名病理学家雷德利检测她带去的云南省麻风病人的病理切片。雷德利对我国麻风病病理分型表示认可，对李桓英提出的希望能派云南省皮肤病研究所所长黄文标到雷德利的实验室学习皮肤病理，雷德利也非常欢迎。在牛津大学，李桓英参观了现场急救演练。

在印度的麻风病研究中心，李桓英惊讶地发现在现场切刮涂片的医生既没有佩戴防护口罩，也没有戴橡胶手套。在那里，李桓英看到了正在住院进行联合化疗的患者，但是当时对于何时停药出院，国际上还没有定论。

这次出国访问，让李桓英眼界大开：欧美各大研究中心已经开始合作研究麻风病，越来越多的学者从免疫机理方面进行研究；美国、印度等国对麻风病人的整形问题十分重视；用电脑统一管理分析资料成为世界趋势；麻风病人在医疗机构享受平等待遇，一般病房也可收容麻风病人，做短期治疗，医护人员不必佩戴防护手套、口罩等。

在国外期间，李桓英还翻阅了大量文献和资料，并详尽地做了笔记。与此同时，李桓英不断给马海德写信，汇报她在国外学习的心得体会，并结合国外的经验，提出云南省麻风防治工作建议，以及全国麻风防治需要解决的问题，如麻风病人的隔离问题、药物防治方法问题、麻风病人的康复问题。马海德一一回信，与李桓英商榷，并将李桓英的信转给卫生部防疫司慢病处处长邵毅。

然而回国后，信心满满的李桓英很快碰了壁。这个难题由来已久，只不过李桓英一直没有在意。

20世纪50年代回国后，李桓英长期在中央皮研所工作。皮研所领导对她说，要"考验"她两年。两年里，李桓英没找过领导。她心里想：你考验吧！你考验我，我干我的事儿，我不找你，随你考验。

两年之后，考验期结束，皮研所党办主任赵殿魁对李桓英说，现在要给你定级，你有什么要求？现在定了，以后再改就难了。

李桓英说，我是回来工作的，不是要级别的。李桓英心里想，我没求，我才不在乎工资呢，我一个人好生活。你两年不给我工资，我自己带回来的钱也够用。

中央皮研所给李桓英定的技术七级，月工资150元。而李桓英在世卫组织工作时的年薪，已由最初的6000美元升至9000美元，当时1美元约可兑换2元人民币。不过，月工资150元在1960年的中国，也并不算少。据《中国统计年鉴》记载，1960年，中国的全民所有制单位职工的平均年工资是528元，每月只有44元，李桓英的工资是平均工资的三倍多。

事实上，在给李桓英制定薪资待遇时，组织充分考虑了李桓英的实际水平和她此前在世卫组织任职等情况。但财力所限，最终能给出的薪资仍远远无法跟她在世卫组织的收入相比。

这个级别和工资在当年还算不错，但之后的20年再也没有调整过，便变得寒酸了。此后几十年，在职务与级别问题上，李桓英从没有计较过，一副听之任之的态度，她的级别也再没有挪动过，虽然已经名声在外，级别依然是技术七级。李桓英对此没有半句怨言，以至于组织都把评级这事"忘记"了。

直到1981年，为了工作的需要，李桓英才不得不向组织反映了自己的情况。

李桓英早就发现，国内的同学级别比她高；出国后，她发现，在美国疾病控制与预防中心（也就是著名的CDC）的同学，已经做到主任级别；李桓英在缅甸工作时带的医学院学生，已经成了世卫组织东南亚区（新德里）总干事；缅甸的麻风专家和行政领导，也是她从前的学生。

再次相见，之前的同学乃至学生纷纷进步，只有李桓英还在"原地踏步"，甚至有所"退步"。面对面，虽不免尴尬，但李桓英善于自嘲，开个玩笑也就过去了。个人面子问题，她从来不太介意。

这次下定决心"麻烦组织"，最主要的原因，还是在工作中遇到了实实在在的麻烦。

1978年，李桓英来到热研所后，负责麻风防治工作。改革开放后，她作为首批访问学者，到美英等七国进行了将近一年的工作考察。凭自己在世界卫生组织的经历和人脉，李桓英的工作在国际上开展得很顺利。

考察结束后，她带回了先进的治疗理念、新药品、科研项目和世卫组织提供的科研经费。马海德等老同志虽还在麻防事业的大方向上把脉，但毕竟年事已高，不能经常深入一线，李桓英已经成长为我国麻防战线新的学科带头人。

在征询马海德意见后，李桓英在云南选了西双版纳一个自然村做现场。她干劲十足，在云南和广西调研、考察时，多次向当地卫生厅、麻防所提请支持，但均像泥牛入海，未有回音。

后来她明白了，这是因为自己行政级别低，谁会把一名普通主治医生的话当回事呢？在这种情况下，李桓英迫不得已向组织提出了级别和待遇的问题。

1982年，北京友谊医院北京热带医学研究所给李桓英定级为研究员职称，相当于正教授，工资级别也提高到与职称相应的档次。职级问题解决了，工作上遇到的问题果真迎刃而解。

工作上的问题解决了，李桓英生活上的问题却还要留到很久以后才有希望，比如住房问题。直到20世纪90年代末，李桓英还居住在北京市东城区台基厂的一套小二居里，那是马海德当年为她争取的。在这里，她结束了居无定所的"北漂"生涯。

不过，此时李桓英已年近七旬。这所房子进门后是低矮的过厅和仅容一人转身的厨房，去厕所和卧室，则要下一段又陡又滑的水泥楼梯。两间卧室加起来不过20平方米，又矮又黑。因卧室狭小，李桓英无法添置必要的家具，更谈不上买书柜和书桌了。

李桓英经常往云贵川等地跑，曾两次遭遇翻车，左右锁骨和三根肋骨骨折，头骨摔裂，肩、胸畸形，腿有旧伤。对年近七旬、身有伤疾的独身老人来说，住这样褊狭的房子，确实有诸多不便。热研所多次为她奔走呼吁，希望上级单位帮助她调换一套较宽敞的住房，安装一部电话，尽量提供交通工具。

此事被当时的报纸报道过，但上级单位北京市卫生局也有难处，一直未能解决。直到1999年，李桓英才搬到了单位附近较为宽敞的高职楼里。

第三章　重返云南

"两年就可以治好，为什么要搞五年，那要增加患者多大痛苦？"李桓英的话掷地有声，"在科学研究上，只有创新与保守，只有对与错，没有领导与被领导。没有权威，只有真理。对的，我一定坚持；错了，我马上修正。"

1982年7月29日，新华社对外部特稿组高级记者施松卿来到北京友谊医院北京热带医学研究所采访李桓英。她比李桓英年长3岁，是作家汪曾祺的妻子，这时已经64岁。

那时李桓英还没有在云南开始进行短程联合化疗实验。

采访的英文稿以"Wei Wen"之名发表于当年11月18日香港《大公报》14版；中文稿《中国的麻风病防治工作》也以"魏文"之名发表于1983年初的《赤脚医生杂志》。

在接受采访时，李桓英说："我们面临的任务很艰巨，但只要我们坚持早发现早治疗，严格控制传染源，我们肯定会比过去取得更快的进展。在过去，我们只强调消灭疾病，今后应同时考虑消灭疾病和保证病人的福利。"

她指出，当一个患者被送往麻风村时，这通常意味着他的家庭的解体，妻子和儿女受到歧视、导致失业。考虑到这些后果，患者不但不肯进麻风村，而且躲藏起来，于是成了传染源。

中国人可能比世界上其他国家的人都更惧怕麻风病，要控制这种病，首先要消除人们包括一些医务人员这种根深蒂固的偏见。

只要能坚持给患者治疗，那么，最好的办法是让他们待在社会上做原来的工作。例如，修鞋的继续修鞋，修表的继续修表，儿童患者应被允许和正常的孩子一起上学。既然历史上遗留下来对麻风病的偏见非短期内能消除，在必要时，医务人员应该对正在接受治疗的病人的诊断及病情保守秘密。

现在，这些观点显得有些稀松平常，但在当时，还是比较前卫的。

李桓英对施松卿的报道中使用"leper"一词感到不满，专门写信给施松卿，说明这个词有歧视病人之意，应予修改。

施松卿回复李桓英道："leper"的问题，我们又认真讨论了一下，也查对了一些新出版的字典，上面有两种解释：第一是"A person affected with leprosy"，第二是"Social outcast"。从Medical cordon来说，可能特别强调过不用此词，但从一般惯用的角度来看，也无大错，而我们的这篇稿子是给非行家看的。这个观点不知你能接受吗？我们倒不是文过饰非，以后当特别注意。

李桓英对此答复并不满意，不依不饶地再次致信施松卿：

关于字典对 leper 的定义我也不能接受，因为 leper 是唯一的把疾病和患者合并成一个字的英文字，本身就有歧视的含义。第二个定义倒是很恰当（Social outcast，指被社会遗弃的人，笔者注）。但很不人道，麻风病是在第三世界，主要在南亚、非洲、南美较流行。

我们要改变过去不正确的地方，就不能根据习俗"一般惯用的角度来看，也无大错"，如果已知还是跟着错误跑，就是大错。

可能我说得尖锐一些，不知能接受吗？我们的工作就是要坚决抵制错误，宣传一切符合社会主义精神文明的新风尚和道德。

李桓英与施松卿的往来书信，探讨的不仅是一个英文词用得是否准确，更是探讨社会对麻风病人的歧视，背后透露的是人类社会对传染病的认识问题。

1983 年 1 月 11 日，也就是李桓英给施松卿回信一周后，她踏上了南下的旅程。3 天绿皮火车的颠簸后，李桓英到了云南昆明。与她同行的，还有一大箱"宝贝"，那是她从世卫组织争取来的新药。

还有一个月就是癸亥年春节，但李桓英的头脑里没有节日的概念。她心中挂念的，是在绿水青山间饱受疾病和歧视煎熬的麻风病人。她一直没有忘记3年前在这里许下的诺言：一定要带着药回来，一定要把乡亲们的病治好。

到昆明的第二天，她就与云南省皮肤病防治研究所的同志乘大巴车前往西双版纳傣族自治州。

4天后，他们到了西双版纳傣族自治州，又与州皮防所的医生改乘长途汽车，一路颠簸到了勐腊县。第二天，勐腊县卫生局和县皮防站的同志与李桓英和省、州麻防人员一行20余人，来到勐腊县勐腊乡回箐村、纳所村和勐仑镇南醒村3个麻风村。

当时，短程联合化疗在世界上刚开始应用，尚无成功经验可以借鉴。在中国开展这样的治疗，要承担很大的风险和压力。一开始，无论是麻防专业人员、政府领导还是麻风患者、当地群众都对李桓英带来的治疗方案感到不可置信。

傣家有一句老话："麻风病能治好，水牛角也扳得直。"

治愈麻风病放以前想都不敢想，现在只用24个月就行？

如果失败，不但解除不了病人的疾苦，而且会加重"麻风是不治之症"的错误认识，社会上恐惧、歧视麻风病的现象将会更加严重。

就在不久前，在北京热带医学研究所，空气中有一丝紧张：所长钟惠澜和李桓英因为要不要选择短程联合化疗闹起了"冷战"，两人谁也不理谁，虽然办公室离得很近，但有什么事，都要通过其他人传话。

在漫长的历史中，人类对降伏麻风病始终没有什么好办法。决定性的变化发生在20世纪40年代，当时科研人员研制出了药物氨苯砜。麻风病终于有治了，但治疗期限长达数十年，甚至终身，这让患者难以做到始终遵守治疗方案。而且，用氨苯砜单一化疗防治麻风病，易产生耐药性复发。

1981年11月，世卫组织在缅甸仰光召开了一次麻风治疗和免疫科学工作会议，李桓英全程参与。在本次会议上，世卫组织根据结核病治疗经验，自1982年起推荐用3种抗麻风菌有效药物的联合化疗方案（Multidrug therapy, MDT）治疗多菌型麻风病。但这种方案的具体治疗时间当时还没有定论。有专家认为，用药后1周即可杀灭体内99%的麻风菌。只要病菌被杀灭，即不再具有传染性，不必隔离治疗，病人完全可以和健康人一样正常生活。

但是，当时国内麻风界绝大多数医生，包括许多知名专家，仍然坚持采用治疗到细菌转阴的长期化疗方案。他们认为多菌型治疗2年，一旦停药，会加大复发概率。

李桓英决定抢跑于其他国家，在国内率先实施世卫组织推荐的两年期短程联合化疗方案，并选定了云南省勐腊县的几个麻风村做试点。

短程联合化疗方案刚提出来，就遭到钟惠澜强烈反对："不可能！你这是想入非非！你根本不了解中国情况。"钟惠澜比李桓英大20岁左右，已是前辈权威。

比李桓英大10岁左右的马海德同样不看好这个方案。马海德是第一个获得新中国国籍的外国人，曾协助组建中央皮肤性病研究所，常年致力于性病和麻风病的防治，在国际上颇有影响力。看到李桓英对短程联合化疗如此执着，马海德严厉地说："李大夫，你不要崇洋媚外！"听到这个白皮肤、蓝眼睛的大个子说李桓英"崇洋媚外"，大家都忍不住偷偷笑。

"两年就可以治好，为什么要搞五年，那要增加患者多大痛苦？"李桓英的话掷地有声，"在科学研究上，只有创新与保守，只有对与错，没有领导与被领导。没有权威，只有真理。对的，我一定坚持；错了，我马上修正。"

短程联合化疗治疗效果好，副作用少，能让患者在短期内看到成效；省药，节省下来的药品能够治疗更多的病人。李桓英认为这是"好省多快"的办法，值得在一定范围内进行试点。

在李桓英为云南之行排除万难之时，马金福正在云南的大山深处翻山越岭。

马金福，勐腊县皮防站站长。他1966年毕业于云南省墨江县卫训班，1976年赴广州进修，1978年，来勐腊县探友时发现这里有不少麻风病人，产生了用自己所学解除他们痛苦的想法。

马金福主动申请从墨江调往勐腊县工作。到勐腊县的第二天，他边办落户手续，边了解勐腊的麻风流行情况。当年8月，勐腊县皮防站成立，马金福成了第一任站长。

皮防站刚成立时，大家连基本的麻风病流行情况都不清楚。为了尽快拿到数据，马金福和同事李光祥身背药箱，在全县进行流行病学调查。他们天不亮就出发，晚上十点还在茂密的原始森林里赶路。日晒雨淋、蚊虫叮咬、饥饿难耐，有时还会遇上野兽的袭击……但这一切都没有动摇他们。

3个多月，他们跑遍了勐腊县各公社、大队的351个自然村，发现麻风患者170名，其中4个麻风村就有115名病人。他们探查到的全是晚期病人，秃手秃脚，眼睛呆滞地睁着，睡觉都闭不上，老鼠咬了手脚也察觉不到，生活不能自理。他们马上把情况反映给上级单位，请求给予有效药物和治疗方案。

马金福与李光祥深深认识到，麻风病人的痛苦最主要的不在于疾病，而是社会的偏见。除了要医治病人身上的疾病外，还得从思想上关心体贴他们，医治他们精神上的创伤，让他们重新感受人间的温暖。

远在北京的李桓英看到了他们的报告，随后，她向世界卫生组织递交了一份关于中国麻风病情况的详细报告。世界卫生组织很快批准了在中国进行联合化疗方法的实验项目。1982年底，李桓英收到世界卫生组织援助的联合化疗药品。

第四章 "不入虎穴，焉得虎子"

27个月后，李桓英结束了在云南勐腊县地区的短程联合化疗试验，经过检查，这些参与实验的麻风病患者全部治愈，无一例复发。

这是李桓英第二次来到南醒麻风村。

在村子边上，李桓英把省、州、县的麻防人员分成临床组、病理组、涂片组和体检组。

分配完毕，工作人员立即行动起来，纷纷从背包里拿出防护服、口罩、手套等，熟练地穿戴起来。

三年前，李桓英不穿任何防护设备就进入麻风村，走进麻风病人家中，与他们握手，甚至拥抱。李桓英的举动给当地人带来极大震撼，也为麻防人员做了生动示范。

但仅有一次示范，作用并不大。时隔三年，基层的恐惧观念依旧没有丝毫改变。李桓英不得不再次教育他们。

"脱了，脱了！"李桓英大喊，"你们穿成这样怎么工作，怎么看病。看看你们全副武装的样子，就像小日本的731部队。你们不要搞得像日本鬼子进村似的。你们这样穿戴，谁还敢跟你们亲近？"

李桓英下了死命令，只有参加检验的医生可以戴手套、口罩，其他人一律不允许。可有的医生还是不放心，穿戴好防护服，站到了队尾，被李桓英一眼发现，揪出来一顿数落："你们穿着厚厚的隔离衣、橡胶鞋，戴着手套和口罩，只留着两只眼睛，就是怕被传染上。难道你们不知道麻风病传染率很低吗？我认为，麻风病是最不易感染的传染病！在我国，麻风是穷病，绝大多数人有自然免疫力，是不会感染上麻风病的！而且，新治疗方案极其有效，即使是多菌型病人，在接受联合化疗一周后，也会基本消除传染性。"

"医生的言行会影响病人和周围的人。医务人员不怕疾病，不歧视病人，是最起码的道德。只有这样才能赢得病人的信任和配合。"李桓英说道，"我在乡下巡诊时，从不穿隔离衣，不戴橡胶手套，顶多穿个白大褂，和病人在床边聊天，并且主动跟他们握手、拥抱，和病人像亲人一样相处。这样，他们才能信任你，放下戒心和你交流。"面对麻风患者身上的溃疡，李桓英转过身问大家："如果是自己身上长的，别人也嫌弃你，你怎么想？"

李桓英亲自给大家示范怎么看病人，怎么摸神经、检查，然后黄文标带着大家一步步做。从那以后，大家慢慢开始适应，逐渐不害怕了。

李桓英深知"射人先射马，擒贼先擒王"的道理，因此，她不仅"数落"麻防人员，还"敲打"当地官员。在一户重症麻风病患者家中，李桓英停了下来。

"脱鞋我看看。"她俯下身，几乎是在病人身边耳语。

见对方迟迟不动，李桓英干脆蹲下身，小心拿掉对方脚上的鞋。

一大片正在溃烂的溃疡侵蚀着这只脚，相伴随的是一股恶臭味。这脚没有痛感，完全无知觉，李桓英把手伸进鞋里，摸着可能硌脚的地方。

"来，你也摸摸。"身后，几位官员捂着鼻子下意识往后躲闪。

"过来，你们脱掉手套摸摸！"李桓英声音洪亮，几个人象征性地往前蹭了蹭。李桓英顺势就将一个人的手放到了鞋里。

"麻风病的传染性是很低的，可防可控不可怕。你们不要怕。"说着，李桓英拉起病人的手嘱咐，"好好吃药，很快就会康复。"

"你们也认识一下吧。"李桓英又将麻风病人的手与官员的手握到了一起。李桓英笑起来眼睛眯成一条缝。

多年后，当云南省西双版纳傣族自治州疾控中心科长郭丽珠回忆起这一幕时，依然由衷佩服李桓英的无畏、无私。那次，她也像其他人那样套着防护服，穿着隔离衣，捂得严严实实，结果被李桓英批评得差点掉眼泪。

对于麻风病，郭丽珠熟悉得不能再熟悉。她早在实习期间就接触过麻风患者，地点就在云南文山州的麻风村。她见过各式病人：因麻风病导致眉毛掉光的、鼻子塌陷的、眼睛无法闭拢的、十指无法张开只能蜷缩在一起的……第一次见，郭丽珠害怕极了，也很难过。郭丽珠没有想到，后来，解决麻风防治问题成了她的职业。

李桓英是一个"异类"：若是检查病人到了午饭时间，她就干脆留下来吃饭，就用病人家里的餐具。她会边招呼大家坐下，边夸赞盘中的菜。午饭结束，从兜里掏出钱，悄悄放到饭桌旁。忙碌一上午，工作累了，午休时间，她干脆就在麻风病人家的草垫上睡一会儿。

"不入虎穴，焉得虎子。"为了掌握第一手资料，李桓英直接把实验室搬到麻风村里。虽然实验室安在了村里，但工作人员仍然住在外面，因为人太多，村里没有居住条件。为解决住宿问题，李桓英把目光投向勐腊县的勐仑植物园。这儿看上去不过是一个边远小镇上的植物园，但它还有一个"国字号"的招牌："中国科学院西双版纳热带植物园研究所"。

这里虽说距离麻风村较近，也要走十几里山路。早上天还没亮，李桓英一行便出发了，他们走过崎岖的山路，穿过澜沧江的支流罗梭江，然后乘坐麻风病人划的独木舟，穿过勐醒河，走进麻风村。

麻风村是自发形成的，居民散落在山间沟壑里，住在村子里的人没有户口，病人的情况也不清楚。麻风村究竟有多少人？这连当地皮防所的人也说不清。麻风村以前并不在这个地方，因为原来的地址要建植物园，才将村子搬迁到此地。

李桓英和马金福等人从最基本的工作做起：将每座竹楼编号，再逐一将病人和家属登记入册。时任文山州皮防所副所长的杨军记得，村子里最早有50多户，到后面按编号排序时，就只剩下48户。

要想开展短程联合化疗试点，还要筛选麻风病人，给他们逐一登记、分型。

什么样的病人才符合实验目标？李桓英要求患者必须是多菌型，即涂片检查细菌指数2个加号以上的活动性病人。她还给现场每位医生提了规定：身上皮损处必须描写、定位准确。李桓英在讲如何检查病人时，往往亲自上手，示范怎么看皮肤损坏程度，如何给标本取样。她随身带着一台在德国买的徕卡相机，拍下每一位病人身上的病变，为日后用药对比疗效。

麻风村没有医院，更别提像样的手术室。李桓英用帐篷搭成简易手术间，再拿竹片摞成工作台。没有桌椅板凳，大家就用木头、草排等临时制作。

在这样的环境下，实验要求依旧极为严苛。病理组、涂片组的工作人员逐个给病人做病理、涂片检查，严格按照李桓英的要求筛选试点病人。

难，贯穿了实验始终。说到底，病人并不信任这位北京来的医生。筛选出的47位多菌型麻风病人即将使用WHO推荐的短程联合化疗方案开展治疗，然而患者根本不想吃药，更不要提按剂量、按时间规范化治疗。

李桓英的办法很简单，她带着基层的麻防工作站的医生一起到患者家里，背着药箱，从简易铝箔塑料中挤出药，放到病人手里，她甚至还帮他们倒水，看着病人把药放到嘴里咽下去，才离开。

这份坚持是李桓英的秘密武器，也是她的底气。遇到特别难"啃"的病人，李桓英也会安慰自己："精诚所至，金石为开。"

村子里有一位76岁的老人拒绝服药，李桓英请刀建新做翻译，每天上门一次，不厌其烦地开导他。一次，李桓英在他家吃午饭，看到桌上有苞谷饭，立刻起身从盆里盛了一些到碗里。"苞谷饭很好吃，在北京难得吃到。我要多吃点儿。"常年被孤立的老人终于向李桓英"投降"了，开始接受正规治疗。离开村子后，李桓英将剩下的药物交给刀建新的儿子刀岩糯，叮嘱他每天看着老人服药。

有一天，有一位病人找到李桓英，把药放到她面前说："李大夫，这药我不吃了。"患者指指脸上的紫斑："你看，我的脸怎么变成这样了？尿为什么是红色的？"这并不是个例，用药20天后，麻风村的病人陆续发现自己"变样了"，脸色由红变紫，因为惶恐，他们偷偷拒绝服药，有的还把药扔到了河里。

"这只是药物色素沉淀，是多种药物混合服用后的正常反应，会消失的。"李桓英耐心讲解。药物色素沉淀是正常现象，以后会好的。她拉着一个个麻风病人的手，一遍遍重复。

真正说服病人的并不是李桓英的道理，而是她的真心。她住在麻风村，与病人同吃同住，到了服药时间，她拿着药，递上水，亲自喂到病人嘴里。有些病人卧床不起、大便干燥，李桓英就亲自给病人抠大便。因为备受歧视而变得冰冷的心渐渐被她焐热了，47位病人再次按照实验要求继续吃药。当他们脸上的色素沉淀逐渐变浅时，他们更加从心底里接受李桓英。

"这药好，我之前有病很难受，现在感到很轻松，好像那麻风虫跑了似的。"服药三个月后，麻风村的病人明显好转，不仅敢互相串门打招呼了，不少人还重新开始做农活。

"从来没有见过这样好的大夫，比我爹娘还要亲。"到后来，麻风村里谁家的儿子要娶媳妇，都会找李桓英做媒。家长里短的小事，也愿意当成悄悄话告诉她。

杨军曾详细记录了李桓英培训当地医生的内容："早期发现、早期治疗麻风病，开始短程联合化疗后一年复查，可以防止周围神经永久性麻痹，从而防止发生永久性残疾和畸形。麻风病需要与多种疾病相鉴别，如白癜风、花斑癣等常见皮肤病，多发性神经炎、面神经麻痹等神经系统疾病及类风湿病等其他系统疾病。所以早期正确诊断麻风病非常重要。"医生们掌握了麻风病早期特质，很快将非麻风病患者排除在外。

当时还有一种声音，预防性服用药物，以降低密切接触者感染率，李桓英对此坚决反对："预防性服药难以得到完全和客观的结果，尤其是麻风发病症状不明显，病程长，且发病率低。"

李桓英用很短的时间带出来一支训练有素、技术过硬、思想领先的麻风防治队伍。没有他们，李桓英的大胆设想只能是空谈。

"皮防站医生每月来一次给我们发药，发到每户每位患者，发药到手，看服到口，咽下才离开。没有来拿药的病人，医生就到他们家，一家一户叫或发给他们吃，发完后才回到勐仑休息，每次来都住5天，每天来看我们一次，看有没有毒副作用，等等。还顺便治疗其他皮肤病，或者转诊其他病症。"

"重症瘤型患者吃药三个月后，面部皮肤呈褐色甚至变成黑紫色，但是全身却感到舒服了。虽然心里嘀咕，但是，我们相信'李摩雅'。如果不是李教授给我们治疗，我们早就死了。"

"吃，不吃不行。很多人生病都40多年了。皮防站的医生来，说必须吃，必须化验。你们不吃医生不回家。"

"看看照片上你脸上的皮损，再看看现在的样子，消退了吗？"

"退了，退了。都好转了！"

之前坚决不服药的病人，在李桓英拍摄的对比照片中羞红了脸。

人群里，有人笑着拉起李桓英的手，跳起了傣家舞蹈；有人从家中拿来刚从树上摘下的水果，捧到李桓英面前。

27个月后，李桓英结束了在云南勐腊县地区的短程联合化疗试验，经过检查，这些参与实验的麻风病患者全部治愈，无一例复发。

在与麻风病的抗争史中，4个麻风村已历经30余年努力。现在，结果揭晓，大家将鲜花做成花环，不约而同地跑到李桓英面前，亲手献给他们心目中的大"摩雅"。

同一时间，曼喃醒村（原南醒村，曼喃醒村在傣语中意为"新生的山寨"）的牌子被众人高高举起，"我们的村子有名字喽，我们成为正常的人喽"。傣族人将李桓英围在中央，一边翩翩起舞，一边呼喊"水！水！水！"一边将象征吉祥如意的清水泼向李桓英。

"我管李教授叫妈妈，没有李教授，我们早就死了。现在我们生活很好，想起李教授就想哭。我爸爸在李教授来之前就死了，脚溃烂，后来逐渐因血液神经营养不足，骨质逐渐吸收，最后就断了，没有脚了。"

"妈妈我想你。"刀建新的爱人一看到李桓英，就抑制不住情绪，抱着她哭起来。

"李教授你要保重身体，要常来看看。"

越来越多的人围聚过来。郭丽珠说，她一辈子也忘不掉这些真诚的人们和那一刻热烈的场景，那种兴高采烈、满脸幸福的神情。

帮助病人摆脱疾病后，李桓英积极建议政府对村民进行帮扶，鼓励他们生产自救。"2011年，村里的家家户户都种了橡胶树，我家每个月的收入2万~3万元，胶价好的时候收入就高，我们土地是按人口分，每人平均有20多亩，各家各户种植橡胶。现在这里的人已经不受歧视了，与外面的都一样，互相来往，互相通婚。"从昔日草排盖房，到石棉瓦房，再到目前随处可见的二层楼房；从无息贷款种植橡胶树，到2021年夏，西双版纳乳胶、茶叶、优质稻米、进口肉牛、热带水果等农产品精深加工实现历史性突破，橡胶种植面积达447万亩，干胶产量达31.2万吨，白炭黑湿法混炼胶、新型环保高分子高性能特种橡胶等新技术业内领先，从20世纪50年代冲破国外专家所谓"植胶禁区"的限制，开始发展橡胶产业，时至今日，已成为全国橡胶种植面积和产量最大的州市。

勐腊县短程联合化疗试点的成功，给云南省麻风防治事业的发展带来了春天。很快，云南省短程联合化疗试点扩大到23个县，于1989年在全省全面推广。通过短程联合化疗的实施，加快了云南省基本消灭麻风病的步伐。

1985年6月，卫生部在南京召开了全国麻风病宣传工作会议，邀请了中央和地方的广播、影视工作者，报纸、杂志的编辑、记者、作家，医学伦理学家及各省市的麻风专业工作者共200余人参加了会议，提出了"麻风病可防可治不可怕"的科学观点，端正了人们对麻风病的传统偏见，打破了对麻风病公开宣传的禁区，由此开创了我国麻风病卫生宣教工作的新局面。

第七部分 两省试点见成效

第一章　如影随形

在山东，李桓英依然不允许基层医护人员穿防护服见麻风病人。"你穿这么严实，病人看到你害怕怎么办？赶快脱。"

2017年，央视文博探索节目《国家宝藏》展示了湖北省博物馆三件镇馆之宝，其中之一是云梦秦简。这件文物全名为《睡虎地秦墓竹简》，其中的《封诊式》记载了一个乡村里正发现麻风病疑似患者并上报的事。

某里的里正甲送来该里士兵丙，报告说："我怀疑他是麻风病，就将他送到这来了。"官员讯问丙，丙供述说："我在三岁时得了疮，眉毛脱落了，不知道是啥病，我没有其他过错。"官员命医生丁进行检验，丁检验后，报告说："丙没有眉毛，鼻梁都断了，鼻腔已坏，探刺到他的鼻孔，不打喷嚏，臂肘和膝部明显畸形，两脚不能正常行走，有溃烂的地方一处，手上没有汗毛，叫他呼喊，声音非常嘶哑，经诊断是麻风病。"

这个病人后来如何不得而知，但在《法律答问》篇中，明确写了当时对得了麻风病的犯人的处置措施：

1.问：麻风病人犯罪，应判死刑，死刑该怎样执行？答：活着投入水中淹死。

2.问：甲犯罪了，应被罚去修城墙，尚未判决，现在甲得了麻风病，甲应如何论处？答：应迁往麻风病隔离区居住。

李桓英较少看电视，尤其不喜欢看电视剧，觉得浪费时间，她最爱看的是《动物世界》和历史文化类节目。那一期《国家宝藏》提到了麻风病，李桓英不仅仔细看了，还推荐给所里同事。

同事看了之后，她照例要大家谈一下观后感。有人说："秦代的人已经对麻风病人很歧视了。"李桓英立即说："不对。"见大家都不作声，像有点不服气的样子，李桓英继续说："我们千万不能用后来的观念来套前人。从这个史料里面，我们不仅不能读出歧视，反而能看出，当时的人对麻风病已经有了较为科学的认识了。""不见得吧，那怎么还把麻风病人投入水中淹死呢？"有人质疑。李桓英笑了一下，对年轻人，她不像年轻时那么严厉了，而是多了几分慈爱。"要看清楚，那是对犯了死罪的麻风病人的处罚。"李桓英正色道，"这可和后来的人把麻风病人骗到偏远地方，集体处决完全不同。""噢，还真没注意到这一点。"年轻人恍然大悟。

作为常跟麻风病打交道的人，这一屋子的人都很熟悉近代以来麻风病人的痛苦遭遇，尤其是民国时发生的几次集体处决麻风病人的恶劣事件。

趁这个机会，李桓英又给同事普及了麻风病被逐渐污名化的历史。原来，古人对麻风病的认识有一个变化的过程。至少在宋代之前，人们普遍对麻风病还没有特殊对待，而主要是把它看作众多传染性疾病之一。

唐宋时有不少名人都有麻风病的症状，但他们还是有一定的社交活动，并没有被社会所完全遗弃，有不少诗文可为佐证。

近代以来对麻风病的污名化，一方面来自传统偏见的积累，另一方面是因为西方人把中国人看作"东亚病夫"，而麻风病则被看作落后国家的人所患的一种典型疾病。所以，这是一种带有隐喻性质的疾病。

大家不由得佩服起李桓英。李桓英则摆摆手，说自己不过是看了一些研究文章，在这里现学现卖罢了。"我们要对麻风病的历史有所了解。这样，就不至于被世俗的意见遮蔽了双眼，人云亦云了。"李桓英补充道。

虽然麻风病人在历史上并不是总被歧视，但在漫长的时间里，歧视与麻风病如影随形。李桓英与麻风病抗争的历史，也是她与歧视这个影子抗争的历史。

1986年，山东省开始推广由李桓英带来的短程联合化疗方案。

数年间，大量麻风患者被治愈。20世纪90年代以来，随着治愈患者回归社会，年迈体弱者相继离世，山东省麻风院（村）数量和居住人数逐年减少。

潘玉林是原山东省皮肤病性病防治研究所主任医师，也是李桓英在山东最熟悉的人之一。

1959年，刚满20岁的潘玉林从学校毕业后被分配到山东省麻风病研究所。第二天，他就跟着老师去麻风病院。很多病人没有手指，双目失明。他一边感觉病人很惨，一边从内心对这份工作有点抵触。

有一个让潘玉林提起就心生寒意的故事——

暮色四合，老夫妇拿出准备好的绳子，走向两个高凳……

那天早上，老头从集市买了白面和猪肉，包了顿一家人几年没见过的饺子。哥哥、弟弟、妹妹已经很久没有相聚。自从18岁的哥哥王全得诊断为麻风病，就被驱逐出村子，隔离在麻风村。潘玉林正是他的主治医生。两年后，王全得已经痊愈，血液和组织内完全查不到活动型麻风杆菌。无肢残、无后遗症，是个完全康复的病人。

王全得拿着医生开的证明信，整理行装，踏上回乡之路。故乡依然亲切，晚饭前，村里炊烟袅袅，河畔散发着芦苇的清香。这两年，他只在梦里见过故乡的影子。想到这儿，王全得愈发加快了脚步。

一天的农忙结束了，乡亲们说笑着结伴走在路边。突然，一人的脸色变了，忙拉着身边的人折返回去。他们低头私语，目光里说不清是恐惧，还是鄙夷。不懂事的孩子嘻嘻哈哈围在王全得身旁，被母亲一把拽回来呵斥。

"快走快走!"

几个老乡将衣服蒙到脸上,快步离开。王全得熟悉这种表情,两年前刚确诊时,他遇到的就是这样的目光。

王全得不再理睬,他觉得自己手上有医生开的证明,没什么可怕的。

"爹,我回来了!"王全得一家正吃饭,父亲看到儿子回来,很惊讶。"你怎么回来了?!"惊讶中没有丝毫喜悦。王全得拿出证明信,迟疑着交到父亲手里:"我的病全好了,医生让我出院。这是医院的证明信。"

"不可能!从来没有听说过大麻风能治好!他们这是不想要你了!你现在回去,赶紧回去!"父亲怒吼着,把证明信扔到地上。

年幼的弟弟妹妹嗫嚅着喊:"哥,你回来啦!""闭嘴!"父亲又是一声呵斥。

母亲解围:"回都回来了,吃口饭吧。"她从厨房拿了碗筷,递到王全得手中。

"他是在麻风村待不下去了,才回来的。"

"他呀,肯定是治不好了,让那边给退回来了。"

"他是回来等死的。"

"他回来以后,我们家的鸭子死了两只。说不好就是染上麻风了。"

有关王全得的传言多了起来。

…………

不约而同，人们把王全得一家孤立起来。

"咱这个家，要完了。"一天半夜，父亲无法入睡，他起身站在自家门口，边抽烟边叹气，身旁的妻子安慰："他有证明，盖着红章，怎么就没人相信呢？"

起风了，密密麻麻的雨点砸在房顶、地上，发出"啪啪"的声响，寒意逼人。

不久，父亲在挑水时发现，架在水井口上的水舀子不见了。很快，村里公用的所有东西，包括碾子、石臼等，都不见了。

故事回到那顿饺子。三个孩子谁也没发现异常，直到最小的妹妹喊起来："娘，我肚子疼。""娘，我肚子也疼。"弟弟也捂着肚子喊起来。王全得察觉了异样，他放下筷子。父亲敲了敲桌子："快吃！全部吃光！"

王全得的手越发颤抖，他重新端起碗，似乎感知到即将到来的一切。

最后一刻来得特别快，几个孩子经历了不同程度的挣扎，弟弟妹妹是在母亲怀里离开的，王全得蜷缩在院子角落，伴随着强烈的腹痛，他能看到的范围越来越小，目光所及，是父母、弟弟妹妹，最后，他的目光停留在湛蓝的天空。

这是20世纪60年代，发生在山东潍坊地区麻风村的故事。

潍坊地区曾是山东省麻风病流行高风险地区。据统计，1983年全区累计发现各型麻风病例13532人，约占全省病例的四分之一，年发病率和患病率为全省第一。

1983年5月，李桓英第一次来到山东潍坊，进行麻风联合化疗现场调查工作。

当时，郑大有在潍坊地区卫生防疫站皮防科工作，他发现这个新来的女专家不一般，每天都拿着收音机听英语新闻。李桓英打趣郑大有："你说的是中式英语，我说的是美式的。"

有了在云南西双版纳的防治经验，李桓英对潍坊地区的工作明显更加得心应手。

毛主席说"多快好省"。李桓英觉得这句话很好，但她把顺序变了，把"好"放在第一位，"好省多快"。做地方基层现场试点，既要做好工作，还要节约钱，用最少的经费达到最好的效果，最后才是推广，在全国铺开铺大，"你不能先快，否则就是做无用功，相当于一堆废品"。

从早到晚，李桓英带着当地医生一个一个看病人，将符合"标准化"实验的病人记录在册。

没有官话、套话，李桓英说话自然、直白，她要求实验的一切信息必须准确：查菌的人必须固定，并由本人亲自完成；每三个月查一次，由防疫站负责，从一个月检查开始，逐步拉长到三个月，再延长到半年直至治疗结束；停药后，检查定为每年一次，连续5年至10年，最大限度保证实验标准化。

山东第一医科大学附属皮肤病医院皮肤科主任医师于修路当时大学毕业不久，是个"麻二代"。他的父亲就是麻风村的医生。第一次和李桓英去村里，于修路没穿防护服，感觉头皮麻麻的，好几天睡不着觉。以前去的时候，他总是里三层外三层，夏天穿着防护胶靴，出来后靴子都能倒出水。

西双版纳勐腊县的实验还未完全结束，李桓英将潍坊地区作为第二个试点，因为两地区互不沟通，可以考察药物疗效及麻风菌在药理下的活动情况。

李桓英再三向当地医生强调实验的准确性。在选病例的时候，她定了一个标准。要是不符合标准，哪怕差一点点，也要把这个病例去掉。所以，尽管病人很多，经过严密筛选，李桓英仅选出33例符合要求的病人，分布在潍坊潍县、平度、高密、五莲、诸城、安丘、寿光、昌乐、益都、临朐，共计10个县。

有些病人溃疡很重，李桓英捧着烂乎乎的脚，不戴口罩，亲自做溃疡的清创。一开始，患者也会不好意思，往后躲，后来李桓英跟病人都打成一片，病人看见她就像看见亲人。

在山东，李桓英依然不允许基层医护人员穿防护服见麻风病人。"你穿这么严实，病人看到你害怕怎么办？赶快脱。"不管从医多久，年资多高，都得受着李桓英的这份"独断专行"。她就是权威，她不穿，别人想穿，也着实找不出什么理由。

几个月的时间，李桓英像候鸟一样往返于北京和山东。她最主要的任务就是做病人的思想工作，让他们接受短程联合化疗方案。即使是当地的麻防医生，一开始都不相信，两年就能治好麻风病。李桓英一遍遍解释，后来大家也都慢慢接受了。

李桓英提供了9200元的联合化疗药物，免费供应了1000人份的犰狳麻风菌素。

一屋子年轻人，李桓英坐在最中间，她是培训的召集者。她看到年轻人特别高兴，觉得这份工作有盼头。那次，李桓英为潍坊地区的皮防系统培训技术骨干30余人。后来，李桓英每次来山东，都要做几次讲座。

医学不仅是科学，更是人学。她对年轻人说："你还要考虑他患麻风病后，他的家庭、他所处的社会环境是否友善。"李桓英的专业背景就是公共卫生学，所以她经常站在更高的角度考虑麻风病，而不是单纯治病。

于修路和另外一位同事负责定期对病人治疗情况进行监测，住村病人规则服药率达100％，散在病人规则服药率达90％以上。当时，于修路所在的山东省皮研所承担了此项工作，包括全程联合化疗的治疗、观察、查菌、病理等检查。

李桓英定期来潍坊检查用药情况。她对病人亲切，没有架子。对工作人员一如既往要求很严格。每次来，她都要检查记录本，病情叙述和症状描写不能出一点错。之后她还要翻看基层卫生员的记录，几方记录都没有出入才满意。

西双版纳州勐腊县的试验虽然近乎完美，但最终还是出了点小插曲。眼看着病人一天天好起来，临近治疗方案实验结束的日期也近了。可李桓英正在国外出差，当地工作人员自作主张，让病人多服药三个月。李桓英知道后，拍着桌子大发脾气。好在虽然多了三个月，相比之前的终身服药，两年零三个月仍是名副其实的短程治疗。

经过27个月和24个月的服药治疗，云南西双版纳州勐腊县和山东潍坊地区的试点病人临床症状完全消失，达到预期标准，同时完全达到世卫组织关于使用联合化疗药物治愈麻风病的标准。严谨的科学实验证明，此方案疗效好、疗程短、副作用小、复发率低，有效率达100%。

在1984年10月召开的"WHO区间（西太区和东南亚）麻风病防治MDT方案国际研讨会"上，李桓英第一次将中国云南勐腊县MDT试点的疗效分析用彩色幻灯片形式呈现在与会专家面前。

李桓英作为大会主席，向大家介绍了麻风病防治的中国方案，即多菌型麻风和麻风反应在短程MDT（MB 24月）治疗前和治疗中的疗效比较，以及麻风Ⅱ型反应时皮疹和尺神经小指弯曲的不停MDT再加反应停（Thalidomide）的疗效，参加会议者不乏来自世卫组织及国际麻风和MDT知名专家，中方顾问马海德亦在现场。为了在这次会议上向世界展现中国在公共卫生领域的新进展，有超过两年的时间，李桓英每天都在与麻风病赛跑。她的汇报，得到了专家的一致赞誉。

第二章　肝胆相照

胡鹭芳有时会反问自己，那会儿那么难，是怎么坚持下来的？最美好的事情常与痛苦的过程交织在一起，这其中需要等待，等待境况变好，麻风病人终有清零的那天。有时候，胡鹭芳会觉得自己和李桓英的秉性很像。用她的话说："我们做事情都是，只要做了，再辛苦也要做到底，要么就干脆不做。"

一定要跑在麻风病前面，要尽早确诊，要应查尽查、应收尽收。这种迫切感，一直体现在李桓英的行动中。

当年，四川省麻风病的形势严峻，病人累计超过5万人，主要分布在甘孜州、阿坝州这两个藏族地区，凉山州的彝族地区也是重灾区，此外，绵阳、广元也较为严重。

当时的四川省边远山区有三种流行病：艾滋、麻风、结核。彝族地区普遍对麻风病既歧视又恐惧。有人来上门提亲，首先要问"你家里有没有麻风病人"。如果有，那是要被马上赶到深山老林里的，极端情况下甚至会将人偷偷推下山崖。

20世纪80年代，四川省凉山州一位麻风病人在确诊后，回家吃了农药后躺到柴火堆中点燃了柴火，想用这种方式了结余生。家人大哭不止，病人挣扎着让他们再去买些柴火："我死了你们就解决问题了。"

有一次，世卫组织的专家来做培训，讲课后准备放映一场电影，结果当地坚决反对，理由是专家接触过麻风病人，身上带有"致病菌"。

麻风是个穷病。80年代初，凉山州大部分彝族人家中只有一个米缸，火炉旁是一垛柴火，睡觉的床是没有的。衣服洗了只能用竹竿挂起来，卫生条件极差。

四川省短程联合化疗的试点地就选在了凉山州。四川省皮肤病性病防治研究所原所长胡鹭芳回忆，"这地方贫穷落后，交通不方便，病人主要集中在彝族聚集区"。

早在上学时，胡鹭芳就跟着自己的老师为病人送药。那时没汽车，只能骑马，他们带着几十斤物资，遇到马走不过去的密林，壮小伙就下马用砍刀开路。骑马半个月，终于抵达木里藏族自治县。

麻风病人住在山上，他们在山下喊，相互之间可以对话。但如果步行上山，往往要走大半天才能到。山上只有马走的路，没有人走的路。胡鹭芳第一次去没经验，穿了双皮鞋，到了村里就烂了。

以前，大家都不直接接触病人，发药不直接手递手，要用鱼竿挑过去。李桓英认为，有足够的证据表明麻风的传染性不强，在她的强力干预下，医患之间的隔膜才开始慢慢消除。

李桓英要求，对于病人较多的盐源县，除了查看病人，他们的家人，甚至三代人，都要查看，确保一个不落下。

胡鹭芳有时会反问自己，那会儿那么难，是怎么坚持下来的？最美好的事情常与痛苦的过程交织在一起，这其中需要等待，等待境况变好，麻风病人终有清零的那天。有时候，胡鹭芳会觉得自己和李桓英的秉性很像。用她的话说："我们做事情都是，只要做了，再辛苦也要做到底，要么就干脆不做。"

搞麻风病经费短缺，胡鹭芳硬着头皮，第一年在领导面前要了30万元，第二年要了80万元，第三年要了180万元。拿到钱后，胡鹭芳决定配备一台当时最先进的显微镜，给全省17个地区配备17辆越野车。

第三章　当头棒喝

从事麻风研究，绝非易事，如果没有过硬的专业知识和意志，迟早会被吓跑。

20世纪90年代初，出差对年轻人来说是个极大的诱惑。"坐飞机的机会少，坐火车也不错。趁着年轻能出去游历一番，美梦一般！"1993年，在山东医科大学读研究生的温艳回到热研所，做寄生虫课题研究。

李桓英把温艳叫到办公室，直截了当地对她说："我们现在缺人，你可以跟着我们一起下现场。正好属于你这个课题的分支。"没有给她犹豫的机会，她几乎是被推着进入了麻风病防治这一领域。那时候她并不知道等在前方的是怎样的艰辛。

1994年10月，温艳与李桓英、翁小满等人一起去云南，做"健康教育对麻风病早期发现的作用的研究"的课题。在当地狭窄的旅馆里，温艳信心满满地告诉李桓英，她不怕麻风病，也不怕去麻风村现场看病人。说着说着，她向李桓英提了一个问题：在由她主导设计的课题中，有一项是需要用广播在麻风村宣传麻风病防治知识，当地是否能配合，她心里有些打鼓，想请教李桓英需要怎么做。

"我请你来，是让你做现场的。你现在倒给我布置任务，让我给你创造条件。你知不知道，这些都是需要你自己落实的。"温艳没想到，她小心翼翼的提问迎来的却是李桓英劈头盖脸的训斥。她的脸一阵红一阵白，委屈像潮水一样在胸中涌动，而又不敢发泄出来。她觉得，自己第一次去现场，没有经验，不过是向李桓英请教问题，至于被这样对待吗？

到后来，温艳和李桓英打交道越来越多，她才逐渐明白并接受了李桓英的逻辑：在李桓英这儿，凡事都要自己解决。李桓英自己是这样做的，她觉得别人也能做到。

据说，禅宗接待初学者，常常当头一棒，促他醒悟。李桓英像禅宗的大和尚，刚来麻风室的新人，往往遭到她的痛斥。李桓英知道，这样也许会把本就不多的人吓走，但她更知道，从事麻风研究，绝非易事，如果没有过硬的专业知识和意志，迟早会被吓跑。

这次李桓英等人去的云南省文山州，曾经是云南省麻风病人最多的地方之一。

杨军当时是文山州皮防所副所长，他从健康教育入手，正在做

"麻风病垂直防治机构与基层三级防治网结合发现病人的可行性"研究。垂直防治与基层三级防治网相结合的模式，是李桓英首次提出并推行的，是中国防控麻风病的一大创举。从县到乡，从乡到村，一级一级落实到底，通过联合化疗，帮助早期麻风病人康复。

温艳开展的健康教育课题，也是将垂直防保网作为核心内容之一，把病人、家属和周围村庄看成一个整体，采取行之有效的健康教育宣传方案。因为两人的课题类似，李桓英决定让他们一同前往文山州做基层调研。

发现新的课题，对科研工作者来说是至高的快乐。两人决定做出点成绩，写两篇让李桓英眯起眼睛称赞的文章。

下现场，是整个课题中最熬人的部分。温艳最开始的想法是，两人只要一个不落地落实到县就挺了不起的。但事实是，他们不仅完成了最初目标，还用两个月的时间走遍了文山州的8个县，做了许多预期外的工作，包括给8个县的高危人群发放调查问卷，普及知识，以及督促政府开展联合化疗治疗工作等。

出发前，除了李桓英，这个团队的其他成员没人知道怎么开展现场工作。温艳也完全是个新手，但从李桓英的一举一动中，她很快看出了门道：李桓英到村里的第一件事，就是检查药品。有的村卫生室是由破败的茅草屋改造的，只能容纳一个医生、一个病人，没有存放药品的地方。一般的感冒药散乱地放在一个盘子里，甚至连分类都没有。

接着是走访所有新发病人，判断病人是否有早期残疾的苗头。长久以来，麻风病人承受着外界歧视、畏惧交织的眼神，当温艳目睹李桓英不戴口罩、不戴帽子、不戴手套，自然而然地钻进患者那破破烂烂的小黑屋时，心里不由感到震撼。就像看到了很久未见的老朋友，李桓英紧紧握住病人的手，大声问着好。有的病人衣服不完整，甚至有人将两件衣服拼在一起，有人把裤子改成上衣。李桓英叮嘱温艳将从北京带来的物资随便留下一些，她说："只要能背来，多少都不够。"

卡特琳娜·加缪在她的随笔集《孤独与团结：阿尔贝·加缪影像集》中写道：他是众生中的一人，他试图在众生中尽力为人。在温艳看来，李桓英就是这样的人，她的工作，就是将那些过着"非人"生活的人，拉回正常人的轨道。

在基层开展工作，李桓英眼里容不得一点沙子。一次基层回访后，李桓英在开会时"发飙"了，她多次严肃追问：病人的药到底吃没吃？一天吃了几次？为什么没做详细记录？谁来负责监督？一连几问，在场没有一个官员能答上来。从上到下，从老到小，周围的人都对她心存畏惧。他们糊弄谁，也不敢糊弄李桓英。

李桓英在当地开展培训，并不是随便选择受众。她一般要求全体小学师生先接受培训，然后是各级机关干部。出了问题，她先追究皮防所所长，再找乡镇负责人，哪里出了问题问责哪里。

一次干部培训会上，当地官员像小学生那样紧凑地坐在教室里，看上去有些拘谨。李桓英用手捅捅温艳："你上去给大家讲讲，这麻风病是怎么回事儿，它到底传染不传染。"这是第一节课，那时，温艳还是学校里未毕业的研究生，很紧张，脸都红了。

"你要讲真话。"台下又是一个指令，李桓英推了推金边眼镜，冲着温艳一挥手，大声地说，像极了一位正在指挥战斗的将军。

两个月的基层工作结束，温艳回到北京，撰写了《健康教育对早期发现麻风病例作用的研究》，获北京市卫生局科技进步一等奖，杨军等人则发表了一篇题为《垂直的麻风机构与基层防保网结合发现麻风病人的可行性》的文章作为研究成果。

有次李桓英带温艳去的麻风"疗养院"，康复者合计600多人，由云南省昆明市周边十几个村寨集合而成。老病人大多肢残严重，没有胳膊腿的，眼睛看不见的，面目狰狞的比比皆是。这些人大多已没有家庭。温艳至今还记得，出发前，李桓英叮嘱她："这趟你就跟着我，你也别说害怕，我这儿的人不允许这样。"

2010年，温艳首次造访曼喃醒村，那里家家盖起了傣家小楼，已全然看不出麻风病侵袭过的痕迹。

后来，温艳发现，李桓英办事喜欢主动出击。"以前我从来没见过像她这么自信和主动的人。我们中国人一般都很含蓄，但李教授是特例。"

温艳自认是个腼腆内向的人。1998年，北京劳动人民文化宫举行李桓英事迹展，温艳担任讲解工作。最开始来参观展览的人并不多，有一天，她接到电话，当天下午要接待一批贵宾，北京市卫生局领导、北京友谊医院领导和李桓英都要来。

时间仓促，温艳对整个流程并不熟悉，只能把前言讲清楚，之后就是介绍照片，但是，到时候万一紧张到讲不出话来怎么办？

在忐忑中，温艳挨到了下午，向领导讲解完前言部分，刚要开始下面的环节，李桓英走到最前面——

"这张，是我第一次去云南！"

"这张呢，哈哈！是我翻船的照片！"

"这是我实地考察麻风村的场景，有些麻风病人的脚没有知觉，鞋里有石子儿他们都不知道。"

那张照片中，李桓英正弓腰把手伸进麻风病人的鞋里，眯起一只眼，向里张望着，像个侦探。

第四章　马金福笔记本

当她第一次见到那个纸页泛黄、依稀能看到水渍、早已磨得边角卷起的笔记本时，她才明白，最好的科研和高大上的技术手段也许没有必然关系。

李桓英见过太多人排斥麻风病了。

一个村子有麻风病人，集市上赶集，就不允许这个村的人去。没人去，东西也就卖不出去。生病后，病人集中到偏僻的麻风村隔离，与家人从此失去往来。"他们家有大麻风，别跟那家人的孩子玩儿。"很少有人能撑得住这种流言蜚语。所以，李桓英经常在学校给孩子们做讲座。只有孩子们接受了正确的知识，人们的观念才有改变的希望。

"麻风病是麻风分枝杆菌感染易感个体引起的慢性传染病，主要表现为皮肤及外周神经损害，飞沫传播、接触传播是主要的传播方式，有传染性，但大多数成人对该病有抵抗力。"有一回，在基层讲课，李桓英正讲得兴起，突然发现几个干部竟在课堂上打起了瞌睡。李桓英不动声色，走到这几个人身边，使劲拍了拍桌子。"醒醒！醒醒！"待把对方喊醒，李桓英又问："我讲课你怎么打瞌睡？你说一遍，我刚说的是什么？"

麻风室的同事大多跟李桓英去过云南现场。他们发现，每去一次都比上一次情况好，发病率越来越低。

没去云南以前，温艳一直在北京的实验室工作，她原以为科学是要用新方法解决问题，用最先进的理论指导实践。但当她第一次见到那个纸页泛黄、依稀能看到水渍、早已磨得边角卷起的笔记本时，她才明白，最好的科研和高大上的技术手段也许没有必然关系。

那是马金福记录麻风病人的笔记本，里面详细记录了47位病人的名字和基本情况，后面附有表格，即在治疗开始后，每位患者每天服药情况、副作用情况，吃过一次药，就在后面的格子里打钩。这种事放到现在，已经很少有人愿意做。

那时的病人并不信任外来的皮防干部，会认为医生给的药是毒药。马金福是用了什么方法让病人信任和接受的呢？答案或许就在这已经卷了边的笔记本上。

第五章　国际舞台

李桓英不喜欢对问题没有自己见解的人。有时，在工作中，她和别人为一个问题争起来，吵得脸红脖子粗。对她来说，真理越辩越明。

1983年6月，卫生部在山东青岛召开报送第12届国际麻风会议的论文评审会。李桓英希望这次在国际舞台上，中国麻风防治工作能有个精彩亮相。

山东省皮肤病性病防治研究所麻风研究室主任潘玉林负责山东省内麻风资料统计工作。根据国际会议要求，需要对新中国成立后山东省麻风防治情况进行流行病学统计分析。李桓英与潘玉林一起重新整理资料，每天几乎都工作到夜里11点，大概持续了10天。随后，李桓英把整理出来的提纲拿回北京修改。

李桓英要求潘玉林把图表和资料按照要求整理出来，然后写一篇文章。当时潘玉林40多岁，在麻风领域也是"老资格"了，但在60多岁的李桓英面前，这个山东大汉显得有点拘谨。在潘玉林心目中，李桓英是全中国最有学问的麻风专家。有时，李桓英抛出来的问题，潘玉林不知道怎么回答，就说："好好好，是是是。"随声附和总不会出错吧。

不料这样竟惹怒了李桓英。"我找你来，我提的题目，有合适的你就照着办，不合适的你得先把我说服，你说服了我，我才能够说服人家。"

李桓英不喜欢对问题没有自己见解的人。有时，在工作中，她和别人为一个问题争起来，吵得脸红脖子粗。对她来说，真理越辩越明。

资料整理出来后，李桓英直接译成英文初稿。审查初稿时她又觉得不行。有些说法和国际通行说法不一致。原来叫偏结核样型麻风（BT），现在叫少菌型（PB）、多菌型（MB）。而LT机制（麻风分为LL、BL、BB、BT、TT型，LT即麻风分型的简称）国际上整理的资料是呈L形，就是起先发现病人瘤型比例高，以后逐渐下降。山东的资料是呈U形，先是高，中间低，最后又高上去。"这个资料和国外的资料不一致，你把这个资料重新检查一下。"李桓英对潘玉林说。

潘玉林将资料重新整理后发现，结论确实呈U形。"好！"仔细审视后，李桓英竖起大拇指。她认为这个观点在国际上能引起轰动。同时，李桓英根据挪威专家的模式，准备总结一下结合人口出生年发病率和发病年发病率，因为初稿里没有这个内容。她让潘玉林连夜乘火车，找山东的统计局、省计划生育办公室和省卫生防疫站（即现在的山东省疾控中心），这三家单位将人口数据整理出来，再根据数据，统计出发病年的发病率和出生年的发病率，做出两条曲线。

李桓英兴奋地告诉潘玉林，这个资料好，国外在麻风上还没人搞得出来。中国有中国的特色，中国的人口相对比较固定，国外搞不了，国外人口流动性大。这个是非常宝贵的资料，一定要整理好。

第二稿修改了9天，依然是每晚11点多才休息。有时李桓英对统计学上有一些疑问，就不厌其烦地向潘玉林提问题，再加上解答，时间就更长。

李桓英对学术的严谨让潘玉林印象深刻。李桓英从来没有按照主观愿望来看资料、选择资料，而是根据资料来做统计分析。马海德后来告诉李桓英，他到基层县核对过数据，完全对得上。最终，厚重的《山东省防治麻风病的成就》完稿提交了。

1984年2月20日，我国派出以马海德为团长的10人代表团参加在印度新德里召开的为期五天的"第12届国际麻风会议"。这是新中国成立后我国代表团首次参加这个麻风领域最重要的国际会议。

国际麻风会议始于1897年，第二次世界大战后，自1948年起，每5年定期举行一次。在1984年的国际麻风会议（系1983年会议延期举行）上我国提交了9篇论文，其中6篇在大会上宣读，产生了极好影响。我国30多年麻风防治所取得的成就，开始为世界所瞩目。

李桓英在大会上介绍了《山东省麻风病28年的防治工作和流行情况的分析》，充分说明，新中国在党的领导下，人民生活条件大大改善，麻风病是可以消除的。

李桓英的发言引起全场热烈反响。中国向世界敞开了大门，中国的麻风防治情况也为世界所了解。我国麻风防治工作与国际交流日益密切，进入了新的发展阶段。

1983年3月21日至31日，卫生部与世卫组织在广州举办"中国麻风流行病和统计学讲习班"，由世卫组织麻风负责人桑萨里克带队，由比利时流行病学专家勒夏、挪威麻风流行病学专家伊尔根斯、世卫组织统计专家圣达雷桑和麻风科专家洛佩兹·布拉沃授课。李桓英得知后，主动前往承担了各专家的翻译工作。

不久，李桓英作为世卫组织专家到瑞士日内瓦参加麻风流行病学与防治会议。在会上，她用翔实的数据，纠正了世卫组织将新中国成立前中国流行区麻风病患病率推算到全中国，尤其是北方大面积非流行区的错误做法。

1984年1月，卫生部组织麻风控制考察组一行6人，由李桓英教授担任团长，带领云、贵、川三省皮防所所长苗宇培、薛发贵、胡鹭芳，广东省卫生厅慢病处处长李诗印、卫生部防疫司慢病处官员葛晓萍，到尼泊尔、印度、泰国考察，目的是学习现代的麻风MDT防治方法，尽管李桓英对MDT已了然于胸，但其他人出国考察还是第一次，她称这叫百闻不如一见。

回国后，考察组根据国外的经验对卫生部提出建议，表示目前联合化疗问题较多，我国的联合化疗应先试点，分期分批开展为当。

1985年8月，在广东顺德召开的中国麻风防治协会第一次全国会员代表大会上，李桓英当选为副理事长。1988年9月，李桓英以中国代表团顾问身份参加了由31人组成的中国代表团，出席了在荷兰海牙举行的第13届国际麻风会议，李桓英在大会上宣读了两篇论文。这两篇文章报告了云南西双版纳47例、山东潍坊33例活动性多菌型麻风患者在完成24月、27月疗程后，进行对比研究，用同样的方案进行临床、查菌、分析、总结，取得了同样的临床和细菌指数下降的治疗效果。

一年后，科研成果"山东、云南两省80例多菌型麻风病短程联合化疗停药后33个月的疗效观察"获北京市科学技术进步奖三等奖（排名第1），使我国实现在2000年前基本消灭麻风病的目标成为可能。

1989年，非隔离短程联合化疗试点在云南全省推广，当时已有57个县市达到了国家规定的基本消灭麻风病的标准。

1988年，67岁的李桓英成为中国人民政治协商会议第七届全国委员会委员，开始行使全国政协委员的神圣职责。

作为政协委员，她首先想到的就是麻防工作。

20世纪50年代，在筚路蓝缕中，新中国麻风防治工作艰难起步。

全国的麻风村和麻风院都面临着缺少专业人员的困境。很多地方直接让一些麻风病人参与管理工作，让其中一些病情较轻、有一定文化的病人掌握一定的管理、医护技能，然后为其他病人服务。这些病人为麻风防控工作做出了很大贡献。其中一些人学到了相应的技术知识，通过考试获得了技术职称，成为国家工作人员，正在麻风防治战线上发挥积极作用。

但大多数基层麻防人员没有那样幸运。很多人已届暮年，仍工作在麻风防治第一线，他们的麻风病早已治愈，但仍是只工作不在册的农民。劳累一生，眼看晚年生活无依无靠。为调动这部分人的积极性，使其能继续为消灭麻风尽力，李桓英建议为他们提供一个老有所养的前景。

李桓英提出《关于适当安排为消灭麻风做出贡献的曾患麻风现已治愈者的提案》。建议由政府有关部门为这部分人（全国约有1000人）"论功补偿"。有知识能力，工作20年以上，当地麻风防治还有工作可做的，可转为国家工作人员；有工作能力，麻风村里有工作可做的可转为合同工（工龄从开始工作算起），或从麻风经费中提供足以养家糊口的养老救济金，以便使他们能在50岁以后（因有残疾）还能工作，可做贡献，可以安享晚年。

为消除对麻风病人的歧视，她做了《关于立即从婚姻法中取消麻风病人未治愈不能结婚的一节条文的提案》。

在第七届全国政协第一次会议上，马海德和李桓英联名提议"维护麻风病人的权益"。卫生部办公厅1988年9月22日以（88）卫办秘字第272号文答以"同意在有关婚姻、上学、参军、工作等法规、规定、条例中把麻风病与其他慢性传染病例如结核病同样对待，取消突出或单列麻风病的歧视提法"。

第八部分　麻防队伍初开张

第一章　三头六臂

发现外国专家不尊重中国后，学员们干脆不上课了。不上课意味着起不到培训效果，世卫组织明文规定：如果达不到预期效果，所有费用由专家个人承担。

麻风室最早是没有实验室的，直到翁小满来了之后，李桓英开始进行实验室的建设。李桓英在基层下现场的时候发现，如果没有实验室配合，很难做到麻风病早发现早治疗。"肉眼判断很难，等病人出现皮损就晚了。"当时，病人散在麻风村内外。患者怕被扣麻风病的"帽子"，都躲着他们。李桓英决定将实验室的实验内容扩大，增加对麻风病早筛力度。

1988年，云贵川三省新增麻风病人约占全国新增麻风病人的60%，医治难度之大可见一斑。项目推进千头万绪，需要花费大量时间和精力。李桓英纵有三头六臂也不够用。而那时她所在的麻风病研究室既缺设备，更缺得力帮手。

左思右想，万事不愿求人的李桓英决定上书北京友谊医院北京热带医学研究所，转医院党委，请组织增派人手，以推进麻风室相关工作。

理由如下——

1983年底，李桓英向世卫组织申请麻风病快速诊断协作研究三年。1984年8月，世卫组织日内瓦总部麻风科主任诺丁来函，初步批准第一年仪器等研究经费。因为缺少帮手，这项协作研究至今尚未正式签订。

国内国外，出差开会，分身乏术、年过六旬的李桓英，经常面对着好几项工作。

李桓英配备助手的申请是1985年提交的，可直到1988年9月，所里才给她派了助手翁小满。翁小满毕业于西安医科大学。来北京之前，有人告诉翁小满："等着吧，有你哭的日子"。

翁小满有更多选择。她可以在四川做科研。但翁小满一心想到一线。当时，李桓英在云贵川等地做麻防工作有声有色，是所有有志于从事麻防事业的青年人的楷模。

究竟是从什么时候开始有点后悔的呢？或许是那次。李桓英要求翁小满做科研数据散点图。

现在很简单，在电脑上一输入，每个点就出来了，最高点、最低点一目了然。但在当时不行。1988年底，热研所还没有计算机，得用坐标纸把点一个一个画出来，一个病人一个点，出一个错，那是要挨大批评的。

李桓英说话不好听，讲话如同连珠炮，啪啪啪甩过去，翁小满哪里受过这样的委屈？经过几次较量，她发现，如果反驳回去，最后也得以失败告终，而且是惨败。

李桓英的严苛有时让翁小满心里颇不满，但李桓英对病人发自内心的爱，她还是佩服的。

皮肤病学专家的父亲翁之龙曾教导翁小满，做医生要躬身到病人身旁。四川种植水稻面积广，不少农民因插秧患上皮肤病，翁之龙对复发性皮炎研究颇深，首先发现了稻田接触性皮炎，后被命名为"翁之龙皮炎"。翁小满幼年时，看到翁之龙手拿放大镜，捧着病人的脚诊治，看完再贴近闻闻气味。"一旦嗅觉上有了甜甜的味道，这病便八九不离十了。"父亲的话让翁小满至今难忘。麻风病人很大程度上缺的就是像翁父这种贴身的辅诊，既能精确判断疾病，还能拉近和患者的距离。在李桓英身上，翁小满看到了父亲的影子。

来热研所不久，翁小满家遇变故。有段时间，她带着孩子住在集体宿舍，生活很困难。连续几个月，孩子在素菜里扒拉肉渣，翁小满告诉孩子："再坚持坚持，下个月一定让你吃上肉。"

在北京最繁华的前门西大街正阳市场，美国肯德基快餐开了在中国大陆的第一家店。李桓英受邀在这儿吃饭，送走友人，她特意在点餐台要了一份炸鸡，嘱店员打包装好。

李桓英快步向翁小满家走去，到了门口，还没敲门，翁小满就闻到了四溢的香气。又是谁家吃肉了？正嘀咕着，敲门声响起。

打开门，李桓英手里拎着一个袋子站在门口。翁小满赶紧把李桓英让进来。她以为李桓英是来谈工作的。虽然是周末，但李桓英工作起来从不分工作日和休息日。炸鸡的香味儿顺着浸油的袋子跑出来，装满了整个屋子。翁小满扭脸捂着鼻子，打了两个喷嚏。

在里屋的孩子闻到浓郁肉香，小跑着从里屋出来。"妈，咱家有肉吃啦？"

"喏，炸鸡，快拿去吃。"李桓英笑眯眯地从两层塑料袋里掏出牛皮纸袋，撑开袋子，味道更浓郁了，刚要伸手，被翁小满一下挡住。

"不不不，李教授，这个我们不能要，您拿回去。"

"这就是给你们娘儿俩买的，孩子长身体，你也要补补，快收下。"

你推过来，我推过去，纸袋眼看就要扯坏了，李桓英高声一嗓子："哎呀，快拿去吃吧，你和孩子饿坏了，怎么跟我搞科研去现场呀！"接过来，翁小满没忍住，眼泪吧嗒吧嗒掉了下来，李桓英拍拍她的肩膀，笑着说："我走啦！周末愉快！"

早在翁小满来之前，李桓英就很注重培育基层防治人员。她向世卫组织提出，要开展云贵川三地麻防人员的培训工作。很快，世卫组织安排在四川省凉山彝族自治州西昌市邛海地区举办云贵川三省短程联合化疗培训班。聘请了美国和印度的两位专家，李桓英承担了翻译工作。也是在那次会议上，三省基层人员收到了李桓英与几位专家连夜编制的麻风联合化疗手册——《麻风病联合化疗与综合性防治管理》。

1996年，贵州省安顺市举办了全国麻风防治业务培训班。来授课的是一个比利时人和一个印度人。课堂上，两位外国老师提到中国时，言语间流露出比较轻蔑的态度，引起学员的强烈不满。原贵州省毕节地区疾病预防控制中心副书记刘放鸣记得，李桓英一直用英语和对方沟通。两位专家提到了当年举办的亚特兰大奥运会，对中国出言不逊。李桓英很生气。她点着桌子问对面的两位专家："你们知道这次中国队拿了多少块金牌、银牌和铜牌吗？"

在座的培训人员都看出来了，某些外国专家对中国有偏见，认为中国人患麻风病后病耻感很重，当地防治人员没有从理论的层面去总结和探索。发现外国专家不尊重中国后，学员们干脆不上课了。不上课意味着起不到培训效果，世卫组织明文规定：如果达不到预期效果，所有费用由专家个人承担。

李桓英激动地说："你们不要以为这个国家好欺负，中国人民是不好惹的。"她及时向世卫组织反映情况，协调新的专家来授课。

其实，那次培训班最开始没有刘放鸣的名字，是李桓英为他争取到名额。刘放鸣很感谢那段经历，在年轻的时候就接触到了当时世界上最先进的麻风防治理念。

刘放鸣对李桓英既感激又敬畏。有一次，刘放鸣在其他医生汇报病例时跑到一旁抽烟，被李桓英发现了，遭到一顿"语言暴击"。

如果言语对病人有一丝不尊重，有一点嫌弃，被李桓英发现了，她是绝对不答应的，批评起来绝不留情面。刘放鸣的领导，有时候被李桓英骂得一句话不敢说。

刘放鸣记得第一次去麻风村看病人，回家后吃肉都觉得恶心，满嘴有一种奇奇怪怪的味道，也说不上来是什么味，但它一直在。可李桓英不一样，不管病人身上多脏，家里多乱，她都能忍受，而且是从心底里真正接受患者。所以，病人看到李桓英，就好比看到了救星一样。

有一年，李桓英在外出差，县领导看到70多岁的老专家还跑在一线，觉得很辛苦，午餐备了一大桌"野味山珍"，其中有一些属于国家保护动物。李桓英发现后，脸色瞬间变了。筷子在饭桌上敲得啪啪响。"给我吃这个，底下的病人吃什么？"几位县领导原本等着李桓英笑眯眯地夸赞，没想到却是一顿暴风骤雨式的批评。

刘放鸣在心里默默记下了这个故事，每逢外出吃饭打包，多余的饭菜他就拿下去，分给居住在村寨边的病人。还有一次，刘放鸣下基层工作，午餐时间，他邀请两位70多岁的病人一起在周边饭馆吃了顿火锅，两人说这辈子都没吃过。有时很远的老病人来找刘放鸣复诊，只要有时间，刘放鸣都会安排他们在医院吃饭，并解决车票问题。

回到北京后，李桓英常给刘放鸣等地方基层工作人员寄资料。她的经验是，这些案头资料会帮助他们解决临床最实际的问题。刘放鸣印象最深的是，他的一位病人是个小伙子，一家四口都是麻风病患者。小伙子用了几种药物，都有严重的过敏反应。过敏的情况，刘放鸣一开始也无法解决。后来他想起李桓英寄给他的一本小书，里面介绍了国际麻风协会一位专家的方案，专门针对过敏反应。

第二天，刘放鸣就让病人来医院住院，准备用新的方案观察治疗。药很贵，刘放鸣当时所在的毕节市撒拉溪医院没有额外开支，他最后找到一家慈善组织，帮忙解决了药物经费问题。

后来去北京，刘放鸣当面跟李桓英汇报了这件事。李桓英也很欣慰。她提醒刘放鸣，麻风患者不仅要有药物上的化疗，也要"话疗"，让他们减轻思想负担。心理、生理需要同步康复，重新融入社会才是目标。

刘放鸣有个观点，他认为麻风病人可以漏诊，但绝不能误诊。一旦确诊，就会给他们带来心理负担。随之就会产生一系列家庭问题、社会问题。漏诊并不会一直漏诊，随着时间推移，麻风病人会呈现出显著的特征。

还有一个原则就是，熟练掌握麻风病早期特征。在诊断中，刘放鸣的确也发现一些很早期的病人，才感染没多久，就出现了问题，这缘于非常仔细的检查、观察。

基层人手紧张，麻风医生没空顾家。女儿两三岁时，刘放鸣就带着她去了麻风病人家。刘放鸣的一位朋友的外婆感染了麻风病，需要在家保密治疗。家中除了当事人知道外，刘放鸣是唯一的知情者。刘放鸣爱人不知道，患者老伴也不知道，所有亲戚都不知道。病人脚底溃疡严重，刘放鸣带着药每天帮忙上门涂药，但因为水肿严重，伤了神经，最后病人的脚还是落下了残疾。

第二章　跟计算机结婚

而袁联潮当时绝对没有想到的是，这个老太太还要再"服役"近30年，直到自己也快要退休了，她才会在百岁高龄歇下奔波的脚步。

1994年初，李桓英在北京接待美国夏威夷大学细菌学教授詹姆斯·T.道格拉斯。同时，翁小满将赴夏威夷大学做麻风病实验研究。本来麻风室成员就不多，翁小满一离开，李桓英更加忙碌了。

同年4月，中国麻风防治协会在北京召开第3次全国会员代表大会，李桓英当选为副理事长。随后，世卫组织资助文山州利福平加氨苯砜麻风复发监测技术培训班举办，李桓英与上海遵义医院院长李伏田、北京热研所翁小满、云南省皮肤病研究所朱伉授课，文山州皮肤病防治所及8县皮防站的实验室技术人员共45人参加了培训，会后，李桓英送李伏田到美国科罗拉多州立大学学习实验研究两年。

那时，国际麻风领域的重磅会议、重要培训中都有中国人的身影，李桓英忙极了。当年6月13日，在中国麻风防治协会第3届2次常务理事会通讯会议上，李桓英当选《中国麻风杂志》主编。

袁联潮就是这时来到李桓英身边的，辅助李桓英做日常工作。袁联潮27岁，李桓英已经72岁。早就过了退休年龄的李桓英，已经严重超期"服役"了。而袁联潮当时绝对没有想到的是，这个老太太还要再"服役"近30年，直到自己也快要退休了，她才会在百岁高龄歇下奔波的脚步。

袁联潮进步很快，但依然少不了李桓英耳提面命的"鞭策"。有个著名的桥段，在热研所流传，是关于李桓英劝袁联潮和计算机"结婚"的——

"你每天知道在家要干什么，就应该知道在单位要干什么。在单位，就是要和你钟爱的事业在一起。你要跟计算机结婚，知道吗？"

啪、啪、啪……李桓英面前的桌子被拍得砰砰响。

"你要像呵护爱人一样爱护计算机，要每天擦拭一遍，至少！"

啪、啪、啪……桌子又是一阵闷响。

"怎么又拍桌子了？"几乎和袁联潮前后脚来到热研所麻风病研究室的温艳站在外间小屋，踮脚偷偷向里张望。那时，计算机是稀罕物，一台从世卫组织"请"来的珍贵的计算机到了北京友谊医院北京热带医学研究所，就摆在李桓英屋里的办公桌上。隔三岔五，所里的年轻人就爱凑过去摆弄一番。李桓英规定，上班时间，一律不准做闲事、说闲话。在所里上班，最重要的就是做科研、搞工作，谁说了私事，或聊与工作无关的话题，若让李桓英听到，那就准备上一堂生动的思政课吧。

麻风室还有一台电话机，李桓英常常要同云南等地沟通麻风防治情况，她最怕电话占线。所以，上班时间一律不准用电话聊私事，一旦发现，李桓英立马起身摁掉私人电话。

那天受批评的是袁联潮。在所里，小袁是出了名的好脾气，不冲撞、不顶嘴。其实在李桓英心里，她做得也非常到位、非常合格。只是面对亲近的人，本来就直言快语的李桓英有时会搂不住火。

当然，袁联潮也有忍不住的时候。只是刚一开口就后悔了。因为一顶嘴，李桓英就受不了了。有反对意见也只能暂时藏在心里，待到合适时机再发表。

早上到办公室，李桓英第一件事是先围着屋里转一圈儿，检查卫生，主要的地方她不看，专挑铁窗户下的缝隙检查。不管大家怎么卖力清洁，她总能在这些细节上挑出毛病。

1978年，有个来热研所实习的小伙子，在李桓英身边工作，可没到一个月，他就受不了了，收拾东西要走，走前愤愤讲了一句："在李教授这里，知识学得不多，但把地板打蜡学得技艺精湛。"

李桓英不化妆、不染发，但头发要烫到微微卷起，这样看起来既精神又干练。穿衣也有讲究。"衣服不在贵，在于搭配。"李桓英一身衣服不能超过三种颜色。出国开会，往往是素色的上衣、裤子，外加一条亮色丝巾，皮包也搭配衣服颜色。开会时，她爱用暗色系皮包，到了晚宴或聚会时，就换成小巧亮色系的。这些在别人看来很昂贵的衣物，其实大多出自北京友谊医院附近的服装小店。有的十几块钱，有的几十块钱，但经李桓英的手挑选和搭配后，既得体又有风度。

"让我跟计算机结婚，那你把后半生都奉献在麻防事业上，是不是也等于跟这份事业结了婚？"被批评后，袁联潮这样暗想。其实，这也不是李桓英专门针对袁联潮的要求，她要求麻风室的所有同事都要全身心干事业，把事业当作自己的家人，甚至自己的孩子。

只不过，这份严厉有时在别人看来过分苛刻。麻风室有一位年轻同志，工作后想继续深造考博士，但遭到李桓英一口否决。

"刚刚熟悉工作就要去学习？好不容易培养出来的骨干。坚决不行！"李桓英的理由很简单，她认为对方学出来后，无非是想获得更高的职务和薪酬。而她觉得，只要在麻风室踏踏实实干，这些也都会有。

第三章　书信

很多人对李桓英的记忆，都是从跟她一起出差或下现场开始的。

在几封特殊书信中，我们可以窥见李桓英的一片冰心——

毛志民同志：

近来身体如何？是否还在为防治麻风病奔忙？潍坊皮肤病防治院近年有什么新变化？

现我处有一潍坊农村的病人，可疑麻风病，我想介绍去你院看病，请告潍坊皮肤病防治院的联系电话、地址、邮政编码及新院长姓名。

望今后常联系。祝身体健康！

李桓英　2008-04-29

李教授：

　　您好！

　　原想等丁树文同志来看后给您回信，但他至今未来，今晨我又联系，回答是等丫头回来再来诊治，约6月5号回来，先告知您，免得挂念。

　　祝您快乐！

潍坊市皮肤病防治所　毛志民

2008年05月30日

李教授：

　　您好！

　　祝您2011年元旦快乐

　　行臻康泰；志展宏图。

潍坊市皮肤病防治所　毛志民

2010.12.28

毛医生：

　　谢谢你2011年的新年祝贺。近年来在繁忙中未与你们联系，但是我很想念起初在潍坊与你们一起从事麻风工作的日子。

　　今日很高兴于修路大夫来我所取标本，省所进行DDS综合征的研究。近10年来，我国麻风病发现数未见下降，但是科学不断发展，我们还有新的途径需要探索。近况如何？非常惦念！祝你新年健康、进步！

李桓英　2011.02.15

李教授您好：

　　非常感谢您在百忙之中给我父亲毛志民回复邮件，非常感谢您一直惦念我父亲的情况。

　　我父亲毛志民已于2011年1月28日凌晨因病去世。

　　……

2011年04月14日

故事到此戛然而止。

很多人对李桓英的记忆，都是从跟她一起出差或下现场开始的。

北京友谊医院北京热带医学研究所副主任医师王非，1991年来到北京友谊医院工作，被分到北京热带医学研究所。麻风室历来女多男少，他成了当年来到麻风室的五人中唯一的男士。

没过多久，王非跟着李桓英第一次出差，目的地是云南西双版纳州勐腊县曼喃醒村。李桓英此行要复查在短程联合化疗中的病人，随行的还有几位北京电视台记者。

临出发前，王非按照李桓英的指示带了四大箱物资。采血管、棉签、棉球、分离血清管、注射器、纱布，大大小小的箱子扛了一身。

工作持续了一周，李桓英结束工作离开后，王非需要继续在当地总结短程联合化疗基础资料，再将最新的病人治疗反应补充进去。

王非见识了曼喃醒村村民和李桓英之间的感情。他发现，李桓英清楚曼喃醒村的每一个变化。她了解村子里一共有多少人，有多少位病人。她对村里每个病人的肢体残疾和皮损在哪个位置的了解，比对自己的身体了解得还清楚。

一个月后，王非才踏上归程。当他从勐腊县回到昆明市，因为买不到回京的火车票，他又被安排到云南省文山州参加了一个麻风会议。一周后，才从昆明坐了两天两夜绿皮火车回到北京。"我离开北京时，秋色正美，香山红叶正红，等回来，马上就过春节了。"

这也是王非第一次见识李桓英的"疯狂"。早上，李桓英把当日工作布置好，看病人、检查皮损程度、取病理、做病案记录。午饭就在病人家里吃，走到哪家吃哪家。吃过饭，继续工作，一直干到晚上六七点，天擦黑了。李桓英挥挥手，招呼大家："行，今天就这样吧！明天再干。"

那是1991年，曼喃醒村已经从多年的麻风病的阴霾中逐渐走出，名字是1990年4月泼水节摘帽后新起的，大部分患者已经康复，他们有的人走出村寨外出务工，有的继续从事农业生产。

大学时，王非甚至都不知道麻风病是什么，就是听着可怕，但有多可怕，没见过。

直到他第二次跟着李桓英去山东看现场，才真正见识了麻风病是如何将人变成"魔鬼"的——

进入麻风村，他先是看到缺了一只眼睛的麻风患者跟他打招呼。接着来到第二家，这位患者少了一只胳膊，另一只胳膊因为麻风病也已失去知觉，面临肢残风险。到了第三家，王非的腿已经软了。好在第三家是个早期患者，脚底刚刚出现麻木反应，身体上还没有明显表现。

山东的麻风村是自发形成的，没有名字，没人管理，全是病人。村外的人对患者歧视严重。从麻风村出来，别人问王非是做什么工作的，他只好编个工作，绝对不能说自己是搞麻风的。

第三次去麻风村，王非心里有点儿打鼓。这份恐惧是他心底的秘密。实际上，因为心里害怕，王非在去山东麻风村前，偷偷吃了抗生素。跟着李桓英下现场，必须脱掉隔离服，不允许有任何防护措施，这是起码的要求。王非认为，这也是麻风病人和当地领导干部信任他的重要原因。有过前两次经验，王非逐渐克服心理障碍，很快适应了新的工作。

王非记得，在勐腊县曼喃醒村现场，李桓英提出了防治麻风病的新理论："三早"原则，即早发现、早诊断、早治疗。

王非见到不少病人是被误诊延误的。"很多皮肤科医生都不认识这个病。"麻风病早期最简单的征象就是皮肤上出现一小块麻木的浅色或深色斑。等到再严重一些，受麻风杆菌侵袭的皮肤会彻底失去感觉，开始变得不出汗，身体的汗毛、睫毛、眉毛开始脱落，眼睑会出现无力反应，会出现失眠，人的精神状态逐渐变差。"这些都是慢慢出现的，它不是一下子就出现了。"王非解释，"有些病人进展快，含菌量大，神经损伤严重，在一两年内就会出现致残，而且进展程度与年龄无关。"

有几次，王非从医院借车送李桓英去机场。路上李桓英听说司机喜欢收集硬币。等她出国回来再坐这辆车时，就给司机带了一套纪念版硬币。有的司机喜欢巧克力，李桓英也记在心里，临下车塞给人家几块巧克力。

在云南，李桓英大方得让当地人惊异。带的生活用品和实验器材，王非去时背了四个箱子，等回来，就剩下自己的衣物。"我们带过去的试管、取材工具，只要云南当地能用得上，李教授不让再往回带。"经费基本由李桓英从医院争取，这也是麻风室日常节衣缩食的结果。

王非是麻风室的元老，见证了李桓英干劲儿最足的时候。那也是她为我国麻防事业发展铺路的时期。

第四章　电话找不到的人

"你，你，还有你，给我出来，去我办公室！"李桓英的嗓门儿很大，坐在隔壁屋的几个人不由得探头张望。

在单位，李桓英的要求是只许工作，不许生活。所谓"不许生活"，包括上班时间不准接打私人电话，不能办私人的事，她要求你做什么，必须马上做，而且要尽快完成。

一次，李桓英交给王非一篇外文综述，让他在三个月内翻译完。王非半年才交，李桓英火儿了，把王非喊到办公室一顿数落。"为什么浪费时间？说好了三个月交现在才给我？有困难为什么不早说？！"

长期以来，李桓英一直是催促年轻人"往前跑"的那个人。稿子写得不过关，她会详细提出修改意见；文章没通过发表，她提出意见重新写；论文的不妥之处，李桓英会用红笔一一圈出来。

"这个表述不对，这个也不对，你要查查再写啊！"李桓英举起手，在几篇论文上重重地点了点。

"哎呀，这个表格也给我打错了！怎么回事？""砰砰砰"，桌上又是几声震天响。

"王非，明天需要的资料总结整理了吗？什么，你还没弄完？"李桓英摘下眼镜，摔到书上，用双手挠了挠头。

王非和几个年轻人共用一间办公室。平日里大家关系很好。女性免不了讨论吃穿、家长里短。要是没掌握好时间和分寸，那就麻烦了。有一次，大家边干活边小声聊天，恰巧被经过的李桓英逮到——

"你，你，还有你，给我出来，去我办公室！"李桓英的嗓门儿很大，坐在隔壁屋的几个人不由得探头张望。

李桓英训了半个小时。从工作态度讲到人生理想。自那以后，这种情况鲜有发生。

之前，李桓英住在位于北京台基厂的房子，面积很小，一室一厅，卧室充当书房。王非去过几次，告别时，李桓英惯用的口头禅一定是："你走吧，我要工作了。"

两年后，王非转到临床科室工作。他发现，不和李桓英做同事后，老太太反倒对他特别好。

王非的生日和李桓英在同一天，每年过生日切蛋糕，李桓英总会比画出"慢"或"停"的手势："王非呢？把他叫过来，我们俩一天生日。"

王非知道，麻风室是自己的另外一个家。遇到李桓英到外地下现场，北京有病人需要管理和检查的时候，王非会主动去麻风室认领任务，年轻医生可能经验不足，他资历老一些，可以帮一把。

一次，李桓英在温艳做的麻风病人血清抗体的散点图中，查出少了一个点，非常生气，当即严肃指出。温艳心里想，散点图看的是趋势，不是看点，读文章的人并不会注意这些点。这样数点，太苛刻了！虽然觉得李桓英是在挑刺儿，但温艳没表现出来，立即改正过来。但李桓英不依不饶："对待工作就应该认真、仔细，从一开始就要严格要求，以后才不会犯同样的错误。"温艳忍着没说话，李桓英更加严厉地说："文章和数据要拿到国际会议上去宣读，我们代表的是国家。如果错了，受到影响和损害的是国家的声誉呀！"

"这帽子太高了！我真有些受不了。虽然当时我没有理解，还有些情绪，但所有的话都深深刻在了我的心里。"后来，温艳自然没有再犯同样的错误。李桓英的"狠"让温艳在接下来的工作中颇为受益。

2010年，温艳参加了与约翰斯·霍普金斯大学合作开展的"麻风病早期诊断现场应用"的研究课题，外国同行的严谨、周密，温艳能很快适应。在李桓英"不绝于耳"的批评声中，温艳想通了。严谨的作风和科学的态度，是科研工作者不可或缺的品格，也是中国科研工作者跻身世界一流的必备素质。

办公桌上安了电话。可一旦开始做实验，电话是不允许接听的。

有时，电话刚响起两声，还没等大家跑过来接，就被李桓英摁掉了。或者，李桓英向电话那头解释："他这会儿在工作，没有时间。"不管是谁的电话，只要耽误工作，她都敢挂。

20世纪90年代末以来，手机逐渐普及，大家原以为，拿手机李桓英就没辙了，可以私下偷偷接个电话。没承想，李桓英看到居然还有个移动电话可以随时接，她更生气："你把电话挂了，我在说话，我讲完你再接！"大家不约而同地在心里排了次序：实验室的工作第一，任何事情都要排在后面。温艳说，她发现上班时间自己的电话越来越少，没人找她了，因为打了电话也找不到人。

但在另外一些事上，李桓英展现了她的慷慨。90年代，温艳和同事大多做的是分子生物学相关实验，每天数据繁多，李桓英总是觉得屋里光线不够，就把自家台灯拿来，让大家在台灯下反复核对数据。"你们要在亮处仔细对照，不要出错。"

麻风室需要电冰箱装实验原料，李桓英认为旧冰箱空间太小，怕大家把试剂装错，就琢磨想买个新冰箱。但那个年代买冰箱太难了。李桓英不管钱从哪儿出，她给大家灌输的永远是，你做好这件事是最重要的。常常，想法已经有了，但还没来得及向上级打报告，李桓英就自己垫钱先买了，实验不能耽误。冰箱买来，李桓英又要求大家把试剂分层码放，放得整齐才不会拿错，实验也不会出错。

第五章　一起往前跑

实验室的设备是一年一年攒起来的，凑够钱了今年买个仪器，明年再买一个。那是一段多难忘的回忆啊！陈小华的科研之路，是跟着李桓英和翁小满从捡瓶子、淘酸缸开始的。

袁联潮大喊"小心"，但为时过晚。温艳低头，用骶骨顶着桌子，就要摔倒了。

胃里一阵翻江倒海，袁联潮还没来得及扶住她，温艳一头栽倒在地。

李桓英听到外屋"咚"的一声巨响，来不及摘下老花镜，一路踉跄着跑出来。几分钟后，温艳被送往急诊。

所幸并无大碍，晚上9点输液结束，回到实验室，温艳发现，那个平日里凶巴巴的老太太，还在办公室里坐着等她。"明天给她买个带高靠背的椅子，能中午闭眼睛靠着休息一会儿。"李桓英用手比画着，让袁联潮把这件事记到本上。

翁小满周末想加班，被李桓英劝回了。李桓英认为，休息是为了更好地工作。

1978年5月，温艳来到北京友谊医院北京热带医学研究所工作，最早在研究寄生虫病的专业组，那时所里人少，但她和李桓英的办公室挨得很近。当时，李桓英的办公室有个小套间。年轻人对她并不了解，只知道她很厉害。

李桓英并不怎么和同事闲聊，别人也并不知道这位不苟言笑的老年人具体干什么工作。但从分到麻风室的年轻人口中，温艳知道了李桓英的几个特点：很多人怕她，不知道怎么与她沟通，她不爱说话。

先是翁小满，再是袁联潮，接着是温艳。李桓英身边的帮手渐渐多了起来，也正是从这时开始，李桓英更加重视实验室建设，她鼓励团队多开展免疫学实验，填补麻风室在此方面的空白。

李桓英最担心的，是大家的课题不能按时申请和批准。20世纪90年代，麻风室有个实验项目，资金迟迟无法到位。当时差了十几万元，大家都很着急，每天外出跑钱。突然有一天，李桓英对大家说："钱不够没关系，我还有工资，我可以把我的钱都取出来，做实验启动资金。"

李桓英常说钱对她没用，让大家先把实验做起来，钱批了再说，在这之前，先用她的。

领导春节慰问李桓英，每次临走，都会拿出一个装有几千元的红包。当时温艳和同事的工资也就一百块出头，等领导一走，李桓英就把钱掏出来跟办公室同事平分了。

温艳说："她没特点，肯定干不成事。而且这么多年一直坚持自己的特点。"况且，李桓英并不怕别人怎么说她，压根儿也不会往心里去，就是如此洒脱。

陈小华来到北京热带医学研究所纯属偶然。

2003年，她还在医院做临床医生，一天正在病房忙碌时，接到了一个电话："请您于×天后到我院热研所参加研究生面试。"在此之前，陈小华从来没听过热带病。离热带病最近的一次，大概是做临床实习时，她在北京复兴医院外科实习，一位患者肝上长了结节，需要排除包虫病，请来了北京友谊医院北京热带医学研究所的专家会诊。

毕业找工作时，她先在一家医院位于郊区的分院工作，但没干多久，觉得不适应，就继续报考了硕士研究生。她想起实习时几位前辈提到的北京友谊医院北京热带医学研究所，感觉那是个新方向，就报考了。

因为赶上"非典"，面试改在线上进行，对面的李桓英和翁小满简单问了几个问题，陈小华事先没怎么准备，对专业问题也没太说清。陈小华感觉，可能是报考人数太少，她被录取了。经过初试、复试、面试，陈小华考上了首都医科大学的硕士研究生，懵懵懂懂地开始接触麻风病。

从台前来到幕后，陈小华与自己做着斗争。这种斗争很大程度是心理上的。一开始实验室并不"丰满"，非常空的一个大屋子，据说是原来苏联专家的住宅楼，其实根本没有什么实验室基础。有别于现在，如果你从北京热带医学研究所麻风室的过道里穿堂过去，要侧着走，因为一不小心，就不知道碰到了哪个矗立在屋角的精密设备。

房间很大，人员稀疏地坐着，想要发现李桓英是不容易的。她的眼镜滑落到鼻梁上，矮矮小小的，像藏在桌后一样。这是陈小华与李桓英的第一次见面。李桓英看起来很年轻，一点儿也不像82岁。她有一种由内而外的精气神，陈小华将这称为"生命的力度"。

那时，陈小华还不知道坐在自己面前的李桓英有多大腕儿。只是当侧头看了看空旷的外屋后，心里有些发愁，日后工作怎么开展呢？

头几年，实验室根本没材料做实验。一开始连瓶子都没有，更不要提实验仪器了。

那几年，陈小华和同事到北京友谊医院外科楼住院部捡人家剩下的输液瓶，拿回来后放到酸缸里消毒。所有玻璃器皿，都要放进去再消毒，还不能碰着，要慢慢滑入缸里，不然容易腐蚀皮肤。玻璃瓶至少要泡过夜，理想的时间是三天以上。泡好后用绳子捞出来放水里冲，最后用灭菌水冲洗若干次，才算达到消毒目标。

洗瓶子也是有讲究的，陈小华特别提到，冲洗要用蒸馏水，实验室没有，她和同事就去之前的地下室一手拎一个5升的塑料桶打蒸馏水。实验室的设备是一年一年攒起来的，凑够钱了今年买个仪器，明年再买一个。那是一段多难忘的回忆啊！陈小华的科研之路，是跟着李桓英和翁小满从捡瓶子、淘酸缸开始的。

有几年，陈小华和同事在美国接受了建立实验室的相关培训，一个曾被认为很难实现的现代化分子实验室，从零开始，近十年时间，终于"琳琅满目"了。

实验室有时也会充当会诊室。麻风室的同事出门诊回来，有时会把"看不明白"的病人带回来，再请李桓英判断。"你们都过来看看。"往往，患者一到，几个屋的年轻人都会被李桓英喊出来学习。"这个是皮损，你们上手摸一摸。"李桓英最先上手，接着是翁小满，年纪更小一些的，开始还有些往后躲，但刚要退缩，一旦目光碰到李桓英，只能平静地将手伸出去。

"研究生复试，你一定多准备，一会儿给你推荐几本书。"2006年春季的一天，翁小满正跟邢燕聊着，从外面风风火火走进一位老者，80多岁，走起路来脚下生风，这是邢燕第一次见到李桓英。

"李教授，这是今年咱们所要招的研究生。"

"姑娘哪里人啊?"李桓英在椅子上坐定，气定神闲地打量着邢燕。

"老师好，我是河南人。"

"挺好的，河南现在经济发展了，属于后来居上，去年GDP排名全国第五了吧，跟咱们国家在世界上的排名差不多了。"

邢燕一开始不知道这人是谁，只觉得这么大岁数了，还知道这么多，真不简单。

直到和翁小满聊完，她走出办公室，刚好看到有个牌子写着"北京市李桓英医学基金会"。她上网一查，发现刚才和她对话的老人就是李桓英本人。邢燕激动了半天，这可是麻风界的大咖啊！

2006年，邢燕正式成为翁小满的研究生。2009年7月毕业，她入职北京热带医学研究所麻风室工作。2007年夏天，李桓英第一次带邢燕出差，首站定为云南省文山州丘北县，这也是后来翁小满的主要课题研究地。

在邢燕来之前，云南就是李桓英研究麻风的根据地，每年都会去不止一次。邢燕是带着任务去的：观察治愈患者的近况以及存留的后遗症问题。

到了村里，邢燕发现李桓英对当地的沟沟坎坎都熟悉得不能再熟悉。哪里有坡路，哪里容易积水，她都知道。甚至比年轻人走得还利索。李桓英80多岁了，过马路邢燕想扶她一下。李桓英不愿意，甩开她的手，自己大步往前走。

李桓英生活简单，但是有自己的"风趣"。她过得不是人们想象的呆板的知识分子生活。那种日子她过不来。相反，她是让大家转起来、忙起来的人。有时，单位慰问品是各式炒菜锅，李桓英用不到，也随手分给大家。邢燕家的炒菜锅还是李桓英给的，20年了还在用。

在名利面前，在物质诱惑面前，李桓英心静如水。她要带团队一起往前跑，而不是一个人跑。

大家常听李桓英说："切勿急功近利，越着急，离目标就越远。"在机遇面前，她是麻风室大家庭的家长，把控着年轻人在诱惑面前不要走歪路。有人好奇，明明可以过得很舒适，如此苛求自己多累呀。

温艳太熟悉这样的故事了。每逢周末，李桓英常在单位加班。一次，她看温艳到了饭点还不去吃饭，就从包里掏出两个黑黑小小的全麦馒头。"中午还没去吃饭吧，你吃一个，我吃一个。"温艳反观自己，"换了是我，可能不好意思把干巴巴的、从家里带的馒头给人家。但李教授就心无芥蒂，会大大方方地把馒头递给我"。

午饭后，李桓英又从小布袋中拿出零钱给温艳："咱们再吃个糖葫芦吧，你去买。"在李桓英看来，请客不在于花钱多少，也不在于吃什么喝什么，大家聚在一起，就是最好的。

李桓英觉得，死读书，读死书是不行的，做科研还要有些艺术修养。有一次，李桓英在报纸上看到中华世纪坛有个展览，是关于古埃及的文化展。

第二天麻风室的人都到齐了，李桓英就号召大家一起去看看。这之后，但凡有比较好的艺术展、历史展、绘画展等，在时间允许的情况下，李桓英都会鼓励大家参观。通过参加各种文化活动，大家的视野得到开拓，艺术修养得到提升，工作时也更有干劲儿了。

第九部分　中国方案闯世界

第一章　择善固执

《礼记·中庸》："诚之者，择善而固执之者也。"意思是选择美好、正确的目标或事情，执着追求，坚持不懈。

北京首都国际机场T3航站楼，托运行李领取处，传送履带上已经空空如也，只有一个硕大的行李箱停在滚动履带终端，等待它的主人。

旁边立着几个人在争论着什么。其中一位满头银丝卷的老年女性，双手挂着拐杖，说话声音最大，不时用拐杖点地，发出咚咚的撞击声。

从昆明飞回北京时，温艳将病理切片小心翼翼打包好，放到大行李箱中，办理了托运。这种有点繁琐的操作，温艳已经做过好几次了。这回，在机场等行李时，温艳却尴尬地发现，他们临行前捆得好好的行李箱不翼而飞。这可急坏了温艳，等了一圈又一圈，还是不见踪影，李桓英沉不住气了，双手搭在拐棍上，气鼓鼓地站在一旁。接机的司机不时看看手表，几位同事正面露难色地在服务台询问。

原来，行李让一位住在北京通州的画家误领了。通过行李号，温艳将电话打过去。所有行李都发完了，只剩下那个画家的。人家不是故意拿错的。只是两个箱子长得比较像。画家正在吃饭，得知箱子里是重要的医用标本，表示一会儿就给送过来。

时针已经指向晚上10点。大家劝李桓英先去吃口饭，顺便等箱子。她终于把忍了半天的火发了出来："我说过多少次了，箱子要用红笔着重标记，绳子也要用有特点的。我说了多少次了！你们就是觉得从来没错过，所以这次也不会错！这下好了，等着吧。"拐棍在地上又是咚咚作响，伴着李桓英的吼声，谁都没敢再说话。

"你们谁也不要管我，去约定地点等行李！"大家觉得，行李已经找到，剩下的只有等待，还傻站着干吗呢？

"李教授，我们带您和师傅吃点饭，回来再等。"

"我不吃，我就在这儿等。"

似乎离等行李的地方近点，弄错的概率会小点。就这样，李桓英在约定地点坐到了夜里12点多。其间，几个年轻人实在熬不住，带着司机师傅偷偷吃了晚饭。

温艳觉得，像李桓英这种性格的人，肯定能做出成绩。"她的思维跟我们不太一样，就是99%的人都不这么认为，只有她一个人这么想，最后成功的就是她。"成功在于她能做成事，并且能经住诱惑。更可贵的是，这种坚持不是为了个人，而是为了大众。

李桓英的"固执"是出了名的。但她的固执和别人的不一样，或许可以从这个词的本义来理解。《礼记·中庸》："诚之者，择善而固执之者也。"意思是选择美好、正确的目标或事情，执着追求，坚持不懈。

2009年，云南省红河哈尼族彝族自治州开远市，有一个小女孩一连接受了三次血清检测，结果均比正常数值稍高一点。当地村民住得相对分散，去一趟不容易，随访率达不到100%。但因为发现了可疑病人，李桓英还是执意要亲自看看。

这是个12岁的小姑娘，第一次检测血清时，血液里抗体浓度并不高。"会不会是假阳性？"有人提出假设。李桓英没有放过这个疑点。第二天，李桓英带着大家去了小姑娘家。结果她去上学了，扑空了。后来，温艳和几个团队成员一连去了三次，都没等到孩子。

这次，再等天就要黑了，他们就回来了。李桓英看大部队回来了，很生气，让大家一定要再返回去。"她抗体高，今天必须见到人，天黑了也要去！"

当地皮防所所长潘琼华也是雷厉风行的人，看到李桓英很坚持，急得又拍巴掌又跺脚："天这么黑，路那么窄，没法走，小面包车都开不过去！出了事儿谁担责任？不能去，不能去，明天再说！"

"白天她上学，有可能还不在。所以最好的时间就是现在。"李桓英一字一顿解释着原因。面对老友的焦虑，她显得平静而坚决。

场面僵持着，天愈来愈黑。几个人不约而同地将目光移向窗外——

太阳在远处大黑山的山尖儿上搁着，金色的余晖洒向高耸的树林，仔细辨析，已经看不清它完整的轮廓，被雾气环绕的高山正彰显着它的深邃。

"天还没全黑，还等什么呀，出发吧！"李桓英不愿再等下去，率先走到门口，钻进车里。潘琼华依旧犹豫着，踟蹰着不想走。"快走啊，你带路！"李桓英的嗓门顿时高了八度，屋里的人看拗不过她，只能一起陪着上了车。

复查麻风病人是不能声张的，更何况那还是个孩子。通常，车要停在离村子很远的地方，再让村医将疑似病人一家叫出来。在月光下，李桓英借着手电，仔细查看小姑娘的皮肤，发现背部已经出现轻微皮损。果真是麻风病早期患者。取完标本做病理后，李桓英给她及时发放了药物。

温艳等人不由得为小姑娘感到庆幸，也更佩服李桓英的坚持了。其实指标就高了一点点，如果不细究，就漏掉了。一般，在村里农闲时，温艳认为检查可以覆盖村里80%的人就算不错，而李桓英的要求是："要做到不漏一人，百分百全覆盖。"

国际麻风界曾提出要在世界范围内消灭麻风病。随着对这种传染病认识加深，人们将消灭麻风病的说法逐渐转变为消除麻风造成的残疾危害和人们对麻风病人的歧视。

从世界范围来看，麻风病人日益减少，人们对这种病的重视程度也日益下降，相关资助费用越来越少。随着其他困扰人类的疾病越来越多，譬如老年病或新发传染病，全世界真正研究麻风病、将其作为大项目来做的人越来越少了。我国基本也是这种情况。"研究这个病的，不能跟研究别的病的相比，麻风病是一个很小的病了。"温艳说。

国内研究麻风病的机构也越来越少。还在做的，有位于江苏省南京市的中国医学科学院皮肤病研究所，还有山东省皮肤病医院。"他们都不是单一做麻风病，真正唯一将麻风病作为主业的，全国只有我们这里。"温艳介绍，语气里没有自豪，而是无奈。

目前，在北京共有16家不同疾病专业研究所，北京友谊医院北京热带医学研究所名列其中，每年虽有财政预算用来更新购买设备，但设备往往不是问题关键，真正的核心在人。"你的科研思路是不是能跟上国际最新前沿，这很重要。"温艳说。

麻风病在人们的视野中逐渐消失。实验室的发展方向及年轻研究者的未来，似乎成了李桓英这一代人心中的隐忧。这些年，李桓英带领团队将研究方向提到新的高度，即分子生物学领域。温艳认为，分子生物学在早期诊断领域也包含了一些免疫学。"简单的免疫，譬如抗原抗体，这种比较偏向于基础研究，但李教授要求我们在基础上再深入一些。"

李桓英从来没有歇歇脚的想法。她临近90岁时，很多人认为，科研上该放放了，生活也该有人照顾了。但李桓英眼睛里依然只有工作：找准科研方向，攻克难题，解决大问题、大矛盾。生活嘛，仅是调剂工作的插曲。

虽然一开始短程联合化疗不被很多业界大咖看好，但李桓英以过人的胆识和毅力将之推行开，证实短程治疗是可行的。治疗的问题解决了，并不代表这件事的结束，甚至只是开始。近些年，团队的重心逐步有所转变。"麻风病是慢性传染病，如果早期发现，第一可以减少患者与他人接触，减少传播；第二可以降低肢体残疾风险。"邢燕说，"未来，团队的主攻方向是在发现早期麻风病的方法上着力。"

麻风病的早诊早治为什么这么难？

邢燕说，麻风病的表现主要为侵犯皮肤，然后是神经系统，容易和神经系统疾病混淆。现在，全国麻风病人逐年减少，每年新发现病例只有几百个，像一般三甲医院的大夫，如果没有经验，不见得就能想到这个病。

李桓英决定在基层开办早诊早治培训班，就像当年她带着温艳，在文山州做麻风病科普时一样。李桓英在基层讲课时告诫大家："希望我们临床的医生，脑袋里有这个意识：最初患者判断为血管炎或是皮肤病，治疗要是没效果，你们要想一想，是不是有麻风病的可能。"

一次，麻风室接收了一位从外地转来的重病人，面部破损很重，看上去有点吓人，一直被当作血管炎治疗，耽误了得有二三十年。

邢燕和同事将病人提供的组织液、病理切片拿到实验室化验，判断这是一例重度麻风病人。巧的是，病人这次来北京看病，就是因为在电视上看到了李桓英的新闻。家人看到他的面容比较像晚期麻风患者，就想着会不会是麻风病。结果一来，很快确诊了。

患者来时，腿部溃烂严重，散发着令人作呕的味道。李桓英已经90多岁了。她一条腿跪在地上，一条腿蹲在那儿，帮患者看病，也不戴手套。后来，患者的溃疡愈合了。每年春节，患者或家人的拜年电话如期而至。渐渐地，一个素不相识的老教授，成了患者心里放不下的亲人。

温艳称麻防工作者的工作是苦中作乐。在云南省文山壮族苗族自治州丘北县，她和同事每年都要蹚水过河。当地人盖的房子，上面那层用来睡觉，下面则是养牲口的，晚上在老乡家里住下，抬头竟能看到在大城市里久违的星星，而睡觉的木条下，有骡子、小马和一些家畜，还有无处不在的跳蚤，每天晚上温艳要和动物"共枕眠"。上厕所更是麻烦，大家都是渴极了才猛喝几口。也正是因为环境恶劣，云南的麻风病人数量一度位居全国前列。

20年来，陈小华读过关于麻风病的各式英文文献。这是一个小学科中的小学科，文献数量有限，读起来也是艰涩无比。

"看不懂这个，也看不懂那个，完全不明白这是啥。"陈小华形容最开始读文献是"两眼一抹黑"。书在面前摊开，文章看不明白，文件也看不明白，合上书，过几天再看，还是稀里糊涂的。她向别人抱怨："这病真是太漫长、太久远了，恐龙生存期也不过如此吧？"同时，愁从心中起，"我这实验怎么办？文章怎么办？毕业怎么办？"但当她看到李桓英雷打不动，每天坐在那里看书、工作，心也逐渐沉静下来。

如此的潜移默化，直接影响了年轻人的志趣。陈小华希望毕业后能留下工作，但在科研、实验、临床上，麻风怎么搞，还是想不明白。偶尔，她感觉自己像是走进了看不到尽头的胡同。压力和焦虑并存时，她就在周末到办公室坐一会儿，书是打开的，反正也看不懂，但只要在工作的地方待着，就好像某一天会开窍似的。

神奇的是，无论陈小华哪天来办公室，她都会看到李桓英也在那儿。一次，李桓英办公室的门虚掩着，陈小华没察觉到屋里有人，正伸懒腰犯困呢，突然屋里就传来一段英语，把她吓一跳，人顿时清醒了。

中午，陈小华离开，轻轻敲门和李桓英道别："李教授，我走了。""好，小华再见。"一老一小，在暖阳中告别，这样的画面持续了很多年。"李教授不是工作狂，也不是不懂得休息，她在办公室读书看报，那是她的爱好。"坐在一间被实验室隔出来的屋子里，陈小华感慨。

因为这层特殊的同事关系，加班结束后，两人有时会相伴回家。

到了家门口，李桓英招呼年轻人上去坐坐，只需一会儿工夫，柜子上的留声机打开了，一支圆舞曲从中滑出。

厨房里，刚从多士炉中烤好的面包，随着"嘀"声弹出槽口，蓝莓果酱已经打开盖子，在等着配角——黑巧克力和咖啡的出场。如果是一个人回来，李桓英则是另外一种安排，拿出前一天中午的剩菜，西红柿炒鸡蛋或是小份肉食和蔬菜，随便煮点儿面条就打发了。

陈小华与李桓英相识20年，也见识过李桓英的"坏脾气"。但她承认，李桓英发脾气往往有理有据，经常是那种"恨铁不成钢"的生气。

2001年，陈小华偶然在北京电视台上看到一档科学前沿节目，其中介绍了如何将蛋白检测运用到早期疾病诊断中，她听得一知半解，觉得很高深。没过多久，李桓英带领团队去现场做同样的实验，通过提取病人体内血清，做PGL-1抗原和S-100蛋白检测，最后发现，这可以作为早期麻风病诊断的标志物。

在一篇题为《PGL-1抗原和S-100蛋白检测在早期麻风病诊断中的意义》的论文中，李桓英、翁小满等人详细记述了实验相关情况。那时，人类基因组计划刚启动，它被业界誉为人类科学史上的伟大工程，同时被誉为生命科学的"登月计划"。

人类基因组计划的目标是完成对人类基因组中的30亿碱基的测序，绘制人类基因组图谱，辨识其载有的基因及其序列，从而达到破译人类遗传信息的目的。

陈小华说，李桓英一直紧跟国际前沿模式，将PGL-1抗原和S-100作为麻风病的诊断模块，"后面这个产品放到我们的公共平台上，不少同道很惊讶：你们已经走在最前面了"。

李桓英就是这样，带着这支团队埋头一直走到了今天。回头看看，"20年前肯定不会想到现在是这个样子，我们觉得李教授很伟大"。

2010年，麻风室同美国约翰斯·霍普金斯大学开展合作。在云南省红河州地区开展"将免疫筛查的方法应用到现场"的课题。李桓英希望把现场经验同理论结合起来，解决实际问题。

在基层，李桓英带领团队做了关于免疫的吸附实验。这是一项横跨五年的课题，大家先将每个村落的标准制定出来：出现新发病人后，要把患者集中起来，建立数据库，再摸排所有人的家庭情况，最后到皮防所做体检。内容包括：查看全身的皮损情况，抽血，实验室通过仪器把血样分离出来冻上，拿回北京再做具体分析。后来因为病人越来越少，实验开展得异常艰难。

这是一份要凭真才实学才能胜任，并且时刻要冒风险的工作。常常，李桓英的严苛要求被周围人看成是"烫手山芋"。尽管烫手，但某些时候，还必须不吭声地伸出双手接过来。温艳有时也会佩服自己，暗自问道："能坚持下来就不得了了，是吧？"

第二章　党外的布尔什维克

　　会议开始前，公共卫生学院院长特意走到李桓英面前，向她躬身并握手。掌声顿时响起，越来越热烈。无疑，她是当天最闪耀的人。

李桓英有每天阅读英文文献的习惯。左手边是字典，遇到不会的词嘴里会反复念出来。李桓英也没想到，她的学习习惯影响着周围的人，麻风室这些元老和年轻人，就这么被逼着一直在进步。

　　在国内国外，麻风室的不少年轻人被李桓英从幕后推到台前，在各种大型学术会议上登台亮相。

　　逐渐，年轻人发现，原来不敢在公众面前发表意见，现在敢说了，英文说得越来越流利。后来大家一致认为，严厉点是好事。业务水平不知不觉提高了，大家心里都很高兴。

　　美国约翰斯·霍普金斯大学是李桓英的母校，这里有全世界最好的公共卫生学院，她在那里度过了4年青春时光。霍普金斯大学在香港经常召开校友年会，院长每次都会参加。李桓英抓住去香港参加年会的机会，坐在院长身边，叙叙旧，谈谈国内实验室现状、目前的瓶颈。院长很喜欢李桓英，认为她为学校带来很大荣誉，是霍普金斯大学的骄傲。

每年，李桓英都会给霍普金斯大学捐款几千美元，以示对母校的回报。一次，温艳跟随李桓英一同去香港，吃饭时，温艳发现李桓英正和霍普金斯大学公共卫生学院院长克拉格聊着什么。侧耳一听，温艳才明白，原来李桓英正向对方争取合作机会，把自己想做的和可能遇到的困难提了出来。

"您认为，我明天应该再找谁谈一下这个问题？"李桓英颈间系着精致淡粉色丝巾，一袭深色连衣裙，腕间挎着金属搭扣小坤包。这是她的另一面，了解她的人称这一面的李桓英为"国际李"。

只有极少数人知道，李桓英为每次会议要做多少功课。抵达香港后，开会前一天，她一定会把自己关在房间里琢磨一天。温艳感受到了李桓英的压力。"她在想，怎么才能把要说的事情恰如其分地表达出来。"对于外宾，温艳等年轻人都不太知道怎么打交道。李桓英耐心教大家，她会特别注意细节，让外宾感受到尊重。谈论的问题，她一定是反复演练过的，总是表现得很得体。李桓英常说，在外国人面前，我们代表的就是中国，马虎不得。

渐渐地，温艳不再是那个羞涩的，见到领导不敢大声说话的新人了。当她从信封中掏出一摞照片，将李桓英每张老照片背后的故事娓娓道来时，竟让人有种代入感，仿佛一下来到若干年前——

这张是2010年和当时美国霍普金斯大学分子微生物学与免疫学系终身教授（现浙江大学医学院附属第一医院传染病诊治国家重点实验室教授）张颖的合影。李桓英身后，就是当年她住过的宿舍。

这张照片的主人公叫刘强。发现这个病人的时候，经过诊断，这一家人都感染了麻风病。妹妹、妈妈、舅舅，还有表妹。照片主人公的脚部肢残，如果不及时处理，很容易造成全身败血症。后来，李桓英安排温艳陪同他们到湖南常德的专科皮肤病医院做手术，费用从当时我国的中央转移支付项目中全额支出。这个项目中的款项，用于患有麻风病后无能力治疗的人。这些钱同样用于温艳和同事们平日里遇到的麻风病患者。"门诊中看到没钱治疗的，我们就拿出一部分。"

还有一张获得北京市卫生局新闻奖一等奖的照片，作者是温艳。照片里，李桓英和岩糯共同举着一张岩糯和刀建新多年前的合影，合影中，岩糯还是个小孩子，被父亲刀建新搂在怀中。李桓英身边围着几位已经治愈的麻风病人，大家都在咧嘴笑着，特别是李桓英。她正用手指着合影，眼睛笑得眯成一条缝，口中似在讲述当年某个惊心动魄的时刻。

李桓英曾在美国霍普金斯大学开展过两场演讲，最有代表性的当数这一张照片：2012年，温艳陪同李桓英来到母校做纪念汉克斯

（John H.Hanks）论坛演讲活动。汉克斯在约翰斯·霍普金斯大学研究麻风体外培养，尽管麻风体外培养至今未能成功，但他设计的培养基全世界都在用。

有一张多年前一位美国作者采访李桓英的照片，当年写她的人早已不在，但留下了一段珍贵的消息：

Dr.Huanying Li, of Tropical Medicine Research Institute, Beijing, the People's Republic of China, attended a Hansen's disease seminar here last fall. Following the seminar, Dr. Li, who is primarily involved in research, remained here several weeks, studying the Carville research program and visiting other departments. She is currently on an extended tour of other research centers in the U.S. and abroad, and is slated to return to her homeland in June of this year.（中华人民共和国北京热带医学研究所的李桓英医生去年秋天参加了汉森病研讨会。研讨会结束后，主要从事研究的李医生在这里待了几个星期，学习卡维尔研究项目并访问了其他部门。目前，她正在美国和国外的其他研究中心进行巡回考察，计划于今年6月回国。）

这张珍贵的照片一直在李桓英弟弟那里保存着。弟弟曾于2015

年陪李桓英到云南西双版纳曼喃醒村考察。那次，李桓英拒绝了很多公务接待，只留下当年熟悉的几位朋友，带着弟弟从早到晚地扎在麻风村。李桓英也想带家人看看自己曾经战斗过的地方。弟弟对西双版纳情有独钟，知道这是姐姐付出心血最多的地方。

那一次，温艳当起向导，向李桓英的弟弟讲起了20年前李桓英在这片土地上的故事。

"这儿是李教授最早开展短程联合化疗试点的地方。"

"这里原来没有路，全是泥，看到远处的山了吗？之前每次来都要爬山过河。"

"这几位，是当年经过李教授诊断后治好的病人，他们都已回归正常生活。"

在曼喃醒村，村里人穿上节日盛装，头戴鸡冠花发饰，将穿着傣家套裙的李桓英围在人群中央。曼喃醒村的人们看到李教授很激动，救命恩人来了。

那年，李桓英已经95岁了，与30多年前她第一次来相比，这里的一切都发生了变化。曾经连接着滑索道的群山依然矗立在那里，只不过现在早已架上桥。那条她曾经翻过船的河流依然年轻，正一路向南，奔流而去。

离开前，李桓英的弟弟悄悄告诉温艳："我觉得，姐姐做这一切是值得的。这么多年，做这样一件事，是值得的。"

2014年，李桓英到美国霍普金斯大学领受学校授予的杰出校友奖。去之前，李桓英在国内摔了一跤，造成脚骨裂，只能坐轮椅赴约。弟弟邀请李桓英借住他家，准备陪她领奖。坐轮椅去卫生间很不方便，弟弟就想帮一把，没想到李桓英的倔强劲儿又来了。她不需要任何人的帮助，自己照顾自己。扶她一下，她会生气得跟你瞪眼睛。

领奖当日，李桓英被安排在霍普金斯大学礼堂第一排，单独的座位，胸前别着名牌。会议开始前，公共卫生学院院长特意走到李桓英面前，向她躬身并握手。掌声顿时响起，越来越热烈。无疑，她是当天最闪耀的人。

这是弟弟第一次看到，美国顶尖高等学府对姐姐是如此尊重。"她能在这种层面受到认可和尊重，我很震撼，也很羡慕。"弟弟说，姐姐回国是正确的选择。如果一直留在国外，可能做不出这样的成绩。

弟弟也曾不理解李桓英的做法。在云南，他知道了姐姐的志向所在，虽然在亲情上有所亏欠，但她没有虚度此生，有这么多人感激她，需要她，这也是一种人生的幸福。

与社会上一些追逐潮流、追逐名利的专家相比，陈小华觉得李桓英活得很简单，李桓英的努力并不是想证明什么，她是在踏踏实实做学问，踏踏实实工作，踏踏实实生活。

甚至，遇到难事或不合理的事情，身边人也没听到李桓英说过一句抱怨的话。陈小华评价，李教授就像邻居家的老奶奶，喜欢跟人讲自己的事——

"你知道吗？我爷爷是什么人，我爸爸是什么人，我妈妈对这个问题是怎么看的……"

2010年8月17日是李桓英90岁生日。这一天，"李桓英研究员学术思想研讨暨90寿辰座谈会"在北京友谊医院举行。

会上，大家积极发言，说起与李桓英在一起的点点滴滴。

——"李教授具有高尚的爱国主义精神，积极进取，创新自强，勇攀高峰。"

——"李教授深受钟惠澜院士学术思想的影响，几十年如一日，实践和发扬光大了临床、科研和现场工作紧密结合的学术思想，为我国的麻风病防治工作做出了杰出贡献。"

李桓英在会上即席发言："我给自己预计的寿命是，再活5年至10年，虽然不能像年轻时那样经常深入现场，但精力还算充沛，可以查阅文献。我设想加强与国外高端科研机构的联系，引进新方法、新成果，为科研机构与基层单位开展麻风科研与防治牵线搭桥。"

这一天，来自云南的杨军也做了发言。作为曾一起并肩战斗过的战友，杨军深情地回望和李桓英的交往。

1993年底，文山县有一位学习成绩优秀的高三女学生，就在高考前不到半年，被诊断患了麻风病。就在这时，李桓英来到了文山。当她得知这位女中学生的具体情况后，心里非常着急。随后，在当地医生的带领下，找到了这位女中学生。李桓英在为她做了仔细的检查后，给她讲："现在得了麻风，就像得了一块皮肤癣，只要联合化疗一周就失去传染性，你可以边学习，边治疗，最多两年就能治好，放心吧！"并鼓励她一定要好好学习，考上大学，绝不能自暴自弃。因联合化疗中有一种药物会造成皮肤色素沉着，李教授又与当地的专业人员一起，专门为这位女学生设计了既不降低疗效，又避免了皮肤色素沉着的治疗方案，并要求专业医生一定要保证她规则治疗，绝不能影响学习。

过后，李桓英仍然惦念着这位女学生，曾多次打电话、写信询问她的情况。后来，这位女学生考上了昆明一所大学的外语系。她不仅病治好了，没发生任何畸残，而且大学毕业当上了教师。

李桓英始终没有忘记勐腊县曼喃醒村经她的手治好的病人，不仅牵挂着他们的残疾是否加重，而且特别想看看村子里的变化。

有一次，李桓英回到曼喃醒村，看见一张张熟悉的笑脸，她非常激动地说："我又来看你们了，看见你们就像回到家里一样。"在村里，她耐心细致地为他们检查，教他们如何做好自我护理，防止残疾加重。

村民们种植的橡胶林已经产生了经济效益，村里通了电，看上了电视，破旧的草顶竹楼也变成了宽敞明亮的瓦顶竹楼，村民家里不仅有了摩托车，还有不少人家买了小汽车，村里的姑娘嫁到了外村，外村的男女也到该村落户；村里还办起了小学，使孩子们得以进校读书。李桓英看到这些变化，感到十分欣慰。

多年来，李桓英几乎跑遍了云南的所有州市。耄耋之年依然不顾高龄和因膝关节手术后的行走不便，坚持和课题组成员一道，多次到云南开展调研，仍在为解决麻风病早期诊断这一难题不断探索和努力。

云南省委原副书记、原云南省地方病防治领导小组组长高治国，曾在一次党内组织生活会上给予李桓英高度评价，称她是"党外的布尔什维克"，并号召党员向她学习。

第三章 "上蹿下跳"

这样的装扮，旁人万万想不到，排在自己后面买烧饼的，竟是一位世界级科学家。

2012年，90多岁的李桓英应邀参加美国汉克斯演讲，在会上她做了题为《改革开放政策与中国麻风防治》的演讲。李桓英站在讲台一角，熟练地用英文讲述中国方案："短程联合化疗在中国取得重大成功，中国还在努力的路上。"

演讲结束，坐在台下的校友、教授很感动，表达感情的唯一方式是鼓掌，掌声一波越过一波，人们迟迟没有离开。不同年龄、不同肤色的人站起来，向李桓英表达敬意。

李桓英经常在办公室与同事分享她对国际国内大事的看法。"我们国家'一带一路'倡议非常好，特别英明，我坚决拥护。"

她关注时事，每天读报，看到《参考消息》或《健康报》上的重要新闻，会用荧光笔勾画下来，再请办公室年轻人阅读。她自费订阅的报纸很多，坚持最久的是《参考消息》，之前还订过 *China Daily*（《中国日报》）。

20多年前，李桓英获得国家科学技术进步奖一等奖，面对媒体，她坦诚地说："我国的麻风防治工作，地区之间还存在着很大的差别，在云贵川等边远和贫困地区，麻风病还没有达到基本消灭的目标，每年还有不少新病人被发现。同时，麻风病的疫苗至今还是空白，麻风病的传播方式、自然疫源也不清楚，从基因水平揭示麻风病的发病机理尚未涉及。21世纪是分子生物学的世纪，有必要用新的科学实验方法，研究尚未彻底消灭的麻风病，而应研究的实验诊断方法和流行病学方面需要解答的一些问题……"

她说："我是学细菌学的，分子生物学，我还要从头学起。"她在不同场合告诉公众，告诉身边的同事和学生："分子生物学是解决麻风病早发现、早诊断、监测复发的有效手段。"

及早发现和治疗，是麻风防治的关键一举。一方面，过度诊疗令患者精神压力增大；另一方面，漏诊和误诊则会使传染源持续存在，且病期延长，增加患者周围神经系统损害并发症的概率。

尽管21世纪以来，麻风病诊断在血清学和生物分子学方面有一定进展，但早期麻风病诊断尚属于空白。基层麻风防治工作者仍以病人麻木性皮损、周围神经粗大、损害和皮肤查菌这三大主要特征判断患者是否患有麻风病。但早期瘤型麻风和面部皮损感觉障碍往往不明显，部分病人可能没有周围神经粗大。皮肤组织液涂片抗酸菌检查需要质控，而通常综合医疗机构缺乏麻风抗酸菌检查必需的试剂和技术。更为要命的是，部分病人由于怕被歧视而讳疾忌医。

2002年，李桓英带领北京热研所麻风室全体同事开展了"麻风分子流行病学研究"，旨在通过对麻风菌分子进行生物学水平的研究，在麻风病传播方式、发病机理、检测方法等方面取得突破，进一步提高云贵川等边远和贫困地区的麻风病防治水平。

现实问题是，MDT开展已超过20年，麻风病的传染源、传播途径尚未研究透彻。

病原体基因分型作为研究传染源和传播链的工具，是建立中国麻风菌基因库的基础，这也是李桓英团队通过基因分型研究麻风菌传染源和传播链，从而开展麻风分子生物学研究的第一步。

熟悉她的人都知道，李教授又要开始她的常用技术路线："上蹿下跳"。"上蹿"——对接国际组织和大学，广泛开展国际合作；"下跳"——一竿子扎到底，在基层选择试点单位。

李桓英紧锣密鼓积极对接国际相关组织。2002年，她的课题组应邀参加欧盟发起的麻风病流行病学早期诊断项目，并分别与美国麻风协会、美国科罗拉多州立大学、美国国立卫生研究院、美国纽约海斯基金会、英国剑桥大学等建立合作关系。

两年后，李桓英帮助贵州向美国麻风协会申请了"贵州省黔西南州兴义市和普安县麻风病联合化疗后复发监测"项目，获得资助。调查证实了联合化疗对麻风病治疗的确切效果，为进一步完善联合化疗方案提供了依据。

在麻风病早期诊断、耐药基因检测和分子流行病学的研究方面，李桓英团队获得美国国立卫生研究院和纽约海斯基金会的资助。

李桓英课题组与美国科罗拉多州立大学建立了长期科研合作关系。合作项目"麻风病联合化疗后麻风病菌的耐药和基因分型的研究"很快取得初步成果，所撰写的论文发表在美国《临床微生物杂志》上。

两年间，李桓英课题组邀请美国科罗拉多州立大学瓦拉拉克什米·维萨教授来北京热研所访问，探讨进一步合作开展麻风分子生物学研究项目。

课题组与英国剑桥大学合作开展了"中国麻风病基因易感性的研究"。2006年由美国海斯基金会提供了人员培训、科研、学术交流经费资助，为麻风病的深入研究提供了良好的条件。

李桓英应邀前往美国科罗拉多州立大学，进行了麻风病分子生物学领域研究合作的访问，并应邀参加了7月的麻风学术会议。会上李桓英做了我国麻风病防治现况的报告，讨论了我国麻风防治以及我国政府与世卫组织和各非政府组织合作的效果。

从2003年开始，李桓英课题组选择云南省丘北县作为基层试验点，开展麻风菌基因分型与传染源、传播链研究，直到2008年研究结束。

丘北县是云南麻风病高流行县。研究从138例患者皮损组织中提取DNA的麻风菌基因分型，患者与家内接触者鼻分泌物中麻风菌检测与分型，近3年至5年内连续有新患者的村庄水、土壤中麻风菌的检测，以发现基因型特征与流行病学的关联。

课题组依据2003年至2007年收集菌株的基因分型，确定丘北县流行的麻风菌在系统发育上可分为两大分支。

菌株分型也揭示了丘北县麻风病的流行特征。5年研究期间共发现患者115例，其中39例聚集在17个高发家庭，提示麻风病在家庭内传播很常见。家内菌株基因型除在3家有差异外，其余14个家庭内患者的菌株基因型一致或高度相似。多个患者高发家庭的聚集，可能作为疫源，通过呼吸道传播，使周围人群感染同一传染源。这可能是同一基因型菌株形成及播散的原因。

B菌株从2006年前的5例，迅速增加到2007年底的14例，而其他菌株数目增加并不明显，提示B菌株可能是该地区的优势菌株。

课题组的年轻人倍感振奋，这些结论意味着他们的研究方向，即寻找麻风易感基因，建立高发家系的研究初战告捷。

有了这一成果，李桓英的目标更加远大，她希望进一步扩大研究范围，但前提需要提高基层麻风防治人员采集病人皮损及血清标本的技能。

2003年4月，李桓英远赴云南文山州麻风病高发现场，举办"云南省文山州麻风病短程联合化疗后复发和新发现患者调查学习班"，与翁小满和温艳共同授课，文山州及丘北等8县皮防站麻风工作者共50人参加了学习，到现场指导收集病人皮损及血清等标本共25份。

为了推动"麻风分子流行病学研究"，李桓英尽管膝关节髌骨软化手术后时常需要拄拐杖，但还是坚持和课题组成员一道，于2004年5月赴四川成都、云南昆明、贵州兴义，讨论并落实布置"麻风病短程联合化疗后复发调查工作"。年底，她又赶赴四川成都、西昌市、冕宁县，具体布置"麻风病短程联合化疗后复发调查"工作，同时安排甘肃省甘南藏族自治州疾病预防控制中心科长王克俭开展复发调查工作。

要知道，建立全国麻风菌基因库绝非易事，需要调动全国麻风防治战线同志的力量，这是一场刀尖上的硬仗。

为了提高基层麻防工作者对现代医学知识的认识和高水平医学科学技术在麻风防治上的应用，2005年11月，中国麻风防治协会与北京热研所联合举办了"分子生物学在麻风病控制中的应用培训班"，介绍有关分子生物学基础知识，建立中国麻风分枝杆菌基因库，开展尚未接受MDT治疗的新发和复发麻风病人的麻风病流行病学的基因分型和耐药研究，深入探讨麻风分布不均、传播方式和疗后复发等问题。

5年后，第二届"首都杰出人才奖"表彰大会在北京会议中心召开，李桓英研究员作为首都医务工作者唯一代表获此殊荣。

2010年11月，云南麻风病康复者集体到北京游玩，一行人特意去了北京热带医学研究所，见到了他们心目中最亲近的"大摩雅"李桓英。

深秋，李桓英和大家站在一起。他们中间，麻风病肆虐过的影子尚在：肢体残疾、面部凹陷，他们和亲属站在一起，和守卫健康的斗士站在一起。李桓英站在人群中央，被康复者簇拥着，她眯起眼，怀抱着秋天的喜讯——一个巨大的、足有一米长的南瓜。翁小满、温艳、陈小华也在人群中，那时，翁小满和温艳是麻风室骨干，成绩斐然，而刘健、陈小华、邢燕，初出茅庐，是麻风室的后备力量。

这些人，是李桓英"上蹿下跳"的底气。

2010年3月，89岁的李桓英与美国约翰斯·霍普金斯大学公共卫生研究院院长克拉格联系，邀请该院分子微生物学与免疫学系张颖教授来北京友谊医院做学术报告并探讨早期诊断麻风合作；4月，她率领课题组到云南红河州弥勒县、开远市现场开展"麻风病早发现研究"项目；6月，张颖随同李桓英访问云南省疾病预防控制中心。随后到红河州开远市麻风病现场考察，到西双版纳州勐腊县原短程MDT试点的麻风村曼喃醒村考察，受到曼喃醒村村民和治愈者热烈欢迎。李桓英看到村民生活发生了翻天覆地的变化，非常高兴。最后陪同张颖访问了勐海县麻风现场。促进了美国约翰斯·霍普金斯大学、北京热研所、云南省疾控中心三方合作，共同开展"麻风病早发现、早确诊的研究"项目。

几年间，李桓英课题组多次前往云南，他们分赴云南昆明、云南开远麻风病现场、云南省疾病预防控制中心、红河州皮肤病防治所、开远市皮防院等地开展麻风病早期诊断研究项目。

纵观李桓英的工作时间表，一年两次深入麻风防治基层开展科研项目，这样亲力亲为牵线搭桥，不知道的人，还以为是年轻人呢。李桓英说：只要我不是基层的累赘，就应为"送瘟神"而奋斗。

92岁高龄的李桓英，仍旧全世界跑，她合作的对象都是世界上顶级的学术和研究机构。

有人开玩笑说，李桓英为什么能活100岁，因为她把自己的一切都献给了事业，所以上帝说了，这样的人一点都不给社会增加负担，她应该活得久。李桓英并非无情，而是有大感情，她将自己嫁给了热带医学，将感情献给了无数麻风病人。

北京友谊医院附近有一条胡同叫留学路，往里深走100米，一家卖烧饼的小铺人来人往。老板每日招呼着客人迎来送往。李桓英曾是这里的常客。

很多年前，李桓英常在下班后拉着小车儿去采购，一袭浅咖色长款风衣，一顶带檐的帽子，斜挎着一只不知哪次会议发的纪念小书包，慢悠悠地溜达着出发买烧饼。这样的装扮，旁人万万想不到，排在自己后面买烧饼的，竟是一位世界级科学家。而对于过往的成绩，李桓英也不是很爱表达，只有在别人问时，李桓英才会开心地眯起眼睛，说："你真感兴趣啊？那我讲讲。"

滔滔不绝讲故事的场景，有时也会在特定场合出现，譬如麻风战线好友或合作伙伴来京探望李桓英时，再或者是逢年过节时，办公室同事围坐一桌。简餐，几个菜，大家以说话为主，最后是李桓英掏钱请客。

当年一起工作过的麻风战线的好友来到北京，饭桌上，大家觥筹交错，不一会儿都红了脸。主场并非主角，李桓英婉拒了坐在主座的邀请。在场的几位老友都曾参加过那场旷日持久的"战斗"，哪个人单独站出来，都能讲一天一夜。饭桌旁的李桓英，并不热烈地张罗，她侧耳听着每位老朋友的发言，仅在关键时候插几句。陈小华总结："李教授颇有大家风范，不是因为她是大专家就听她一人说，那样大家都不放松。"

这几年，陈小华在自己的专业领域成长迅速，与刚来时已经判若两人。在麻风室的前十年，她被诸多实验包围着——"分子生物、细胞培养、免疫方面，要做很多实验"，有时候人离开了，机器还要继续运转。

当时，实验做完一个，可以第二天来拿结果，或者晚上再跑来实验室一趟看结果，中间等待的几小时，就用来读看不太懂的文献。

因为不理解的地方太多，陈小华时常会找李桓英交流。她说："我看不懂就很着急，一下想到后面的事，比如实验失败了怎么办。"李桓英的智慧体现在沉稳，她会建议换个方向再去摸索。

在科学研究领域中，李桓英心里始终有方向，就像一股洪流，一直向前。所有的困难都不足为奇，她知道，目标终将实现。这十几年来，所里的每个人都看到这个目标在一点一点实现。

李桓英是个直接的人，她不愿意隐瞒自己的观点，也不愿说假话。自她决定从事麻风事业后，目标一直在不断调整、修正，但从未后退。

李桓英最开始的想法是，将短程联合化疗为大家所用，但单独依靠药物远远不够，还需利用分子流行病学，包括抗原抗体及免疫实验，达到真正消除麻风病的目标。漫长的工作周期最磨炼人的耐性，身边人常劝李桓英，到了鲐背之年，可以放松休息了，但她却说："不能掉以轻心。"

没有人能敌过时间的追赶，李桓英额头上的皱纹又深了一些，头发变得更灰白了，视力一年不如一年。

98岁以后，李桓英来办公室的时间渐渐少了，有时来办公室看书，坐一上午，中午就很累了。跟大家道别后，由袁联潮扶着，李桓英拄着拐，一步一步踱出北京热带医学研究所的小楼。

碰上召开重要会议，李桓英又不舍得走了。行动不便，午饭干脆拿到办公室吃，午休时间就在办公室沙发上靠一靠，下午继续看文献做研究。她从来没放松过对科学的追求，尽管现在早已不来办公室了，但陈小华总感觉，她昨天还来看过大家做实验。

到过麻风室的人都会惊叹，这个在麻风领域全国顶尖的实验室空间实在太小了。走路都要侧着身，实验台面也不大，如此狭小的空间，竟藏着精密而贵重的实验设备。

好在，新的实验室正在北京顺义建设中。建成后，北京热带医学研究所将整体搬过去，新的实验室空间足有200多平方米，实验条件会大大改善。

往里走，再往里走，才是李桓英的办公室。这间6平方米的小屋是后来为她开辟的。房子是20世纪50年代建成的，到处堆满了书，多是旧书、图纸和开会材料，日久天长，墙皮开始脱落，医院决定重新装修。装修工人帮着搬家时，发现一间屋里堆满了大纸箱，四只箱子摞在一起，比一个成年男性还高。怕被人当成废品卖了，几位同事提前叮嘱工人："这是我们办公室的宝贝，千万要一件不落地帮着搬过去。"

现在，这些"宝贝"就在北京友谊医院专门的屋里保存着。随意拿起那箱子里的一本书，轻拍掉封面灰尘，一页一页翻开，会发现里面记载的竟有一八七几年或一九七几年的理论。这些经典理论有的沿用至今。

麻风室建立初期，工作人员只有李桓英一人，此后数十年，她身边是"铁打的营盘流水的兵"，很多优秀的人在这儿走过、路过、经过，但最后能否留下还是要看缘分。

陈小华记得，刚来时，前辈就给她讲过李桓英是如何在10年间独立完成实验，独自撰写报告。陈小华听到的时候感觉很惊奇。也许唯有热爱才能解释李桓英为何有这么大的动力。

李桓英孑然一身多年。有人问她原因，她会皱起眉头摆摆手：

"我觉得烦，觉得没意思。"但每当麻风室同事的孩子出生，李桓英比谁都高兴。陈小华的女儿出生时，李桓英特意让袁联潮在山西老家买了小米，寄给她补身子，等到陈小华坐月子时，李桓英又让袁联潮给陈小华女儿买了新被子送到家里。

对于有小孩的同事，李桓英格外照顾。孩子特别小时，她就会跟你探讨，这么小的孩子会做什么，会想什么。但这事放到她自己身上，就一点儿也不想了。她还是觉得，坐在屋里听音乐多自在舒服啊。

陈小华见过李桓英家中的音乐磁带、黑胶唱片，大部分是从国外带回来的，听音乐时的李桓英是安静的，整个人很沉静，并不着急做什么，与平日工作中的她形成强烈反差。

第四章　走到人生边上

温艳当时还不理解，袁联潮为什么对她的话无动于衷，只等李桓英过来。袁联潮后来对她说："谁如果做了李教授的主，那她会不满意的。"

长寿，始终是人们追求的一大人生目标。而限于各种因素，长寿只会眷顾极少数人。66岁、73岁、84岁……在民间，人们认为，步入暮年后，人生之路会显得越来越逼仄，过一段就会有道"坎儿"横在前面，需要跨越。

李桓英的祖父没有活到66岁，而李桓英的父母都没有活过70岁。在所有的"坎儿"中，最后一道似乎是100岁。这是绝大多数人难以企及的寿考最高境界，即使时至今日，人均寿命已经比几十年前翻倍增长，百岁老人依然堪称人瑞。

在云南大山里，在实验室中，在出差旅途中，李桓英轻易迈过了一道又一道坎儿，不经意间就来到了100岁的边上。

即将百岁的李桓英有时会神志恍惚。一次，她突然对袁联潮说："小袁，你赶紧订车，我爸妈中午一点半到，你安排下住宿。"一会儿又问："小袁，我父母到了没有？能不能给我们安排到一个房间？"

袁联潮事后想，这也许是50多年前李桓英与父母最后一次见面场景的复刻。那是她永远的心结。

2021年，李桓英被中共中央宣传部评为"时代楷模"，麻风室的同事相约去看她。那天，李桓英穿戴得体，特别精神。邢燕帮她把党徽别在胸前："我们要向您学习，李教授。"李桓英笑着回应："我要向你们学习才是。"

每年"世界防治麻风病日"，李桓英团队会提早在北京做宣教工作，请人们填写调查问卷，了解他们对麻风病的知晓情况。有些人看到调查问卷，扭头就走，要么随手扔到垃圾桶。这种情况不少，转变观念不是一朝一夕就能完成，需要一个过程。家人和朋友曾劝邢燕改行，或换个方向，邢燕不舍得，她对这份事业有感情，对李桓英也有感情。

从专业的角度看，麻风病在临床上有结核样型和瘤型两种不同的极型。"另一种分型，可分为多菌型和少菌型。"邢燕说，这是由于人类机体对麻风杆菌的免疫反应所致。"为了形象地说明以免疫力为基础的这种状态，借用物理学上的光谱概念，确立了麻风病的免疫光谱现象，即从结核样型、界线类（界线类偏结核样型、中间界线类、界线类偏瘤型）到瘤型，正像一个连续的光谱状。"

针对多菌型患者，李桓英团队常规做皮肤组织内的切片，经过抗酸染色，如果细菌量很多，抗酸菌为阳性，且综合评判皮肤、神经系统受损情况，可以做出诊断；而少菌型，切片一般为阴性，加大了诊断难度。团队目前突破的重点是"将这部分人早期诊断出来"。

在年轻人抱怨工作多，叫苦叫累的时候，李桓英反而乐在其中，她觉得为这份工作付出的一切都是值得的。

那一年李桓英98岁，陈小华无意间和她提到未来分子生物学的前景，惊讶地发现她有很多新想法。那一刻，陈小华仿佛从她的眼睛中看到了光明的前景。

一次，李桓英接受电视台记者采访，主持人问她："麻风病那么可怕，麻风村那么远，面对一种从未有人攻克的传染病，一般人会很害怕。您不怕吗？"

李桓英语气笃定："我不是一般人。"

每年元月的最后一个星期日是"世界防治麻风病日"，也是"中国麻风节"。陈小华记得，李桓英每年都会在"中国麻风节"来到活动现场，慰问麻风治愈患者。

社会上还是对麻风病人存在歧视，麻风病人因病致残、因病返贫也时有发生。李桓英一直在想各种办法解决这些因麻风而产生的社会问题。

2004年，中央财政将麻风病防治纳入了公共卫生专项，各级政府也给予了稳定的资金投入。目前我国对麻风病的诊断和治疗全部免费。为了鼓励麻风患者早发现、早治疗，各级政府实行报病奖励，中央财政给予适当补助。此外，民政等部门也为麻风患者提供必要的医疗和生活救助等。

因为常年在南方阴冷潮湿的山区工作，李桓英的手指有些变形，就连关节也是错位的。这几年，她获得的荣誉越来越多，国家科技进步奖一等奖、首届中国麻风防治终身成就奖、"最美奋斗者"称号、"3个100杰出人物"、"时代楷模"称号……荣誉纷至沓来，李桓英却一直未变。

她就像一个守林人，耐得住寂寞，守了几十年的山林，每年看梅花朵朵凌寒开，暗香阵阵引蜂来。获了那么多奖，她还是那个样子。上班下班，碰上兴致好时，她还会向大家讲起老照片。

一次，李桓英在外开会，被人问道："李教授，您80多岁了，有多少个孩子？"李桓英板着脸放下筷子，答："我有4个孩子，1个儿子，3个女儿。"原来，当年麻风室有四位年轻同事，李桓英把他们都当成了自己的孩子。

这么多年，生活上的艰辛，工作中的困难，李桓英不知经历了多少，但始终保持乐观和热情。

李桓英有着不达目标不罢休的态度。直到和李桓英在一个大办公室坐了十几年，陈小华对此才有真切感受。

一般人如果感冒发烧了，就回家休息了。李桓英不是，有一年，她的膝关节积液疼得都走不动路了。但治疗一结束，她竟让袁联潮推着轮椅，回办公室看实验进度。陈小华评价，这么多年，就从没听李教授说过，今天我不舒服，休息一天。看门诊，做治疗，她都是悄无声息把事办了，然后再悄无声息回来。她离不开办公室。

2009年，李桓英和几位同事去香港开会。她站在路中央，拿着拐棍儿指向一处现已改成街道的地方："我家以前就住这儿。"回到酒店，仍会滔滔不绝跟大家讲，最早自己的家是什么样的，有时候能说到半夜一两点，还要对方实时回应。你要困得不行了，没听她说，她就像小孩子一样不高兴了。

说到底，李桓英最在乎的依然是科研。最近几年，她比以往更注重大家发文章的质量，嘱咐大家在国外发表意见要谨慎。"李教授总怕我们把她的脸给丢了。"大家揣测。李桓英知道麻风室每个人的水平，她不允许任何一个人落后，要大家一起向前跑。

私底下，大家还是有点怕这位老太太。遇到有人提出不同意见时，李桓英如果意识到是自己错了，往往也不会第一时间更正，过后，她会想个办法改过来。在气头上，没人敢跟老太太硬碰硬地来。

有一次，温艳触碰了李桓英的敏感神经。

国外的学习班大家都想去，大家以为这次该轮到翁小满了。结果李桓英派了另外一位同志。温艳替翁小满打抱不平，推门进李桓英办公室就说："翁老师当时一直负责那个项目，她去了会更好沟通。"

结果，李桓英摘下眼镜说了四个字："我决定了。"后来觉得不对劲，又说："你有什么资格跟我说这些话？"

第二天，翁小满接到李桓英的电话："我认为，出国的钱是从你的项目经费里出，你也应该跟着一起参加。"翁小满没再细究什么，那时她已经快退休。只是她看到李桓英还能改变想法，觉得老太太是一位磊落坦荡的人。

其实，大家骨子里怕她的情结多年没变过。翁小满和温艳一起去云南出差，对方看两位女同志很辛苦，提议可以先把机票钱打给她们。买了机票，再回单位报销。这样就可以私下多得了买机票的钱。对方把两人拉到一旁悄悄透露，"已经有别的地方这样做了，你们也可以这样操作"。

"我们有纪律，绝对不能这样做。"回程路上，温艳、翁小满又聊起此事，打趣道："如果真干了，让李教授发现，非把咱俩告到纪委去！"

在温艳印象中，李桓英的脾气似乎始终没有变过。从去食堂吃饭的雷厉风行，到日常生活的井井有条，再到做学术研究的一丝不苟，几十年来，李桓英一点都没变。

有一天，正赶上过节，李桓英招呼大家："今天是个吃饺子的日子，咱们去食堂吃饺子。"袁联潮最先来到食堂占位置，发现没饺子。"嘿，那你就有什么买点儿什么，买点儿馅饼，再买俩包子先摆上呗。"温艳当时还不理解，袁联潮为什么对她的话无动于衷，只等李桓英过来。袁联潮后来对她说："谁如果做了李教授的主，那她会不满意的。"

后来，温艳对袁联潮的话有了深刻体会。每次去机场，李桓英都要自己背包，自己挂拐杖，自己拿飞机票办理手续。温艳希望她坐轮椅，这样同事有一人可以专门照顾她。温艳则可以拿着大家的票办登机。但李桓英不同意，"我的票必须拿在自己手里，拿你手里忘了怎么办？"

候机时，李桓英喜欢将书包、机票放在腿上，都要自己拿着。有时，因为她过于独立，大家也会忘记她已是个超高龄老人。她挂着拐棍上电梯特别不容易，以前同事们都不注意，李桓英就在后面吭哧吭哧，跟着大家走。走着走着，几位年轻人突然听到李桓英的几句嚷嚷，才赶紧回过头来。

李桓英买书从来不吝啬，自掏腰包，带大家打车去打车回。但她自己经常挤公交车。在李桓英这里，从来都是工作第一，只要对工作有好处，就不怕花钱。

关于家里书和书柜的摆放，李桓英有自己的偏好。几年前，李桓英家里装修，碰巧赶上她住院，全程由温艳帮忙监督完成。等施工结束，李桓英看到书柜被打造成立柜样式，一直通到房顶。"你都没考虑到我怎么拿那些书。"最后，书柜直接躺倒，横放在地上，方便大于形式。

在温艳心里，李桓英一直是个简单的人，衣服去地摊儿买，水果回家用水冲冲就完了。飞机上发的水果让她带一路，到后面都忘了吃，原封不动又背着带回北京。

在人与人组成的办公室中，有时同事之间关系微妙，如何把大家聚成一团火，李桓英有自己的一套。

一次，温艳和一位年长她十岁的老同事发生矛盾。在这件事上，她看到了李桓英处理人际关系上的睿智。老同事资历深，在业务上看不惯年轻人的做事方式。一天，她把温艳之前发过的文章翻出来挑毛病，意见写了一大堆。又把温艳近期做的一份表格拎出来。"你要不信我，咱俩把这个东西拿给李教授看，看看她怎么说。"

温艳当然不甘示弱。"看就看，谁怕谁？"没一会儿，两人拿着表格找李桓英评理。

"狭路相逢勇者胜"，老同事只猜对了前半句，后半句是"勇者相逢智者胜"。李桓英是智者。老同事想，这次温艳肯定要挨批评了，做得那么不严谨，毛病一大堆。可是，李桓英看了表格却说做得不错，把老同事请出办公室后，还一连鼓励了温艳好几句，一反常态。

"也许李教授当时没看出表格有什么不妥，也许是她有别的意思。"温艳得意极了，挣足了面子。

那是2000年前后，温艳刚来麻风室没多久。李桓英为了不打击年轻人的积极性，用这个办法将温艳留下。"当时李教授肯定很明白我和同事间的竞争关系。我们俩还在她面前幼稚地争来争去。"

但这种宽容没有维持很久。毕竟，发火、拍桌子、瞪眼睛，才是老太太的常态。有次做表格，温艳认真用几张 A4 纸粘成一张大表，把诸多数据填了进去，她心里没底，拿着表格请教李桓英。温艳知道表格还要修改，至少要做出趋势图，或是整理为几张图。她知道数据都放在一起肯定不对。

有了上次的经验，温艳几乎是毫无畏惧地敲开了李桓英的门。"你这叫什么？乱七八糟的。我看不懂你做的是什么东西。"李桓英啪的一下把表格扔在了地上。

温艳认为，一般领导可能会告诉你下一步怎么做，如果没想好，会再找时间沟通。而李桓英不是这样，她首先表达愤怒。为做表格，温艳熬了两个晚上，她本想当面好好向李桓英请教。但她发现，有些问题李桓英注定不会给她答案。

李桓英在生活上很节俭。一次，温艳和李桓英去香港开会，李桓英的早餐是一个苹果加一杯咖啡。有时候没吃饱，两人还得坐公交车去超市买面包，但一般选最便宜的面包。有时候喝粥，李桓英喝不了一碗，就分给温艳半碗。

2002 年，云南省西双版纳傣族自治州勐腊县皮防站站长马金福来北京参加党的十六大。他是李桓英的亲密战友，自然要来找老友叙旧。李桓英也很高兴，中午请马金福吃饭。大家都没想到，请客地点就在北京友谊医院旁北纬路对面的一个小餐厅。有同事私下嘀咕："嘿，你们说老太太请人吃饭，还不去个高档的馆子，就去个小餐厅。多不好意思呀。"李桓英只点了一条鱼和一个素菜。"够吃了，

够吃了，我们不讲排场，点多了浪费。"

这不由得让温艳想起和李桓英第一次去云南文山州下现场调研时的场景。最初，麻风室经费紧张，每次好不容易凑够了机票钱，往往就要在吃饭上压缩。李桓英常带着几个年轻同事到麻风患者家里蹭饭。"咱也不去外面吃了，没钱。咱们去人家里吃，能拉近感情，利于开展工作，还能吃饱饭。"

麻风室的年轻人都见识过李桓英的"抠"。碰上开会吃盒饭，盒子是一次性的，用完本应该直接扔掉，李桓英一定要把饭盒洗洗留着再用。

李桓英有时又很大方。云南有个皮防站工作人员眼睛不好，生活也很困难。李桓英悄悄拿出工资帮他买药治病。她见不得别人受苦。看到基层麻风患者看不起病，她比谁都着急，留下钱，留下技术，留下医疗用品。

还是在香港那次，李桓英带着大家参加校友会。还在大巴车上，李桓英就嘱咐大家："我跟大家说啊，咱们今天要住的酒店非常高级。明天咱们在这儿开会。一会儿到了酒店门口，谁也不准自己拿行李，要给服务员小费，让他们拿。"

温艳感到，服务员拿了小费，脸色立马就不一样了。这是国际活动，李桓英怕跌份儿，怕让其他地方的同行小瞧。

有时，在旁人看来，老太太"精明"得不得了。她把烦人的琐事一件件安排好，对待每个机会都极其认真，机会到来时，李桓英早已在酝酿把握住机会后面的事情。

　　作为北京热带医学研究所最著名的"狠人"，李桓英一直在办公室上班到98岁。有些人已经不怕她了，公开说，"我的想法跟您是不一样的"。李桓英并不计较，她确实老了。后来，几乎每次袁联潮来医院看望李桓英，临走时，李桓英都会对她说，"小袁，明天我父母来，你帮忙接待一下"。次数多了，袁联潮习以为常，有时会不假思索地说道："好的，知道了。"

第十部分　奋斗不知老将至

第一章　光阴似箭

　　同事去病房看她，李桓英说的第一句话是："你们有什么任务，给我布置一些吧。"同事走的时候，她说："下次带点儿文献让我看看，住院也不能虚度光阴。"

　　步入鲐背之年，李桓英去往外地的次数屈指可数。

　　2018年11月，她前往祖籍山西襄垣，参加祖父诞辰140周年纪念活动。同年12月底，上海同济大学给她颁发卓越女性特别荣誉奖。2019年她接受了三次采访。这之后，因为身体原因，她一直住在医院。

　　李桓英是个简单的人。她消化系统好，牙也好，都是原装的。她说早上吃的苹果是金苹果，对身体好，还要来杯咖啡，促进身体代谢。

　　有时，在李桓英看来，吃饭就是个填饱肚子的过程。中午，袁联潮从医院食堂给李桓英打回西红柿炒鸡蛋。吃剩下的，李桓英晚上拿来拌面条。很多人不知道，很少下厨的李桓英也有自己的拿手菜。她会做牛尾汤、包饺子，除了清蒸大闸蟹，她还喜欢吃炒螃蟹。

90多岁的李桓英，早上依然八点来上班。一杯速溶咖啡下肚，一天的工作开始了。直到晚上五点半，暮色四合，她才慢悠悠合上字典或文献，起身下班。

实际上，李桓英并不喜欢加班。平时，工作三点结束就三点下班，五点做完就五点下班，下班前安排好第二天的工作，她从来不卡着时间。但任务来的时候什么也挡不住她。1989年，她在四川出了严重车祸，头部缝了七针。回京后，医生建议住院继续休养。她马上就回到办公室继续工作。因为当年3月要召开一届麻风国际会议，她需要在大会上做报告。

在新办公室，袁联潮坐在她对面。有时两人面对面聊聊天，李桓英说什么，袁联潮就点点头。李桓英不乐意了，"你别光点头，也说句话啊"。随着李桓英年龄渐长，袁联潮开始近距离照顾她的生活起居。

一次，袁联潮生病住院做手术，恢复期有半年。李桓英急得团团转，三次带着水果和补品去探望。李桓英挂着拐棍儿，一个人埋头往前走，时不时回头催促身后的温艳："快点儿走啊，多着急的事儿！"

大病初愈，袁联潮重新回到李桓英身边。她发现，衰老的痕迹爬上了李桓英的眉眼。工作多了，压力大了，李桓英还是那样，发发脾气，牢骚几句"烦死了，烦死了，怎么还没搞好"。

有人问她："李教授，您为什么不结婚？"她不急也不恼，笑盈盈地回答："我这个脾气，早就离婚多少次了。"还有一种说法是："有人看上了李教授，但她没看上人家。"

有遗憾吗？也许。但李桓英说，有家庭的同时也会有拖累，孩子和老人都要照顾，事业上可能就不会有现在的成绩。

刚到麻风室时，邢燕住在医院附近，离李桓英家不远。2012年中秋节，李桓英邀请麻风室的几位同事去她家中做客。

那天，邢燕带了蛋糕，刘健带了红酒，袁联潮拿来各式熟食，饭桌上充溢着饭菜的香气。一进门，作为主人的李桓英说："谢谢你们接受我的邀请，愿意抽时间到我家里聚聚。"在工作之外，同事往往能看到李桓英的另一面，那是一个彬彬有礼、举止有度的李桓英。

2013年春节，邢燕的父母来京陪她过年。听说李桓英一个人过年，邢燕父母想请她来家里吃年夜饭。

邀请前，邢燕一家做了一番思想斗争。李教授如果不来怎么办？如果来了我们怎么招待？包饺子该做什么馅儿的？邢燕的父母经常听女儿提起李桓英，他们觉得，这位和自己父母年龄相仿的长者特别伟大。

李桓英如约而至。晚上八点，饺子上桌了，是黄瓜虾仁馅儿的。邢燕父母觉得猪肉白菜、猪肉韭菜太普通了，怕怠慢了李教授。李桓英格外喜欢，邢燕父亲善于做凉拌菜，刚好合李桓英的胃口。邢燕记得，李桓英那天兴致很高，讲得最多的还是麻风工作和国家大事。

2016年4月，邢燕当了母亲。7月时，袁联潮联系她："李教授想去家里看看你。"那几日正值北京高温桑拿天，人们能躲在屋里就躲在屋里，觉得出门是受罪。但李桓英不怕热，执意要来看看满百天的孩子。邢燕有种受宠若惊的感觉，推托一番后，李桓英还是带领大家来了。

大门打开，李桓英递过一提水果。"哎呀，我们几个月没见了，大家都挺想你的。"她的声音清亮有力，边说边张望着，"小宝宝呢？"

聊着聊着，孩子从午睡中醒来。邢燕轻哼着儿歌，很快，李桓英的臂弯里就轻托着粉嫩嫩的小婴儿。

"笑了，笑了。"李桓英的眼睛笑得眯成一道缝。

小宝宝不认生，刚一躺下，竟咯咯咯笑出了声。

"他是不是喜欢我啊？"李桓英揣测着三个月大婴儿的意思。

"你们做家长的，要好好培养，不能耽误。"

"小宝宝看着真聪明。"

"无情未必真豪杰，怜子如何不丈夫。"那天下午，李桓英对孩子的喜爱显露无遗。打量孩子的目光，就像一位慈祥的祖母看着自己的孙辈。

寒暄完，照例谈工作，李桓英告诉邢燕实验室最近的新目标、新任务，向她讲起最近带着大家又去哪里出了差，取得哪些进展。

邢燕的外婆不在北京，有时她会有种错觉，"李教授很像我的外婆"。工作时，如果做得不好，李桓英照例会发几句牢骚；文件交迟了，办事情拖拉了，邢燕也免不了挨骂。

后来她分析，李教授90多岁了，她知道时间有限，万不能浪费。光阴似箭，在有限的时间内多做工作，这是年轻人没想过的。年轻人没有那么急迫的感觉。

生活上，她是个名副其实的"老小孩"。

一年，李桓英组织麻风室同事参观国家博物馆，邢燕带上了儿子。那个在李桓英怀里笑出声的小婴儿正在咿呀学语，逗得老人眉开眼笑。

只是，当年还能拄着拐棍蹒跚前行的老人，现在只能坐在轮椅上。有张一老一小的动人合影：戴着红色围巾的李桓英和孩子并排坐着，头靠着头，依偎在一起。

没过多久，李桓英的生日就到了。她告诉邢燕，如果有时间可以来一起吃饭。邢燕知道，李桓英更期待小朋友的到来。当然，她是带着孩子一起去的。

生日当天，李桓英自然很开心。邢燕和孩子走后，无人知晓，独自一人的李桓英是否会感到落寞。

2012年，李桓英带领麻风室同事来到她青年时求学的美国约翰斯·霍普金斯大学访问。饭后散步，她无意间走到自己曾经住过的宿舍，对同事说："看，这是我曾经住过的地方。我父亲当年也来过。"

李桓英除了在美国霍普金斯大学演讲外，还去了美国路易斯安那州卡维尔麻风中心。1980年，李桓英作为访问学者曾到此学习过，这次故地重游，竟在那里发现了两幅中国山水画。这是当年李桓英在这里学习时，送给他们的礼物，至今保存完好。30多年过去了，李桓英仍奋战在麻风一线，美国麻风中心的同行也很佩服。

美国麻风中心的同仁安排李桓英团队参观美国的"麻风村"，他们叫"康复中心"。既往美国治疗麻风也是隔离治疗，联合化疗推广后，患者治愈后可以离开。但中美面临一个共同的现实问题——社会歧视。

一些康复者回到康复中心，给前来参观的客人讲述中心历史。邢燕记得，为他们做讲解的是一个瘦瘦小小的黑人，因为麻风病留下了残疾。

这一次，团队还学了一招。麻风病人因细菌侵犯神经，造成肢体麻木反应，脚破了或烫伤了根本没感觉，久而久之，伤口溃疡破败。美国康复中心采取的办法是找专门的鞋厂订特制鞋。脚部哪里溃疡，就在溃疡的地方加垫一些附着物，不让受伤的地方再受力，让伤口有愈合的时间。刘健认为这种做法可以在国内推广。

刘健是邢燕的师兄，北京友谊医院北京热带医学研究所麻风室副研究员。回国后，刘健联系了国内的鞋厂，希望为国内的麻风患者做鞋，防止进行性溃疡逐步加重。李桓英知道了很高兴，只要对患者有好处的事，她就全力支持。她从北京市李桓英医学基金会和麻风防治经费中出了一部分钱专门做这件事。

在美国麻风中心实验室，实验室人员向李桓英和团队推荐了一款新型试剂盒，可用于做荧光观察，从而判断麻风菌的性质和状态。

"我们当时做实时定量聚合酶链式PCR（PCR是Polymerase Chain Reaction的简称，是一种将几个或几十个拷贝数DNA片段扩增至上百万份拷贝的方法，这是迄今为止最为重要的生物技术之一）。李教授决定将试剂盒带回试试。"邢燕说。后来，大家拿回来实验多次，感觉试剂稳定性并不好。

李桓英最初想的是，如果试剂稳定性良好，实验成功后，她将新型试剂盒推广到我国地方现场。"我们和美国的教授探讨多次，最后发现是实验用量和误差问题。"邢燕说。调整后，稳定性变好了。

长久以来，邢燕甚至觉察不到李桓英的年龄。她都有100岁了啊。可明明几年前还在跟大家一起下乡，跑了很多村子。山路不好走，车一直颠簸，如果很累，她回去睡一觉，第二天早上又是精神抖擞。

实际上，100岁的李桓英承受着多重病痛。她有严重的关节炎和腱鞘炎，发作起来，手腕肿得像馒头。但邢燕从来没听她喊过疼，也没见过她病恹恹的样子。

有句大白话，李桓英一直用来教诲年轻人——"人活着不能白吃饭，要对社会和他人有贡献。"

同事去病房看她，李桓英说的第一句话是："你们有什么任务，给我布置一些吧。"同事走的时候，她说："下次带点儿文献让我看看，住院也不能虚度光阴。"

等再去探望，同事尤元刚提前打印了厚厚一沓国际前沿文献，装到档案袋里，内容都与实验室当前研究工作相关。从病房出来，尤元刚很感慨，别人都只看到李桓英年龄大了，力气、精力大不如从前，可她仍想成为集体的一员。

五六年前，李桓英还在办公室上班时，尤元刚很难看出她的真实年龄。她永远坐在那儿，拿着放大镜，大声和年轻人谈论科学问题，有时训斥，有时赞扬。

直到有一日，尤元刚从李桓英这儿借了部分资料，几天过去了，他没有等来李桓英问他有什么想法，也没有讨论，似乎没有发生过这件事。尤元刚很失落。他发现，这样的事越来越多。李桓英给他一份材料，过了好多天也不知道管他要。有邮件或快递，李桓英问："这是谁发来的？"问完也就结束了，如果是以前，她一定会滔滔不绝——

"小尤，你材料看完没有？抓紧还给我。"

"小尤，你怎么看待文献中的这个结论？我们下一步也做，你看看如何？"

也有脾气更火暴的时候："你做得太慢了！应该加快、加快、加快！提高效率懂不懂?!"

有段时间，尤元刚做分子生物学方面的课题，打印了很多英文资料放在桌上学习，李桓英看到了，要走了一些文章。几乎从早看到晚，有可以讨论的地方，李桓英拿着文章跟他聊。外人很难想象，这是96岁的李桓英，她还在关心国际上如何看待免疫学治疗麻风病、分子生物学应用前景等问题……

一般人到了90多岁会有这么大的压力吗？尤元刚自问自答："肯定没有。"眼前，李桓英在柔黄色小台灯下，用红笔圈画重点的样子，随着尤元刚的描述，愈发生动起来。

"人，不能荒废生命。我这一生，过得比较充实，有价值，没有碌碌无为。我对自己的一生，是满意的。"这份单纯为李桓英赢得了事业上的巨大成功，名与利，这些她从未刻意追逐过的身外之物，也纷至沓来。

只是，李桓英的生活从未因此改变。冬日里，夜幕提早降临，关上小台灯，系上红围巾，左手提包，右手拄拐，李桓英要下班了。

"李教授回家吗？我跟您一起走。"

有几次，尤元刚下班迟些，碰巧李桓英正要出门。北京热带医学研究所门口的路灯已经亮起，从身后看去，一老一少的身影拉得很长很长，缓慢前行。

第二章　学长好

席间，两位科学家偶尔也会小酌一番。科学有暂时抵达不了的远方，理智有一时解决不了的问题，杯子一碰，胜却千言万语。李桓英豪迈地说："都在酒里。"

目前，我国每年新发麻风病人几百人，大多由基层皮防站发现。但真正做到早期发现的病人，少之又少。"发现得太晚了。"看到病人的残肢，李桓英和同事往往发出无奈的叹息。

有的病人是染病两三年后才逐渐有症状的，当地医生不认识这个病，有的北京大医院皮肤科的大夫也不认识。病人在诊断上花一两年时间的不在少数。最后辗转到某地，也许一个医生提出来，可能是麻风病，才得以确诊。

这么多年，李桓英和不同的人谈起麻风病防治策略。老百姓体会不到筛查的重要性，她反复讲："你们需要积极配合我们的皮防站工作人员，及时筛查，一定要早。"对基层麻防干部，她说："群众的工作你们要做啊，发现可疑的一定要全家检查，不漏诊、不误诊。"她勉励麻风室年轻的同事："我们任务艰巨，大家要快一点，再快一点。"李桓英从公共卫生的角度阐释，一方面，传染病的治疗方案主要宗旨即早发现，就是说它传播的人数少，可控制在很小的范围内。另一方面，从治疗角度来看，病人感染后很痛苦，早发现可以缩短治疗周期，减少痛苦。

尤元刚经历过几位病人，看了十几年病都无法确诊，最后手、脚都残疾了。患者家属在网上查到北京友谊医院北京热带医学研究所治疗过类似病例，才来门诊挂号看病。

从20世纪80年代以来，治疗麻风病的药物没有太大改变。尤元刚解释，有一些替代的药品也可以起些作用，比如其他的抗生素，罗红霉素，但它不能治根。

这并不是一个鲜见的问题。结核病在我国一直存在，但二三十年间也没有特效药物，替代旧药的药物也没有。结核病至今未消灭，并且耐药现象严重。药物研发进展是很慢的，一种药物从研发到真正用到临床，有很长的路要走。

中国疾病预防控制中心成立于2002年1月，恰是非典疫情肆虐前一年。尤元刚认为，国家对感染性疾病的目标很明确，每年都会提出新的防治策略。"每种病都有一个垂直系统，所以相对来讲，它有比较明确的路径，每年地方上需要筛查多少病人，具体到哪个村子筛查，需要协调多少位家属。"尤元刚曾见过筛查表格，表格上特意标注着：健康人群疾病高发区筛查。但地区间存在差异，不能按照同一个标准来定。

这条路是艰难的，太多无解的问题，不管是100岁的李桓英，还是40岁的尤元刚，他们都曾困惑。

李桓英从没谈起过自己的终极目标或是人生理想，这些词语对她而言，太大、太空。她只是在力所能及的时候，朝着一个方向前进，再前进。

知识太前沿了，李桓英也有弄不明白的地方。她和年轻人坐在一起，讨论定位人类基因组的非常规翻译与麻风易感性的问题。遇到无解难题，李桓英让年轻人给张颖教授打电话。

张颖和李桓英都与美国霍普金斯大学公共卫生学院有不解之缘，是校友，也是忘年交。

在美国的那些年，张颖与李桓英保持着密切联系。对于张颖，李桓英有个特殊的称呼——"学长"。"李教授管我叫学长，可我哪里敢呢，是她的学生还差不多。"张颖说。

与李桓英认识14年，张颖对李桓英的慷慨感受很深。她为霍普金斯大学捐了很多次钱，有的是项目相关资助，有的是直接捐给学校。

关于外国人是如何评价李桓英的，常年在美国的张颖用了几个词概括：杰出、出色、骄傲。几位美国约翰斯·霍普金斯大学领导在不同场合提及："李教授是学校的骄傲，是我们杰出的校友，她尤为关注学校的教育，给予我们充分支持。"

作为杰出校友的李桓英善于和母校保持良好的互动关系。这与她希望把母校的先进医疗资源和理念用于国内麻风防治分不开。2008年，李桓英在与霍普金斯大学公共卫生学院领导沟通时，表达了自己对分子生物学知识的渴求。

"或许，我们的张颖教授可以帮你，他在分子生物学方面颇有建树。"学院院长克拉格说。

张颖是山东人，毕业于泰山医学院（山东第一医科大学），本科毕业后考取了免疫方向的硕士研究生，后在英国伯明翰大学攻读博士学位。毕业后，分别在英国医学研究会下面的结核病研究所及英国帝国理工大学圣玛丽医院弗莱明实验室工作。1995年开始，张颖成为美国约翰斯·霍普金斯大学分子微生物学与免疫学系教授。

那时，他的主攻方向是结核耐药与多种细菌的持留机制研究，多种慢性持续性感染及生物膜感染（包括大肠杆菌引起的尿路感染、金葡菌引起的皮肤感染、莱姆病、麻风等）的诊治研究。

2008年的一天，美国约翰斯·霍普金斯大学公共卫生学院院长克拉格向张颖提到一位年近九旬的做麻风研究的老人。

"张颖，我最近认识了一位令人惊讶的年长女士，她毕业于我们公共卫生学院，是中国人。我们在香港校友会上认识，她做麻风研究做得非常好。"

"李教授目前在研究分子生物学，希望解决麻风病的早期诊断和麻风菌溯源问题。在这个问题上，你们可以深入合作。"院长说。

张颖所做的是基础研究，即用分子生物学的技术研究结核菌的耐药性及致病性。在很多情况下，麻风病和结核病有相似之处，它们都属于分枝杆菌科里面的菌所造成的不同疾病。

2008年，张颖回国。2010年，他第一次在北京友谊医院北京热带医学研究所见到了学院领导口中令人惊讶的年长女士。张颖受李桓英之邀，做了一个自己团队当下研究方向的讲座。接着，他与李桓英谈到了合作的问题。

张颖坦率说出自己的困惑，麻风病目前有很多不太好解决的问题，比如麻风菌溯源，早期诊断和易感性问题，更难的是麻风菌的培养，麻风菌到现在都无法做到体外培养。

那次见面，李桓英决定从早期诊断、麻风菌的溯源、易感性三方面与张颖团队合作。那年，李桓英已经89岁，她还能像年轻时那样斗志昂扬吗？除了重视科研实验室外，她还会去现场看病人吗？后来，张颖发现，自己完全多虑了。

2010年夏天，他和李桓英团队一起出发，来到李桓英最早开展麻风病防治的西双版纳州勐腊县曼喃醒村、红河哈尼族彝族自治州开远市进行访问。

张颖看到老病人对李桓英的热情。他们像亲人一样，激动得眼泪都快出来了。张颖感叹："医患之间能做到这样亲近，很不容易。"

和张颖讨论病情时，李桓英弯下腰，脱去患者的鞋，指着他们因为麻风病导致残疾的脚，告诉张颖，这位病人之前是什么情况。张颖想，一般医生肯定做不到这点。她不怕被感染，不怕脏，和病人就像一家人。

一切都如30年前，李桓英刚来这里时。

村子里的故事，张颖是从当地基层干部口中听说的。早些年，这里病人多极了。李桓英来之前，这里采用的药物是最常规的氨苯砜。这是磺胺类的药，效果不好，治疗周期长，极易复发。

20世纪80年代初，世卫组织开始推行MDT，将利福平、氯法齐明、氨苯砜三类药物联合起来使用。李桓英首先将短程联合化疗方案引入中国，经该方案治疗后几乎没有病人复发，取得了很好的效果。

来到云南，张颖印象最深刻的还有当地的艰苦条件，路难走，车难开。开车要五个多小时。张颖亲自体验了比坐过山车还惊险的山路。勐腊县海拔1200米，自然条件优美，但工作条件非常困难。此行，张颖还有个想法，他想解答自己心中的疑问：麻风病的天然宿主是什么？而包括他在内的许多科学家，一直受这个问题的困扰。

他提到生活在美国南部地区长得像穿山甲的犰狳。张颖还提及了麻风病传播途径的另外一种可能：土壤和水。团队发现，一些新确诊的病人，实际上并不在麻风病人聚集的家中出现。

张颖见到了几位新病人，家中并没有麻风患者。就在那个环境里生活，患病原因未知。在云南，团队成员做了一些土壤和水的采样工作，拿回来化验是否含有麻风菌及其DNA。通过对病人血样检查，观察他们之间的易感性与哪些数据因素相关，后来一系列关于宿主RNA测序和外显子测序的论文相继发表。但这个问题比较复杂，因为它需要做更多细致的工作，实际上现在还没真正解决。

目前还找不到在麻风病发病初期就被发现的有效办法。这是个非常有挑战性的问题，需要科学家持续不断努力。当下只能利用检测抗原抗体的试剂盒，在国内高发地区进行大面积临床筛查，或用患者血样，用抗原刺激看特定的细胞因子水平表达情况来判断患者是否感染麻风菌。

第二年（2011年）7月，张颖带着美国霍普金斯大学分子微生物学与免疫学系主任格里芬教授来到云南省疾病预防控制中心访问，与李桓英团队就麻风病、疫苗针对性疾病、新发传染病以及云南不明原因猝死及其他疾病防控情况等共同关心的问题进行探讨。

2016年4月，北京的大街小巷柳絮翻飞。这是张颖心中一个季节标志性的特征。飞机仍在滑行，李桓英已带领几位同事早早在接机处恭候。

袁联潮站在前面举着接机牌。还没寒暄，李桓英就从后面挂着拐棍站到了张颖面前。"李教授非要来接您，不让来都不行。"温艳站在一旁补充。"是来接学长！""学长"二字李桓英说得既重又长，同时拿拐棍在地上点了几下，像是老师在讲课时敲黑板，给学生画重点。

面对看重的合作伙伴，她用最质朴的方式表示欢迎和诚意。

脸微微泛红的张颖伸手要搀扶李桓英。没承想，老太太倔得很，"啪"一个甩手。"不要扶，我能行！"

北京友谊医院北京热带医学研究所召开的年度研讨会，张颖有约必至。在讲台上，张颖讲的是麻风和传染病。在台下，李桓英与他聊的还是麻风、科研。张颖感到，李桓英真的太敬业了，别看快100岁了，思维真是清晰！那年，李桓英97岁，她特意坐到张颖身旁，向他询问美国约翰斯·霍普金斯大学公共卫生学院关于麻风病的研究进展。

"实验什么时候能出成果？""准备发几篇SCI文章？""你们遇到困难，也要跟我说，我能帮上的一定会帮。"

张颖来北京开会时，会特地看望李桓英。一见面，李桓英就亲切地叫一声："学长好！"张颖连说"受不起"。席间，两位科学家偶尔也会小酌一番。科学有暂时抵达不了的远方，理智有一时解决不了的问题，杯子一碰，胜却千言万语。李桓英豪迈地说："都在酒里。"

2020年，张颖从美国回到中国，任职于浙江大学医学院附属第一医院传染病诊治国家重点实验室。

张颖认为，目前中美在麻风病的研究上差距并不大。我们国家如果再努力一下，能和美国持平，甚至在有些情况下可能超过他们。

他认为，我国在科研方面做得越来越好，但仍存在一些问题。比如，理论研究方面稍显薄弱，国内科研评估体系存在急功近利的情况。而美国在这方面有固定的基金，每年拨款且具有比较成熟的评估体系。他们认为这个东西重要，就会一直坚持去做，不受外面条件限制，不会因为今年没有申请到自然基金就不做了。

张颖希望自己到李桓英那个年龄，还能像她一样孜孜不倦。现在，张颖快60岁了，在李桓英面前，他仍是年轻人。而在张颖心中，李桓英则是理想的科学家模样。

第三章　爱莲说

李桓英能忍，有时走着走着突然停下了，坚持不住时才告诉袁联潮："我腰疼。"袁联潮建议马上去看医生，她就又犯起了倔脾气："那倒也不用，回家躺躺就好了。"

袁联潮是离李桓英最近的人，她对李桓英的衰老最早觉察。李桓英97岁那年，一次下班路上，刚好是初夏，北京热带医学研究所院子里的树木日渐茂密，几缕阳光刚好从树叶的缝隙间洒下来，落在驼着背踽踽独行的李桓英身上。袁联潮看后很动容，马上用手机拍照记录。

袁联潮常陪李桓英在小区楼下花园散步。有时候路走多了，李桓英提议在花园里坐坐，她对袁联潮说："我们聊聊天儿吧。"话音未落，李桓英就把拐杖靠在花坛旁，屈腿坐了下来。

袁联潮知道，实际是她累了，走不动了，但李桓英从来不会说"累"这个字。

膝盖的问题一直伴随着李桓英多年。2002年，医生在李桓英的双腿膝盖中发现了骨头碎渣，为了能继续走路，医生在她膝盖上打了三个洞，清理碎渣和积液。这之后，李桓英再也离不开拐棍了。那次出院前，她跑去医院的小卖部为自己挑选了人生中的第一个"帮手"。李桓英能忍，有时走着走着突然停下了，坚持不住时才告诉袁联潮："我腰疼。"袁联潮建议马上去看医生，她就又犯起了倔脾气："那倒也不用，回家躺躺就好了。"

有一年，李桓英的膝盖积液严重到让她无法走路。袁联潮带她看完急诊，本想让她回家休息几天，可第二天她又拖着助步器去了办公室。"我需要到办公室工作，在家待不住。""回家也是看报纸看电视，太没意思了。"李桓英撇着嘴，显得有些委屈。实在没办法，袁联潮只能找个轮椅推着她来上班。

在单位处理完公事，李桓英的脑子也没有停止思考。她想着怎么将所里的同志团结在一起，下一步该做些什么。

以前，每到大年三十儿，是袁联潮最难熬的。早些年，除夕上午还未放假，办公室里空荡荡的。李桓英依旧是早八点到岗，工作内容是整理全年的报刊。按照日期顺序排列好，一个月的报纸装订成一册。在袁联潮看来这并不是"正事"，李桓英却看得很重要。这是她的一条经验之谈，"归纳整理远比开始更重要"。

李桓英101岁了，依然我行我素。早上在病房吃完苹果、喝过咖啡，李桓英还想吃点儿零食。如果护工拦着不让吃，她就急了。

现在，很多事儿她都无法做主了。李桓英不喜欢被管着，跟护工急了会喊"滚"。每当这时，护工会笑眯眯地接上话："得您先'滚'，我才能'滚'啊！"

2019年，李桓英在家里摔了一次跤。住院治疗一段时间，出院后，没过几天又摔了。从那时开始，大家就不敢让她一人在家了。住院的枯燥乏味，只有在大家探望她时才能缓解一些。"这是我的好同事。"她向护工这样介绍着，拉过袁联潮的手，没说几句就激动了，这是大家以前极少见到的场景。

李桓英住院期间，几个同事商量着在办公室用电磁炉给她开个小灶补身体。乌鸡煲、苦瓜排骨汤、牛蒡排骨汤、雪梨苹果瘦肉汤、黄豆猪蹄汤等各式菜品，轮番在麻风室的小办公室中被炮制出锅。

"猪蹄炖烂了吗？"

"看上去还可以。"袁联潮拿起手边的筷子扎了扎做评估。

"可以送了。"一个巨大号四层保温桶，装上两大碗肉类佳肴，另两盒，装着绿油油的时令小青菜和主食。这样给李桓英调理了两个月，她的身体还真的好了不少。

李桓英爱热闹。身体更好些时，她愿意喊同事去她家坐坐，再一起做顿饭。每逢春节，北京热带医学研究所老所长甘绍伯常会请李桓英到家里吃饭，聊聊新一年的工作。

李桓英爱玩儿，前几年没住院时，科里同事带着拄拐杖的她一起去北京国际鲜花港、青龙峡游玩。年底，科里找个可以聚餐的地方吃顿饭。

有时，她也会循着时令的节奏请大家吃小食，夏天的冰激凌、冬天的糖炒栗子、办公桌附近随手可以抓起的巧克力。碰上炎热天气，有人来访，不出意外，也能吃上李桓英买的冷饮。

读报纸，李桓英需要一个放大镜、一支荧光笔。放大镜是李桓英看了《参考消息》上的广告，让袁联潮帮忙买的。很原始的购买方式，通过打电话，类似电视购物那样。

李桓英回国后，一直订阅了60多年的《参考消息》，最开始没电视，她通过看报纸了解国内外大事。读报占用了她每天很长一段时间。

她看得比一般人都慢、都认真，还经常会拿荧光笔在报纸上画重点。然后让麻风室传阅，谁看过了，就签个字。搞得跟圈阅一样。李桓英关注国际新闻，前几年的中非国际论坛、"一带一路"倡议，都是她谈论的话题。

李桓英酷爱听古典音乐，她堂弟特意搜集了她爱听的音乐全集，存在MP3播放器里。更早的时候，李桓英家中收藏了不少大张唱片，都是从国外背回来的，后来唱片变成了CD，现在为了方便听，统一存到了播放器中。

李桓英喜欢游泳，当年她借住在马海德家，屋后就是后海。夏日炽热，后海旁，常会看到一位慢悠悠游泳的女士，有时手里还拿着类似橡胶拖鞋的东西当船桨，在水面上漂着。

岸边围观的人有时候会指着她说："嘿，你看这女的，多有意思。"

空闲时，李桓英会拿出父亲给她留下的几台徕卡相机，摆弄一番。20世纪80年代，在云南麻风防治现场，李桓英还赠送了当地麻防工作者几台相机。"你们谁需要给病人拍皮损片子，就拿去。"

李桓英的弟弟在美国做工程设计。为了能和弟弟有共同语言，李桓英在他来京前认真"备课"。翻阅近期工程行业文献，了解这个领域最新进展。她认为，提前做做功课，弟弟来了就能跟他交流，相互间能促进。以袁联潮对李桓英的了解，她从不做无用功，从不做耽误时间的事。

李桓英不惧怕衰老，亦不畏惧死亡。关于自己若干次在云南、四川的险情，锁骨骨折、肋骨骨折、全身多处软组织挫伤，李桓英从不主动提起，她对死亡看得通透。有领导探望她时问："您的身后事如何处理？"她哈哈一笑："房子都已经处理好，剩下的钱不多。我也不留骨灰，就撒大海吧。"

年迈似乎让李桓英变得更加豁达。同事去探望，她已经不常谈起工作。音响打开，"来，咱们听听音乐。"她对温艳说。晚年，李桓英变得更加平和，看到同事孩子的照片，她会戴上老花镜仔细端详，咯咯笑出声。

她喜欢孩子，最喜欢有才能的孩子。比如，朋友家孩子会弹钢琴，会某种特长，还会去她家里调音响。她欣赏的是通过自己努力而具有某种才能的小孩。

社会上一度有"跑奖"的不良风气。各种评奖正在进行的时候，有的申请人会多方打听，知道谁是评委后，想方设法与评委套近乎。有一次，麻风室申请参加评审一项国家大奖。有人劝她去跑跑"关系"，打打"招呼"。李桓英对这种做法十分不屑。她坚信，评奖只看真本事。

前一年，李桓英团队刚摘得这个项目的北京市一等奖。和他们竞争评比国家大奖的是实力雄厚的中国医学科学院皮肤病研究所。为了那次评奖，几个工作人员又去西双版纳进行了实地走访。

最终，北京友谊医院北京热带医学研究所和中国医学科学院皮肤病研究所的共同研究成果《全国控制和基本消灭麻风病的策略、防治技术和措施研究》获得国家科学技术进步奖一等奖。

没过多久，北京的袁联潮、翁小满，远在云南昆明的杨军、文山州的冉顺鹏、西双版纳勐腊县的马金福，四川成都的胡鹭芳先后收到了一份沉甸甸、红彤彤的证书。原来，李桓英在申报奖项时，将基层麻风防治工作人员的名字和单位一并写上了。

那几年，麻风室获得不少荣誉，但奖金不高，组里得的奖金谁也不敢分。李桓英觉得这个钱就是公家的，不能给个人。除非谁家里特别困难，才会拿出来帮助一下。

李桓英并非只会工作，她也是年轻同事在生活上的"知心姐姐"。谁遇到想不开的事儿，不用多说，李桓英一眼就能看出来。家里孩子考试没考好、和爱人吵架了，放下电话，苦恼挂在脸上——

"来来来，跟我聊聊。"李桓英把同事拉到一旁，表现出很有经验的样子，然后严肃地说："你应该这样……"同事俯身听着她的教诲，若有所思，琢磨着："这老太太没成家，为什么懂这么多？"

"走啊，刘健，上我家坐坐。"

偶尔，下班了，李桓英收拾着小包，抬眼看了看屋外，发现刘健还在电脑前。

刘健把李桓英称为"忘年交"。在很多方面，他们有着共同志趣。刘健也喜欢古典音乐。来到李桓英家，巴赫、勃拉姆斯等作曲家是他们经常讨论的话题。李桓英喜欢吃素，常以几片圆白菜叶当晚餐蔬菜，刘健同样不喜肉食。

李桓英的家在北京友谊医院附近。几年前，有一次她做饭忘了关火，直到烧干锅才发现。后来医院不放心，专门安排保姆照顾她起居。李桓英不愿意，只同意对方晚上来照顾自己一会儿。到了周末，李桓英常带阿姨外出解馋，涮羊肉、烤肉、西餐，总之平时吃不上的，都在闲暇周末得到满足。

每次做客，刘健都希望给李桓英营造家人相聚的感觉。他坐在她身边倾听，让她吐露心声。刘健形容她"独惯了"，不爱聚会，不爱串门。

每到过年，大年初一到初五，李桓英必在办公室看报纸、看文献。国庆七天假期，对她来说，恰是做工作总结的好时机。别人不理解，这么拼命是为什么？李桓英把工作当成生活，只要有活儿干就不枯燥。

2009年，刘健买了房，他把全科人叫到自己家吃了顿西餐，烤的羊肉，李桓英很喜欢，说和她在英国吃的一样。当年，李桓英离开世卫组织后回国之前，在英国待了半年，其间学过三个月的热带病学。

每年临近圣诞节，李桓英必戴上老花镜，让袁联潮坐在她身旁，一字一句念出要打印的内容。再把放大镜贴到电脑上检查一遍，确认无误后，一封一封给国外朋友发电子贺卡："圣诞快乐！身体健康！"

刘健原以为，麻风办公室，那不就是屋里摆着标本，还有个福尔马林大缸，像解剖室那样，每天大家戴着口罩上班的地儿吗？

可一来，刘健发现那是刻板印象。

一进门，卫生间边儿上有个小屋，坐着俩人，其中一位满头白发、胖乎乎的老太太坐在一摞书中间，上下打量着刘健："之前学什么的？家是哪儿的？留这儿吧！"

2004年，刘健考上了翁小满的研究生，学做基因分型。那时，麻风室主要做麻风菌基因分型，需要从皮肤上提取麻风菌株，需要男士经常出差。

第一次去基层，刘健在很短的时间里见了200多位麻风病人，李桓英告诉他，临床经验哪里来？在路上。

刘健记得，他刚来北京热带医学研究所时，屋里都坐不满人，所里只有20多人。这几年，所里的年轻人越来越多，把屋子坐得满满当当。

2004年以后，只要李桓英出差，刘健基本都在身旁跟着。李桓英每次出发前都会重申自己立的规矩：到基层出行不能讲排场，吃得不能太好，工作应一切以病人为中心。

西双版纳州的病人问题基本解决了，红河州、开远市等地还未涉及。那时，文山州的麻风病疫情较重，李桓英派刘健去看一看。在那里，刘健用红笔将当地麻风病高发村落一一标记，每家每户的病人位置也写上。最后和村长商量，为了保证信息准确，连病人名字都加上了。回来后，刘健告诉李桓英，那地方值得深入研究，全是山，经济发展缓慢。

过去和现在完全不一样，当时连路都没有，唯一能走的，也是打仗时修的路。刘健高中毕业后在云南待过一段时间，父亲在那儿上班，刘健一路向南游历，发现那里又窄又破，开车也要两天时间。

2010年，刘健来到勐腊县，第一次见识了热带雨林。在曼喃醒村，高大的尖顶竹楼支在地上，当地人告诉他："这种建筑，防雨不防风。"再往深处走，刘健见到了几位麻风病治愈者。这里早已不是麻风病高发区，几乎看不到麻风村的影子了。

尽管一老一少坐在一起常开玩笑，李桓英严肃起来仍显得不近人情。

"刘健，你拖拉不专业！"

"刘健，你抓紧用功做！明天不整理好，就别来了！"

刘健不敢顶嘴，他有独特的处事方式：劝。怎么劝，先学会倾听。后来，李桓英常要服用药物，一激动会引起心脑血管变化。有时，老小孩的脾气随天气变化，天气不好，随便来个人都是一通数落。这时，年轻人要有哄的功力："李教授，我们又来啦！带了苹果、巧克力，尝一口吧！"

李桓英订了40多年的《国家地理》杂志，足有几大箱子。第一次见到那几箱子杂志，刘健心中窃喜，临走，他有些不好意思地说："李教授，杂志哪天不要了，您记得给我留着啊，别扔了。"

李桓英善与人打交道，特别注重细节。她住院时，亲朋好友来探视，聊天时她一定要端坐以示尊重。对方离开时，她必定会站起来送到电梯口。电梯关门了，才招手离开。和邻居相处，李桓英坚持礼尚往来，比如老朋友送来一盘菜，那她要以一瓶酒作为回馈，至少要有语言或文字上的感谢。

一次，李桓英在诊室外排队看病，有老年病人不断在前面插队，她生气地拿拐棍儿在地上敲着，说："老同志怎么啰里吧唆的，真让人不高兴！"

到了暮年，这位战士一般的老人换了新的办公室。空间大了不少，可东西依然堆得满满当当。早几年，轻轻推门而入，一位精神矍铄的老太太就坐在角落里。周身摞着比她高出好几头的报纸、文献，最靠外的那沓，看起来摇摇欲坠。

天色渐晚，桌面的小台灯散出柔和的暖黄色，李桓英扶了扶挂在鼻梁上的老花镜，还是看不清，她又拿起放大镜，手指着，津津有味地读了起来：Leprosy Bibliometrics analysis: the main Chinese databases were searched to select studies on leprosy……（麻风病文献计量学分析：搜索中国主要数据库以选择麻风病研究……）

读累了，她干脆躺下休息一会儿。新办公室有个三人座沙发，刚好够一个人的长度。李桓英一躺下，报纸顺势盖到脸上，盖一会儿，她闻着油墨香就睡着了。

最早李桓英办公室在外屋，一个单人座沙发里，报纸堆里"藏"着一个老太太。她把脚往凳子上那么一搁，胸前抱个抱枕，中午凑合着眯会儿。书柜里，除了摆放着随手可拿的外文字典，更为壮观的就是一排排历年国际麻风杂志，这是李桓英当年自费用美元订阅的，时间跨度从20世纪80年代到近几年。有英国的、美国的，还有印度的，一共三种外文杂志。

李桓英的办公室里装满了宝贝。抬头，一架新型飞机模型正在展翅，随时准备起飞。2002年，李桓英荣获全国杰出专业技术人才奖，恰巧飞机设计者石屏也在，听了李桓英的故事很钦佩，就送给她一架自己设计的飞机的模型表达敬意。

还有一只正展翅开屏的孔雀。这是她90岁生日时，杨军代表云南麻防组织送给她的。在傣族人的心目中，孔雀是最善良、最聪明、爱自由与和平的鸟，是吉祥幸福的象征。礼物沉甸甸，李桓英一方面觉得受之有愧，另一方面也很高兴。在她和团队的努力下，云南人民终于摆脱了麻风病的困扰，病人重新走入社会，开启正常生活。

2013 年 12 月，"科技梦·中国梦——中国现代科学家主题展"在国家博物馆举办，这次主题展是新中国历史上第一次以科学家群体为主题的大型展览，展出李桓英等人优秀事迹。众多照片中有一张她和父母的合影，李桓英看了很兴奋，指着照片对身边的人说："看，这是我的爸爸妈妈，我的父母也在这儿。"言外之意，父母的在天之灵也会为她骄傲。

还有个宝贝，李桓英一直收在柜子里。几年前，她告诉袁联潮，自己有块象牙色印章在盒子里珍藏着，是母亲在世时送她的，刻有"李桓英印"四个字，印章侧面刻着"爱莲说"。母亲希望她像莲花一样出淤泥而不染，濯清涟而不妖。

李桓英曾在与父亲游览美国大峡谷时买过一块化石，但不慎遗失。李桓英对那块化石念念不忘。有时候提起来就血压高，可惜是真的找不到了。当然，遗憾还包括一只母亲留下的手镯。一次，从台湾返京途中，李桓英拎着笨重的箱子往前走，结果不慎滑了一跤，镯子碎成几块，她却毫发未损。

家中则是另一番天地。一只硕大的字画桶静静躺在储藏柜一角，里面插有祖父传下来的字画、唐诗宋词卷轴，旁边的小盘里，装着几件瓶瓶罐罐的瓷器。

阳台上，一盆硕大的君子兰正在自由呼吸，叶片很亮，这是袁联潮每周必做的功课。对待盆栽，不但要浇水施肥，叶子上的尘土也要一并擦掉。这是李桓英住院后，叮嘱袁联潮的一件小事。

第十一部分　以身许国终不悔

第一章 宣誓

我虽已进入耄耋之年，但愿意以党员的身份为麻风事业奋斗终身！

2016年12月27日，北京友谊医院举行了一场特殊的入党宣誓仪式。站在最前面的那位新党员，是党的同龄人，当时已经95岁高龄的李桓英。

这一天，在北京友谊医院干部保健楼五层，和李桓英共事过的、在职的、退休的同志，医院年轻的党员、入党积极分子、团员等等，都来了。他们为了一件事：见证李桓英加入中国共产党的这一刻。

李桓英举起右手向党旗宣誓的一幕，深深地印在丛敏的脑海里。无论什么时候回忆起来，那一刻都让她心潮澎湃。一条鲜艳的红色围巾，满头银发，在党旗的辉映下格外醒目，她的眼神坚毅，脸上透出终于找到归属的满足感。

早先，有朋友问李桓英为何没有申请入党时，李桓英说了一句让大家都瞠目结舌的话："入党，党要考验我，我够不够格是一个问题；我也要考验考验党。"

有一段时间，社会上经常传出党员领导干部贪污腐败的新闻。这让一身正气的李桓英很气愤。她十分痛恨党员领导干部当面一套背后一套的现象。

党的十八大以来，党中央以雷霆之势坚决打击腐败现象，"无边光景一时新"。李桓英看在眼里，心中暗暗佩服。

在李桓英的入党仪式上，有人问："李教授，您为什么选择现在加入中国共产党？"她坚定地回答："在几十年的工作中，我看到了党和国家是真真切切在为老百姓办实事、谋幸福。我取得的成绩，与党组织的关心和支持是分不开的。我95岁了，再不入党就来不及了，为人民服务了一辈子，后半生的40年都从事了麻风病的防治工作，我想我可能够格了。人的生命是有限的，如果去世后，身上不能覆盖上一面鲜红的党旗，那我会很遗憾的。"

媒体来了一拨又一拨，大家把李桓英层层围住。丛敏都挤不进去了。她站在外面，听记者小声讨论："李教授身上值得学习的地方太多了，她一个人干了别人两辈子的事。"另一位说："是啊，都该退休了，还去搞传染病，真了不起。家庭条件那么优越，放弃与亲人团聚的机会，太不容易了。"

在党员发展大会上，李桓英做自我批评："我是新党员，脾气急躁，你们以后要多批评我。"会议结束，李桓英起身鞠躬，身边人递来外衣，想帮她穿上。她拒绝了，接过衣服，先套过一只袖子，又伸长了胳膊找另一只。丛敏就坐在身边，但没伸手帮她。

作为支部书记，丛敏是那次发展会的主持人。主持前一晚，丛敏激动得在家中踱步了很久。李桓英在她心目中，一直是高山仰止的存在。李桓英能真心认同党组织，加入党组织，身边的同事都倍感自豪。

丛敏曾接受北京市李桓英医学基金会资助，出国访学一年。在第二天的发展大会上，丛敏动情地说了一段致谢词，最后说道："特别感谢您，提供让我开阔视野的机会。"

丛敏是1997年来到北京友谊医院工作的。刚来时，医院正开展向李桓英同志学习的活动，通过组织报告会，丛敏第一次近距离接触了李桓英的故事。

1998年，在第15届国际麻风会议上，世卫组织官员诺丁博士紧紧握住李桓英的手说："全世界麻风病防治现场工作，您是做得最好的！"这也是让丛敏等李桓英的同事倍感骄傲的事。

丛敏虽然对李桓英仰慕已久，但在医院里碰到了，也仅限于和李桓英点点头，打个招呼，接触不深。2013年至2019年，北京友谊医院将肝病中心和热研所的党支部合为一个联合支部，丛敏担任联合支部书记，这样她才真正与李桓英有了较为深入的交往。

2016年中秋前夕，丛敏收到了一份特殊的入党申请书，申请人是95岁的李桓英——

入党申请书

敬爱的党组织：

1958年，我先后辞去了世界卫生组织聘任的印度尼西亚、缅甸的雅司和梅毒两种热带病专家的职务；告别了已迁居美国的父母，毅然回国。我对投报祖国感到无比光荣和自豪。

1959年3月，组织分配我到医科院皮研所工作。1970年我随单位下放到江苏泰州的麻风病院，深感到麻风患者的疾苦。在多年的社会生活和医疗工作中，我深刻领悟到中国共产党是全心全意为人民服务的党。也正是在党的培养、支持和帮助下，我为广大麻风病患做了一些工作，取得了一定的成绩，党又给了我许多荣誉和鼓励。

我真心热爱中国共产党，诚挚地申请加入中国共产党。我虽已进入耄耋之年，但愿意以党员的身份为麻风事业奋斗终身！请党组织考验我吧！

申请人：李桓英

2016年9月　中秋节前夕

申请书薄薄的，拿在手里却感觉沉甸甸的，丛敏读了一遍又一遍。

几天后，联合支部开展党日活动，要前往北京市全面从严治党党性教育基地进行参观学习。

李桓英笑呵呵地问丛敏："书记，我能不能一起参加？"

几乎是数着日子，李桓英终于盼到了这天。在知名的口字楼，满头银发的她与同事一起听讲解员介绍党的发展历史。她很感慨，不时点头。一层参观结束，李桓英拄着拐杖来到二层。大家怕她太辛苦，想让她歇歇，她拒绝了，认为既然来了就要听完，不能半途而废。

回去路上，李桓英显得很兴奋，她侧过身突然对丛敏说："今天看完我感触很深。我还要继续接受组织的考验。"

在入党前几个月，丛敏专门请李桓英参加支部的组织生活会，请她讲讲自己的求学经历。

抗战时期，李桓英随母校同济大学辗转来到李庄。"我就是在煤油灯下，在蚊虫的嗡嗡声中，和同学们完成学业的。"在学习过程中，李桓英目睹了战争的残酷和百姓生活的困苦。很多人患病后得不到治疗，挣扎着陷入死亡。李桓英立下了"当万人医"的大志。在有机会出国留学时，她毫不犹豫地选择了美国约翰斯·霍普金斯大学的公共卫生专业。由于学习成绩优异，毕业时，导师推荐李桓英进入刚刚组建的世卫组织工作。她远赴东南亚，在最湿热难挨的地方，从事雅司病防治工作。

在缅甸工作时，李桓英在当地接触到了英文版的《共产党宣言》。当时，她听说国内已经解放，经过周密而耐心的准备，李桓英辗转到英国，在那里办理签证，历尽艰苦，回到祖国。

李桓英深信，科学没有国界，但科学家有自己的祖国。自己学到的公共卫生知识和实验技术，一定能为国内的疾病防治发挥作用。

"我不愿意治疗单个的病人，我其实更喜欢群防群治，能为更多的人看病，更有意义。"正是这份"做万人医"的志向，引领着李桓英从中央皮肤性病研究所到北京热带医学研究所；从总结国际麻风病的研究进展，到短程联合化疗在国内的广泛开展；从麻风病高发地域云贵川的知识普及讲座，到少数民族地区村寨的走访；从崇山峻岭中穿梭所经历双侧锁骨断裂、四根肋骨骨折、多次翻车翻船，到实验室中麻风分枝杆菌易感基因检测和早期分子诊断方法的建立。她获得了国家科学技术进步奖一等奖，获得了何梁何利基金奖，却把全部奖金捐出，成立北京市李桓英医学基金会，资助更多的年轻医务工作者出国学习。

经过考察，党组织正式批准李桓英加入中国共产党。宣誓的时候，李桓英内心异常激动。她想到了50多年前自己毅然回国，想到了父母兄弟的一次次召唤，想到了和麻风病人在一起的日日夜夜，想到了组织这么多年对她的帮助和支持。每一句誓词，仿佛都是她用一生的情感酝酿，从心底里迸发出来：

"我志愿加入中国共产党，拥护党的纲领，遵守党的章程，履行党员义务，执行党的决定，严守党的纪律，保守党的秘密，对党忠诚，积极工作，为共产主义奋斗终身，随时准备为党和人民牺牲一切，永不叛党。"

2017年7月，一位鹤发童颜的新党员，坐在一群党龄多年的年轻人身边，用最简单的语言讲着最深情的故事。李桓英为那次党课特意写了一篇讲稿，题目是"我愿意为党的事业奋斗终身"。

在世卫组织工作期间，李桓英看到亚洲不少国家由于贫穷，导致疾病蔓延。"我深深地感到，百废待兴的新中国更需要我。"

此后几十年的漫长岁月中，无论是晴空万里，还是风雨交加，她都无悔自己当初的选择，不改报效祖国的决心。

20世纪80年代，李桓英了解到，世界卫生组织正在研究一种联合化疗治疗麻风病的新方法，药物配方已经完成，但是尚缺乏临床试验。为了争取到免费的药品支持和实验项目，她开始在全国范围进行走访调查，最终确定西双版纳勐腊县和潍坊地区作为短程联合化疗方案的试点。1982年，她向世界卫生组织递交了一份关于中国麻风病情况的详细报告，世卫组织批准了在中国进行联合化疗方法的实验项目。在此基础上，将此短程联合化疗方案（多菌型24个月）推广到云、贵、川三省。

之后的几十年间，她长期奔波在云、贵、川贫困边远地区，7个地州59个县，每到一个村寨的时候，都会引来村民的一片惊奇：村寨来了个女医生，不怕麻风！她口渴了，舀起病人家的水仰头就喝；饿了，就和病人在一张桌上吃饭。病人试探着同她握手，她便拉着他们的手长时间不放。见到老病号，她总是亲切地拍拍病人肩膀，拥抱一下，让病人感动不已。

李桓英从来都是面对面不戴口罩近距离接触病人。"我就是不怕，医生不能怕！这就好像战士都知道子弹厉害，上了战场不照样往前冲？我甚至巴不得自己被传染上，让人们亲眼看我治好它！"

麻风病人手脚是麻木的，端滚烫的饭锅、火盆，都感觉不出烫手。她教麻风病人穿鞋，手伸进病人刚脱下来的脏鞋。告诉他们，穿鞋时都要先摸摸有没有沙子、钉子等异物，然后再穿上。

麻风村往往山高路险。李桓英遇到两次车祸。一次是在昆明附近的石林，摔断了右侧的锁骨；另一次更严重，近70岁时，她从西昌前往成都，在快到石棉县的路上，因为路滑，她从翻滚的汽车前窗挡风玻璃被甩出去，有十多米。李桓英躺在覆盖厚厚白雪的山坡上昏过去，同志们找不到人，连声呼喊。过了一会儿，才听到李桓英微弱的声音："我——在——这——里——"但是爬不起来，李桓英心想骨折了，歪头一看，雪地上还有一大片血迹。三根肋骨骨裂，左侧锁骨骨折，头部还负了伤，后来缝了7针。李桓英开玩笑说："按我坐车的概率，也该翻了。"

在李桓英的带领下，我国在全球率先开展短程联合化疗试点和消灭麻风病特别行动计划。全国麻风病人从原来的11万人下降到不足万人。年复发率仅为0.03%，远远低于世卫组织年复发率小于1%的标准。这有力证明了麻风病无须住院隔离治疗，解决了麻风病治疗难题，对消除社会对麻风病人歧视，起到了积极作用。1994年，李桓英的麻防经验被世卫组织在全球推广。

进入新世纪以来，李桓英和麻风病研究课题组深入分子生物学研究领域，为彻底消灭麻风病继续努力。

2019年，联合支部被拆分，热研所又成为独立支部。"李教授在办公室吗？有没有时间？"有事找李桓英时，丛敏照例给袁联潮打电话。

往往，丛敏不会空手去，李桓英爱学习，杂志、报纸就是最好的伴手礼。李桓英关心时政，丛敏把支部订阅的《求是》杂志，攒几期，一块送到她的办公室。

丛敏庆幸，身边有这样一位老人，拥有如此传奇的人生。李桓英告诉她："我是黑头发、黄皮肤，我是中国人，就应该回到中国，我生在北京，我的根在北京。"

有一次，几个年轻人在席间闲聊："我要是出国了，肯定不再回来了。"李桓英听到了很不屑，立马接上一句话："你们可不要崇洋媚外！"

第二章　远远不够

能干事就挺幸福，干点事才有价值，这是人生活着的意义。

"我没事儿啊，你们放心，我没大问题。"

这一天，李桓英向北京友谊医院干部保健外科病房护士长田丽请假了。

田丽心一软，批准了。但时隔一天，田丽又后怕了。

当晚护士交班时，看到李桓英已经回病房了。

"李教授回来啦，吃饭了吗？"

"吃啦！"

一个拄着拐杖的身影，一步一步走进自己的病房。

护士们都没多想。晚上查房护士交接工作，大家发现李桓英在看书，一切无恙。病房有个规定，对于高龄老人，要一小时一查房。等到深夜再去，李桓英已经入睡。

第二天一早八点，田丽带着护士查房看病人，发现李桓英的左脸青了一大块。原来，李桓英躺在床上是右脸对着门，每次夜里护士看到的都是她的右脸。

"李教授，您脸怎么了？"田丽的声音有点紧张。

"我脸怎么了？"李桓英轻轻揿了一下，有点疼，眉头微皱。

"哟，我想起来了！"

"我昨晚回来的时候，在医院门口马路牙子边摔了一跤！我试了试，还能动，就爬起来回病房了！"

听完李桓英的叙述，田丽出了一身冷汗。从那以后，李桓英的请假谁也不敢轻易同意了。迫不得已，会先给袁联潮打电话。"李教授要走，你们能不能找个人陪一下？"多数情况下，李桓英不会告诉医生自己哪里不舒服，她对待疾病非常轻描淡写。

李桓英是好医生，但不是听话的好病人。最大的叛逆在于她晚上不睡觉，看书时常会拖到夜里一点多。她说自己喜欢在夜深人静的时候学习、改文章。

田丽回忆，早几年，李桓英自理能力尚好时，口头禅是"我能行，你们不用管"。后来，医生护士都知道亲人不在她身边，敬佩的同时多了几分关爱。在大家看来，李教授不像一般学者那样，斯斯文文，她说话底气足，笑声爽朗，和谁都没有距离感。

偶尔，护士来抽血，碰巧李桓英想出院，就会嘟着嘴说："不用查了嘛，怎么又查？"

李桓英不喜欢闲聊，但只要有人对她当年下基层的故事感兴趣，她会立刻变得滔滔不绝。田丽总结了李桓英常说的几句话："麻风病不可怕，麻风病可防可治，麻风病治好了和正常人一样。"不必再用繁复的语言详解，每个在李桓英身边工作、生活的人，都知道曾经发生了什么。

直到2017年，田丽被医院科研办同志邀请加入"北京市李桓英医学基金群"里，才想起自己在2006年出国访问三个月，是北京市李桓英医学基金会出钱资助的。田丽感叹："那时距我真正当面结识李桓英教授已经7年，仰慕她的名字、听闻她的事迹、只闻其名不识其人已经30余年。"

2006年3月，田丽作为院青年人才被派往韩国首尔学习三个月。经过三个月在韩国国立癌中心高强度模块学习和数次考核，最终取得世界造口治疗师学会颁发的"国际伤口造口失禁治疗师证书"。

学习归来后，田丽活跃在医院专科护理小组中，承担着四个伤口造口失禁临床教学基地负责人的职责，在四所学校进行专科课堂的授课，连续八年举办国家级、市级、干部保健办的继续教育项目。相继到北京友谊医院实习、继续教育听课的学员已有上千名，这些来自祖国天南地北的护士，很多已是这个领域里的佼佼者。

"海外苦读三个月，之前我竟然不清楚医院派我到国外学习用的就是'李桓英医学基金'。"田丽想起2010年前后与李桓英的第一次面对面——

北京友谊医院干部保健楼北侧，小花园甬道，一位老人拄着拐杖，手拎布袋，向前走着。田丽紧走几步，一边在脑海中比对着李桓英的样子，一边浮想联翩：归国女华侨与被麻风病摧残的缺肢丑陋的患者相拥在一起。

"李教授，我能跟您合张影吗？"

"好啊！"

"您慢一点儿，慢一点儿走啊！"在田丽一声声叮嘱中，那个小小的背影慢慢远去，直至消失在目光里。

这一次，传说中的"李教授"终于与现实中的"李教授"重合了。从此，在北京友谊医院高知楼到热研楼路段，田丽不时同李桓英偶遇。

每次见面，李桓英都会微微倾身打招呼："你好，护士长！""李教授好！您慢点儿走，我帮您拿东西。"若是相同方向，那条铺满小石子的甬道上，一老一小相伴，携手走一段，远远望去，像极了一对母女！

十年间，李桓英从独自一人缓步前行，到拄着拐杖走几步歇几步，再到左边袁联潮搀着她、右边拄着拐杖，田丽感受到了时间的残酷。再后来这几年，李桓英住进病房的频次逐渐增加，花园小径上，那位最年长的行路人，看不到了。

田丽说，病房里的李桓英有"吉祥三宝"——一副硬骨头、两个老朋友。

李桓英几次住院，大多因为她太独立、太要强，导致意外跌倒或外伤。翻开她的几次病历小结，上面记载着身体多处陈旧性骨折早已愈合。点开一张张CT电子片，颅骨、肋骨、股骨等部位骨折数十处，昭示着李桓英拥有一副铁打的硬骨头。她告诉田丽："有几次是在去往云南麻风村路上车祸造成的，有几次是在家里、医院路边摔伤的，你看，我不是还很好嘛！走路没问题的！"

李桓英的两个老朋友——拐杖和放大镜，看似无须赘言，但其实大有故事。拐杖，是李桓英自己购得，自从摔跤频繁后，她与拐杖形影不离。拐杖形似"大问号"，恰与李桓英好学、钻研的气质相符。每每李桓英坐下读报看书，"大问号"如老友一般，安静伫立。这时，另一个老伙计出场了——放大镜。一次，李桓英向田丽"炫耀"："护士长，看我的放大镜好不好？"田丽凑前一看，放大镜是个正方形，上面有个小灯，一按就亮，"我拿这个看书，可清楚了"。平日，这位好帮手缓缓移动于报章之上，与百岁老人共同探索科学奥妙。

95岁那年，李桓英再次因为摔伤入院。恰巧住院期间过生日，田丽和几位护士一起给她订了生日蛋糕。田丽感到，李桓英不像有些高知那样，对年龄有焦虑，会沉默或哭泣。李桓英还是老样子，看到护士长推着蛋糕进来了，她高兴得鼓起掌来，甚至忘了胳膊上的摔伤。那天，李桓英特意换下了病号服，穿上了她喜欢的黑底小白花汗衫。

到了吹蜡烛环节，田丽让李桓英许个愿望。她说："我不知道我能不能活到100岁，我争取先活到100岁。"

"我们一言为定！等您100岁，我们还来给您过生日！"

出院了，临走，李桓英找到田丽："护士长，咱们照个合影吧。"

后来，田丽站在李桓英面前，李桓英也不能辨认出她是谁了。但只要身边的陪护一说，这是护士长，李桓英下意识地回应："报告护士长，我吃得好、睡得好，感谢政府、感谢党、感谢医院。"

一次，田丽周末值班，照例查房时，李桓英兴奋地告诉她："昨天夜里，我梦到妈妈了，我想接她回我的家。护士长，我什么时候能出院呢？"一时间，田丽不知如何接话，只好顺着回应："您好好吃饭，好好睡觉，把身体养好，咱们很快出院。""好，护士长，我听你的。"关上李桓英的房门，田丽摘下口罩，轻声啜泣。

医院担心李桓英独自居住不安全，跟她商量在家里安个摄像头，同事们时常看看。一天，袁联潮早上看前一晚回放时，发现李桓英半夜推门出去了。第二天，袁联潮一大早去家里接她，李桓英上来就说："我昨晚梦到妈妈了。"接着，两个人都陷入了沉默。

田丽有个遗憾：当年她是靠"李桓英基金"出国深造，她还没亲口告诉李桓英，没有当面对她表示感谢。

2014年，田丽邀请李桓英为支部上党课。主题是"近年来热带病的发展"。原以为大专家不好请，或提要求，要讲课费，但李桓英什么都没说，高高兴兴答应了。她记忆力奇好，讲课娓娓道来，很多当年发生的故事、细节，在李桓英绘声绘色的讲解中变得鲜活生动，刹那光景，恍若昨日。

有人说："李教授讲起故事来，就像心中有团火。"

有人感叹："李教授对当年做的事是多么自豪啊。"

也许，就连李桓英自己都没察觉，只要谈起工作，她会不由自主地眯起眼睛，手随着演讲的深入上下舞动，对于悄悄滑落在鼻梁上的眼镜，也浑然不觉。

台下年轻的医务工作者听得懂。在这间小小的宣教室，留下了令人动容的一幕：掌声响起了一波又一波，没人愿意提前离场。李桓英则像位演奏家，拄着拐杖，站在台前，向观众笑着点头致谢。

在后来的合影中，李桓英脖子上多了一条蓝灰青色的暗花丝巾，那是田丽特意准备的"感谢"。李桓英很喜欢那条丝巾，她告诉田丽："这个颜色好，我真喜欢！"

衰老一刻都没有停下脚步。李桓英的眉眼愈发低垂，手脚更加不听话，大多数时间，她变得更像个孩子。起初，作为李桓英的助理，袁联潮担负起照顾她的重任，没过多久，麻风室的其他同事与袁联潮商量，大家一起照顾李桓英。几位也不年轻的中年人好似接力一般，翁小满退休了，温艳接上了，刘健、陈小华、尤元刚、邢燕……越来越多的年轻人告诉袁联潮，"我们有时间有精力，随叫随到"。

到了过年过节，友谊医院的主要负责人和麻风室同事，总会提前排好班，从初一开始，做张表格，遇到紧急情况联络谁，写得明明白白。

即使在医院里，李桓英仍然觉得自己是个健康人，甚至都不能说"健康老人"。她不服老。

北京友谊医院干部保健内科病房主任姜春燕是李桓英的主管医生。她深知，李桓英的心脏不适宜大活动量，否则很容易憋气。

姜春燕工作不忙时，常会去病房陪李桓英坐坐。一次，姜春燕问了忍了好久的问题："李教授，您当初为什么回国？""我是中国人，我应该回国，我的根在这里啊！"

翻开相册，李桓英指着黑白照片，这是爸爸妈妈，这是妹妹，这是在德国，这是我回国那天……尽管提起父母，李桓英难免黯然神伤，但说到回国，她从未后悔。

病房内，李桓英几乎不对医护人员提要求，她很自律。偶尔想回家，她会向姜春燕请假。"我们再观察观察吧。"李桓英反应很快："那好，我听医生的，服从安排。"她也不会再追着医生问要观察多久。

新冠疫情形势严峻时，医院不允许病人随意在楼道走动，除非外出做检查。拄着拐杖，从床上下来走到沙发旁，再远一点走到厕所，站在窗口向外望一望，李桓英在小小的空间里，想着远方的事。有人觉得她被房子困住了，毕竟年轻时曾在世界各地游历，晚年却在小小的病房中度过。但姜春燕认为并没有。"李教授喜静，定力强，常常坐在沙发上看书，一看就是半天。"

"姜主任，我现在是党员啦！"李桓英笑得眯起眼睛，向友人分享好消息。李桓英把入党看得很重，一是她自己认为很光荣；二是她看到现在国家建设得这么好，无论外部环境多么纷繁复杂，国内经济社会各方面都越来越好，她由衷地高兴。

认识李桓英十多年，姜春燕最大的感受是，她的心态一直没变。李桓英的病房没有电脑，但她不想放弃工作，时常说："我还想干，还有很多想做的事。"她还想坐飞机去云南看看老病人。

年龄于她而言，只是个数字。她说："能干事就挺幸福，干点事才有价值，这是人生活着的意义。"

2010年7月，姜春燕受北京市李桓英医学基金会资助，赴美国加州大学圣地亚哥分校医学院访问学习一年。

姜春燕是学西医的，在美国的医学院实验室，她接受了规范的科研培训。

这份感激不断在爱中传递，比当年的姜春燕更年轻的同事纷纷通过北京市李桓英医学基金会走出去，为世界带去中国经验、中国元素；归来时，满载收获与感恩。姜春燕说，其实很少有人能当面对李桓英说声谢谢，但凭着对她的了解，李桓英做这些也不是为求回报。

当然，面对年轻人的造访，李桓英还是愿意多说几句。

2017年底的一天，李桓英刚把咖啡冲泡好，北京热带医学研究所的年轻人王磊在门外敲门。

"李教授，我下个月出发去美国，正好有机会用您的基金。"

李桓英摘下老花镜，抿了一小口咖啡，省去寒暄，直奔主题提要求："第一，不管你学什么，出去要学有所长。不是为了出去而出去，出去是为了学习、长本事、开眼界、攒能力。第二，你一定要把所学带回来。"与其说这是李桓英的嘱托，倒不如说这是她内心的担忧。当时，有医生作为访问学者出去好几年，为的仅是简历上添一笔出国履历，最后回来没学到什么。李桓英的意思很明确，出去好好学，学完带回国。要在你的工作岗位上发光发热，而不是在后期评职称时，拿出国经历说事儿。

2018年，王磊出发前往贝勒医学院国立热带医学学院进行学习和实践。贝勒医学院建立于1900年，目前被认为是全美最杰出的医学院之一，它位于得克萨斯州的休斯敦，在全美最大的医学中心——著名的得克萨斯医学中心里面。国立热带医学学院是美国目前唯一专门培养热带医学人才的研究机构，是全球热带医学领域顶级的科研和临床机构之一。在这段时间里，王磊进修方向为热带疾病疫苗工作，而他所提及的热带疾病是血吸虫病。

中国目前已不再是血吸虫病流行区，但在国外很多地方，血吸虫病仍然肆虐，血吸虫病疫苗的研制迫在眉睫。

回国后，王磊兴冲冲地与李桓英见面。原以为自己汇报了在美国的所学所见、回来后在科研领域做哪些工作和攻关，李桓英会高兴，没想到李桓英摇摇头，只说了四个字："远远不够。"

王磊回去后反复琢磨李桓英说的话："你在国外有哪些项目可以拿回来做？决定开展了，应马上落地实施，要马上把工作推动起来。

至少，你要有产出吧？"王磊知道，李桓英所说的产出，很重要的指标就是发表SCI文章，发了文章才有资格申请一些项目。

李桓英向来对"发文章"这件事很重视，在麻风室，李桓英曾教导大家："不是让你们单独发篇文章就完了，这文章发得应当有分量，文章一拿出去，别人一目了然，清楚我们在这个领域中的地位。"

王磊与李桓英相差61岁。自从他2008年进入北京热带医学研究所工作，这位老教授就如神一般地存在着。他经常听人说，到麻风现场，李桓英脱下皮鞋，换上运动鞋，不做任何防护措施帮助检查麻风病人溃疡，把手伸进麻风病人的鞋里，在病人家里吃，病人家里睡……

那些年，李桓英经常接待地方来北京开会学习的同志。有几次，云南省做麻风防治的同仁来北京看她，李桓英都会带他们出去吃烤鸭；被推荐的病人来京看病，她亲自联系转诊医院，骨科联系北京积水潭医院，神经科联系北京宣武医院。

2019年，98岁的李桓英被评为"最美奋斗者"。北京友谊医院为此召开会议，王磊对李桓英在那次会议上的嘱托印象深刻，她说："我盼着年轻人能把现在的工作推动下去，才能发挥我们在这个领域的影响，让慢性麻风病人从中获益。"

2021年8月，她通过视频与云南西双版纳勐腊县曼喃醒村几位村民通话。她动情地告诉乡亲们："我现在在友谊医院，不能到现场看你们，你们等我身体有好转了，我还要到现场，到勐腊看望大家，继续为大家服务。"

在李桓英的世界，她觉得每个人都应该像她一样，在自己能够负责的范围内把事情做到最好，为了达到最终目标，要不遗余力。

王磊举例，李桓英曾在云南麻风病现场做调研，第一次回来她就有所思考，认为找药是最关键的。治疗要用药物，而不是单纯隔离。治疗结束后，更应该关注这个人的心理健康。她提出应结合实际，适时改变政策。在云南，李桓英找到省疾控中心，到省卫生厅见领导，还专门找机会同云南省副省长面对面谈问题。你要改变这个事情，就要不停穷尽你的能力，甚至超越你的能力去做这个事，这是李桓英的要求。

王磊一直从事热带病临床工作，工作中遇到看不明白的病例，他愿意带着问题找到李桓英求解，大多数时候，李桓英不明示，让王磊带着病理标本找到实验室。"去做实验吧，等几天自有答案。"

事实上，这些在旁人看来达不到的境界，在李桓英这里全部是理所当然。"工作不仅为了自己，为了谋生，更深层意义上，是为了社会和国家。"这话王磊听过不止一遍，在李桓英狭小的办公室、在实验室、在表彰大会、在某次党课上。甚至连语气都是一样的。"大家目前做的工作，还有欠缺，应该投入更多精力，不应该浪费光阴。"

王磊见过很多李桓英的老照片。照片里李桓英的穿戴、形态、精神气质，都是非常典型的东方美，时髦程度不亚于现在的独立女性。

让王磊感伤的是，照片里的时髦女性已在病榻缠绵多时。从

2019年7月李桓英住进医院，麻风室的这张办公桌就再没有见到它的主人。

"加油，我会积极配合医生，争取早点好起来！"

"哎哟，老朋友来了！我很开心！"

"我们回头再出去撮一顿！"

三句最简单的话语，构成了袁联潮、齐志群、陈小华三人心中巨大的悲伤。

一周前，年轻时和李桓英一起做实验的齐志群来访，她帮李桓英送东西，没承想，李桓英定睛一看，又说了一句令人吃惊的话："我们的老朋友来了，我很开心！"齐志群很兴奋："李教授记忆力真好，这么多年，尽管和麻风室有联系，可真正见面却没几次。"说着，李桓英笑着拉住齐志群的手。这位20年前的老朋友，曾在麻风室和李桓英一起工作，一张广为流传的照片上，还是年轻人的齐志群，梳着长长的辫子，身旁的李桓英神情泰然自若，用手指着一摞稿纸上相关分子生物学的实验数据。齐志群印象最深的一点是，在那个以严著称的实验室，李桓英要求大家进入实验室后，不要有任何私心杂念。

齐志群从没听过李桓英讲工作以外的事情，当然她也不允许大家说。李桓英坐在旁边办公室，有时会叽里呱啦讲话，英文、德文掺和着说，也会时不时走出来，翻翻齐志群的工作记录，如果没问题，就继续，反之，李桓英总要讨论一番。后来，齐志群结婚，到麻风室给李桓英发喜糖，"没承想，李教授给我准备了新婚礼物，一个很漂亮的玻璃果盘，现在想想，那是一份多珍贵的礼物啊！"

两天前，麻风室陈小华去病房看李桓英，刚坐下，她突然说："小华，我们回头再出去撮一顿！"李桓英的眉眼间露出孩子般童真狡黠的笑。话毕，只有陈小华在那里愣神："这么多年过去了，李教授怎么还能记着我爱吃呢？"

一天前，李桓英因肺部感染、大面积心梗急需转送医院ICU，刚在病房安顿好，戴着氧气管的李桓英神色轻松："小袁，我会加油的，配合医生，争取早点好起来！"

可是，现在这些只剩下回忆了。

2022年11月25日，冬月第二天，北京气温骤降，金秋的痕迹霎时弥散，李桓英在无数人的牵挂惦念中走完了她的101年岁月。

是疼？是不舍？还是欣慰？抑或解脱？袁联潮、齐志群、陈小华三人谁也说不明白。在ICU病房门边的电梯口，陈小华等来了匆匆赶来的邢燕，她小跑着走出来和陈小华抱在一起，轻声呜咽着，像个受了委屈的孩子。几位同事感叹，他们麻风室的大家长走了，那个喜欢坐在沙发上，拿着放大镜眯起眼睛和年轻人讨论问题的老人走了。

有太多人不舍得她。杨军、郭丽珠、张颖、张文玲、栾学敏、曼喃醒村的乡亲们、李桓英亲手治好麻风病的患者们，从北京友谊医院附近的烧饼摊、水果店主人到美国约翰斯·霍普金斯大学公共卫生学院的老教授，更多的人知道了她离去的消息，以至于袁联潮的手机接电话到发烫，她把最悲哀的情绪埋在心底，眼睛通红，是熬的，也是眼泪浸的，这是袁联潮最后一次协助李桓英安排事情了。

"或许，这一切都有征兆。"陈小华猛然想起，李桓英早在2022年8月生日时，似曾与大家告别——

"很高兴能和你们共事，可惜岁月不饶人，如果有来生，我还愿意跟你们做同事。"

她在科学的无边海洋里遨游了一辈子，直到生命结束前的最后一个月，她还在工作：为河北省皮肤病防治院建院70周年录制院庆寄语，看最后一部主审的专著——《现代麻风组织病理学》，书中有她毕生的心血。

告别仪式上，李桓英的身上覆盖着一面鲜艳的党旗，这是她多年的夙愿，如今终于得偿所愿。

她为无数年轻科学家点亮了一盏智慧明灯，照亮自己，照亮他人——

就在李桓英去世不到一年间，麻风室的几位专家正逐步推进的麻风病和麻风反应发病机制方面的研究，在李桓英生前颇为关注的麻风早期诊断方法临床应用上有新突破。

李桓英在云南的伙伴郭丽珠已于2023年3月退休，仍坚持在麻风防控一线，制定州防控工作年度任务指标，开展各项宣传、培训、监测、治疗和督导常规工作。

老病人甘恩，常想起李桓英鼓励她的言语："你比我还小20岁，以后的日子还长着哩！要振作起来，配合医生积极治疗，会好起来的。"李桓英刚离去的日子里，老甘总会回忆起以往每年世界防治麻风病日，大家去麻风室复查小聚，90多岁的李桓英，不顾年迈，不畏冷风严寒，每次都会来探望大家。有一年，李桓英还自掏腰包，赠送他们每人一条鲜红的围巾。那时，康复者和麻风室大夫就像一个大家庭，全体成员围在一位长者面前共话家常，其乐融融，令人难忘。

…………

有好几次，袁联潮恍惚间感到，李桓英好像还在麻风室里伏案。深夜，淡绿色的台灯倾洒下柔和的光，李桓英穿着米色小花上衣，拿起放大镜，摊开文献，像往常一样，在字里行间寻获有关疾病的密码。

缓过神来，袁联潮知道，是麻风室的同事又在主动加班干活。李桓英引领了一个时代的麻风工作者不懈奋斗，也注定还将影响更多人投身到守护人民健康的事业之中。

后　记

在第71个世界防治麻风病日到来前，本书终于即将付梓。

我不禁想起2022年夏天，在北京友谊医院看望即将度过101岁生日的李桓英——

头发是灰白色的，但仔细辨认，竟也能寻觅到黑色发丝的踪影。衣服是她最爱的那件，素雅、端庄。不用多加介绍，她一坐在你面前，你就知道，哦，这就是李教授了。

还没等我开口，她咯咯笑起来，向我说道："我出生在北京，我的根在北京，我是中国人，老家在山西，我要把最好的年华献给祖国。"

这话似乎不只是说给我听，更是走到百年人生边上的她对自己漫长一生的总结。

照顾李教授的护工告诉我："老太太有时还挺'倔'的——

"李教授牙是原装的，爱吃猪蹄儿，爱吃大鸡腿儿，经常我一转身，半个猪蹄儿就没了。

"怕她心脏负担重，医生建议她少喝水，李教授常'训'我，让我倒水喝……"

李桓英在离我们两米开外的地方，向袁联潮笑着摆手说："她们说什么，我们不问，不问。"

临走时，袁联潮提议留影。我半蹲在李桓英侧面，拍了几张后，李桓英突然说："干脆，我搂着你拍吧！"她把手搭在我肩上，头靠过来："我是白头发，你是黑头发，这才证明了年轻的可贵啊！"

到了告别的时间，李桓英告诉袁联潮："小袁，我妈妈、爸爸要来了！"我们走出病房门口，她又喊了一句："小袁，我明天出院！"声音很大，袁联潮回应："知道了！李教授。"仿佛明天她就要回到办公室，继续她热爱的工作。

热爱可抵岁月漫长。

当我写下最后一句话，画上最后一个句号，关于李桓英的故事似乎可以告一段落，但实际远没有结束。

我想起，采访国家传染病医学中心主任、复旦大学附属华山医院感染科主任张文宏时，他提到："传染病大多是穷病，看传染病的医生大多也很清贫。这项工作的重要性长久以来都被低估。"他说："现在，年轻的医务工作者是时候接过李老师和这一批老专家手中的旗了。"

尽管某些类似麻风病的传染病，患病人数已经大大减少，"但并不是说，我们就不需要李桓英这种精神了"。

"你必须坚持不断做，不能做做停停。"科学、坚持、时间，三者叠加，才可以把事做好。但往往越是这样紧迫而重要的事，因为不能给个人带来多少收益，所以愿意做的人很少。

两代科学家，为同一件事，走到了一起。

张文宏感慨道，"我虽然比李老师年轻很多，但再过几年也要退休了，我盼望更多后备力量加入我们的事业"。

我想起，杨军在参加"李桓英教授百岁生日庆典活动"时说："40多年来，李教授用脚步丈量着云南防治麻风病的战线长度，她先后30多次到云南开展调研和指导工作，几乎跑遍了全省。她常说：'我对云南有一种特殊的感情，那里是我这些年来跑得最多的地方，似乎我也快变成云南人了，云南就好似我的第二故乡。'"

我想起，采访张学刚的最后，临走时，他突然叫住我："要是您能见到李教授，一定替我带个好。我店里的水果，对她管够。""小张，每天关门别太晚。别累着，年轻人也要注意休息。"张学刚的父母已经去世，每当听到这样的话，他的心里既难过又感慨，"看到李教授，就像看到了自己的母亲"。

……………

在本书构思、采访和写作过程中，数次请益北京十月文艺出版社总编辑韩敬群，小叩辄发大鸣，给我许多启示。

北京市委宣传部出版处副处长胡芳、北京十月文艺出版社副总编辑王淑红、本书责编窦玉帅不时询问进展，提出可行建议，帮助解决难题。

北京友谊医院党委书记、理事长辛有清，党委常委、纪委书记李艳红等鼎力支持本书创作，北京友谊医院宣传中心和北京热带医学研究所的同志全力配合，让采访得以顺利进行。李桓英的老同事栾学敏等、老朋友张文玲等、亲人佟颖华等均对本书提供了大力支持。

在此一并致谢。

袁联潮同志出力尤多，屡次协调采访，不惮其烦核对信息，提出许多宝贵意见并为本书提供了大量珍贵照片。来自云南、四川、贵州、山东等地基层麻风防治战线的同志，热情回忆与李桓英在一起的故事，让这些散落在近半个世纪中的故事逐渐鲜活起来。

特别感谢中国麻风防治协会及协会常务副会长潘春枝。2011年至2012年，潘春枝等人组成的中国科学技术协会"李桓英研究员学术成长资料采集小组"做了大量扎实细致的工作，为本书提供了很多原始资料。

本书主人公李桓英丰富多彩的人生经历和丰盈厚重的精神世界，以及她高远的人生理想和坚定的人生抉择，对今天的青年如何选择自己的人生道路仍有不少启示。

长路漫漫——

这是一条极为艰难的路，只有极少数人能找到自己的方向并为之奋斗一生，最终攀到顶峰。他们披荆斩棘，愿意将最大的善意、最久的耐心送给陌生的病人，视他们为亲人。爱人者人恒爱之。苍生大医李桓英，也受到无数病人的爱戴和怀念。

遇到李桓英，是一个病人的幸运。遇到这个时代，也是李桓英的幸运。

李琭璐

2023 年 12 月于北京

图书在版编目 (CIP) 数据

苍生大医 / 李琭璐著. — 北京：北京十月文艺出
版社，2023.12（2024.5重印）
ISBN 978-7-5302-2348-2

Ⅰ. ①苍… Ⅱ. ①李… Ⅲ. ①纪实文学—中国—当代
Ⅳ. ①I25

中国国家版本馆 CIP 数据核字 (2023) 第 233133 号

苍生大医
CANGSHENG DAYI

李琭璐　著

出	版	北 京 出 版 集 团
		北京十月文艺出版社
地	址	北京北三环中路 6 号
邮	编	100120
网	址	www.bph.com.cn
发	行	新经典发行有限公司
		电话 010-68423599
经	销	新华书店
印	刷	北京盛通印刷股份有限公司
版	次	2023 年 12 月第 1 版
印	次	2024 年 5 月第 4 次印刷
开	本	850 毫米 × 1168 毫米 1/32
印	张	11.25
字	数	220 千字
书	号	ISBN 978-7-5302-2348-2
定	价	62.00 元

如有印装质量问题，由本社负责调换
质量监督电话　010-58572393

版权所有，未经书面许可，不得转载、复制、翻印，违者必究。